조선 남자 열전 ❶

은
호
남
자
전

조선낭자열전 ❶

은호낭자전

초판 1쇄 발행 | 2014년 4월 9일
초판 2쇄 발행 | 2014년 5월 20일

지은이 | 월우
펴낸이 | 김형호
펴낸곳 | 아름다운 날

주소 | (121-837) 서울시 마포구 서교동 351-10 동보빌딩 103호
전화 | 02)3142-8420
팩스 | 02)3143-4154
출판등록 | 1999년 11월 22일
전자우편 | arumbook@hanmail.net

ISBN 978-89-93876-47-5 (04810)
　　　978-89-93876-49-9 (세트)

＊ 이 도서의 국립중앙도서관 출판시도서목록(CIP)은 서지정보유통지원시스템 홈페이지(http://seoji.nl.go.kr)와
　국가자료공동목록시스템(http://www.nl.go.kr/kolisnet)에서 이용하실 수 있습니다. (CIP제어번호: CIP2014008984)

조선 낭자 열전

은호 낭자전 ― 월우 장편소설

①

아름다운날

많은 이야기들은 주인공의 이야기를 다룹니다. 주인공의 친구, 주인공이 스쳐 지나갔던 많은 주변의 인물들은 주인공의 이야기가 끝남과 동시에 사라지고 맙니다. 그것이 늘 불만이었습니다. 늘 궁금했습니다. 이야기 속의 그 많고 많은 사람들은 그 뒤에 어떻게 되었을까? 그들의 앞길에는 어떤 이야기들이 펼쳐져 있을까?

《조선왕비간택사건》 1, 2권(아름다운날)을 세상에 선보인 후, 외전이라는 형식을 빌려 은호낭자, 진영낭자, 홍란 등 《조선왕비간택사건》의 주요 등장인물들을 각기 주인공으로 하는 글을 쓰려고 한 것도 그들 각자에게 그들만의 이야기를 선물하고픈 생각에서였습니다. 각자가 주인공이 되는 이야기를 써보고 싶은 욕심이 있어서였습니다.

그 욕심에서 탄생한 것이 바로 이 책 《조선낭자열전》입니다.

이 책에는 《조선왕비간택사건》에서는 비록 조연에 머물렀지만 그 자신들의 인생에서는 주인공일 수밖에 없는 두 낭자의 이야기를 다루고 있습니다.

열녀 가문 딸이라는 이유만으로 자신의 중병을 숨기고 병자의 아내가 되어 열녀로 죽기를 소망하는 낭자, 은호.

형님 재산을 탐낸 제 부모가 사촌인 민영이를 죽인 것을 세상에 밝히고, 속죄를 위해 절로 들어간 낭자, 진영.

두 낭자는 각기 다른 삶을 살지만, 스스로 쉽지 않은 길을 선택했다는 공통점을 지니고 있습니다. 그런 두 낭자의 앞길에 이제 새로운 인연들이 찾아옵니다. 새로운 운명이 펼쳐집니다.

번민하고 방황하고 흔들리면서 낭자들은 과연 어떤 길을 선택하게 될까요?

그들은 온전히 자신의 삶의 주인공이 될 수 있을까요?

2014년 4월

월우

등장인물

백은호 "나는 열녀로 죽을 것이오."

직제학을 지냈던 백인라 대감의 외동딸.
고모가 열녀문을 하사받은 열녀가문의 딸로, 인물이며 성품 또한 나무랄 데 없어 대문이 닳도록 매파들이 드나들었던 일등 규수감이다.
재산을 노리고 일을 벌인 어느 매파와 그 조카의 거짓 통정 사건에 휘말려 큰 고역을 치렀다. 젊은 아파(방물장수) 서경과 그의 동행 덕분에 자신의 결백함을 밝혔지만 그 일로 인해 혼처를 구하는 것이 쉽지 않아진 상황이다.

감무현 "나는 당신 같은 양반네들이 제일 싫어."

도성 인근에서 몇 손가락 안에 꼽히는 거대 객주인 사문객주의 젊은 행수.
능력 있는 장사치지만, 청부살인을 일삼던 소년 검계 시절의 과거에 발목이 잡혀, 양반의 협박에 의해 다시 칼을 손에 쥐고 말았다. 자신을 자신으로 있을 수 없게 만든, 양반들에 대한 증오가 크다. 백은호와는 임금의 계비감을 찾는 간택령에 간택단자를 내지 못하게 하기 위해 은호의 방에 숨어들었다가 열녀로 죽게 해달라며 은장도를 제 가슴에 겨누는 꼴이 미워 살려준 인연이 있다.

6

한서경 "쯧, 기꺼이 도움을 드리지요."

비밀을 숨기고 있는 젊은 아짜. 어느 대감 집 청지기로 신분을 속인 임금의 사촌 아우 현무군 이윤과 함께 간택령에도 불구하고 간택단자를 내지 않은 규수들을 찾아다녔었다. 그 과정에서 여러 규수들을 만나고, 그 규수들이 뜻하지 않은 곤경에 처했을 때마다 현명한 지혜로 구해주곤 하였다.

현무군의 끊임없는 구애에 넘어가 결국은 군부인 마님으로 변신, 인생역전을 이루어냈다. 사문객주의 젊은 행수 무현이 한때 연심을 품었던 상대이기도 하다.

그 외

현무군 이 윤

도성 최고의 미공자. 서경의 남편. 무현과는 불가피하게 서로 칼을 겨누기도 하였지만 신분의 차이를 넘어 무현을 인정해주었던 무현의 죽마고우이기도 하다.

염매파 & 성창

은호의 집안을 겁박하여 돈이나 벼슬자리를 뜯어내려고 은호가 밤마다 몰래 성창을 만나 통정하였다는 헛소문을 유포하였다. 서경이 앵무의 피로 은호의 정절을 증명한 후 성창은 목이 베이고, 염매파는 발목의 힘줄이 잘리는 중형을 받았다.

*백은호, 감무현, 한서경, 이윤, 염매파 등은 전작《조선왕비간택사건》에 등장한 주요 인물들이다.

차 례

제
1
장

규수와 도망자

"스스로 자진(自盡)하게 해달란 말이오?"

은호의 희고 가는 목에 날카로운 칼을 들이민 사내가 물었다.

"그리 하게 해다오. 괴한에 의해 갑작스레 죽음을 맞게 된다면, 필경 나의 죽음을 두고 이런저런 흉흉한 말들이 오갈 것이네. 어떤 이들은 내 집안사람들이 범인이 아닐까 의심할 것이고, 또 어떤 이들은 나의 정절을 의심할지도 모르네."

"허니 스스로 죽게 해달라? 양반의 체통을 지키기 위해?"

사내가 잠시 말을 멈추고 빤히 은호를 내려다보았다. 검은 복면으로 얼굴을 가린 탓에 사내의 얼굴은 잘 보이지 않았다. 유일하게 바깥으로 드러난 사내의 눈만이 은호에 대한 경멸감으로 번쩍이고 있었다.

"뭐, 그러시든가."

별거 아니라는 듯, 사내가 칼끝을 방바닥에 꽂다시피 하고는 한쪽 무릎을 꿇고 앉았다.

"얼른 하시오. 이놈 마음 바뀌기 전에."

사내가 까딱 턱짓을 하여 은호를 재촉하였다. 그것을 신호 삼아 은호는 조금 몸을 돌려 저고리 앞섶 밑에서 은장도를 꺼내려 하였다.

"?!"

은호의 낯빛에 당황함이 깃들었다. 찾는 것이 찾아지지 않은 까닭이었다.

'……왜?'

당황한 나머지 은호는 사내에게서 돌아앉았다. 저고리 앞섶 안으로 좀 더 깊숙이 손을 넣어 은장도를 찾으려 하였다.

하지만 없었다.

열녀로 돌아가신 고모님의 은장도였다. 열 살 생일이 되던 때, 아버지가 열녀 가문의 여식으로서 부끄럽지 않게 살라며 건네주신 은장도였다. 그때 이후로는 단 한 번도, 심지어 목욕을 할 때조차도 제 몸에서 떼어낸 적이 없는 보물이었다.

이제야 그것을 쓸 때가 왔는데, 지금이야말로 가장 요긴하게 쓰일 때인데 어찌하여 은장도가 사라진 것인지, 은호는 마치 귀신에게 홀리기라도 한 것 같은 기분이었다.

"무엇하시오? 어서 하시래도?"

등 뒤에서 사내가 재촉했다.

"잠시만 기다려주게. 내 장도를 찾고 있으니……."

"거짓말쟁이."

불쑥, 등 뒤에서 은호의 어깨 위로 고개를 들이밀며 사내가 속삭였다.

"처음부터 은장도 따위는 없었던 거 아니오?"

"아니네."

은호가 도리질을 하였다.

"처음부터 죽고 싶은 생각 따위는 없었던 거 아니오?"

"아니네."

은호는 연거푸 부정하였다.

"좀 솔직해져보시지? 살고 싶은 거잖소. 죽어 열녀가 되느니, 자녀안 (姿女案)에 이름이 오르는 한이 있더라도 살고 싶은 것이지 않소."

"그렇지 않아!"

처음으로 은호가 평정을 잃고 소리쳤다. 반가(班家, 양반집안) 여인들의 부덕한 소행이 기록되는 자녀안에 이름이 오르느니 차라리 사지가 찢겨 죽는 편이 나았다. 자녀안은 부덕한 여인 그 당사자만이 아니라 집안에도 끔찍한 낙인이나 다름없었다. 자녀안에 이름을 올린 여인을 둔 가문은 그 자손들의 과거(科擧)응시나 임관(任官)조차도 쉽지 않기 때문이다.

"그리 추하게 살고 싶은 생각 따윈 추호도 없다."

"진짜 추한 게 뭔지 아시오?"

사내의 속삭임이 끈적끈적하게 은호의 귀에 달라붙었다.

"진짜 추한 건……"

"아가씨!"

사내의 말을 누군가가 끊었다.

"좀 쉬었다 가시겠어요?"

좀 더 분명한 현실감을 갖고 들려오는 소리에 은호는 퍼뜩, 정신을 차렸다. 분명치 못한 멍한 눈으로 주위를 둘러본 후에야 자신이 가마를 타고 가는 중 깜빡 졸았음을 깨달았다.

'꿈이었나?'

하긴 꿈일 수밖에 없었다.

몇 달 전, 저를 죽이려 제 방에 침입했던 사내는 꿈에서처럼 속삭이는 일 따위는 하지 않았다. 죽어보라는 소리도 하지 않았다.

"낭자의 멍청함이 낭자를 살렸구려."

죽일 가치도 없다는 듯, 스스로 칼을 거두고 물러갔다. 그저 그뿐인 사내였다. 단 한 번 마주한 사내일 뿐이었다.

그런데 무슨 조홧속인지 은호는 종종 사내의 꿈을 꾸곤 했다. 그때마다 사내는 은호더러 교묘한 거짓말로 스스로를 숨긴다고 나무라곤 하였다. 그때마다 사실이 아니라고 부정하려 했지만, 번번이 제대로된 변명 한마디 못 하고 허망하게 꿈에서 깨곤 하였다.

"아가씨! 고단하지 않으십니까? 좀 쉬었다 갈까요?"

가마 밖에서 조 매파가 다시 말을 걸어왔다. 마음씀이 고운 이였다. 은호의 몸이 그리 건강치 않음을 알고 있기에 먼 길을 걷는 내내 가마 안 은호의 상태를 살뜰히 살펴주고 있었다.

"나는 괜찮으이. 조 매파야말로 고단하지 않은가?"

깜빡 조느라 흐트러진 자세를 바로 하며, 꼿꼿이 허리를 펴고 앉은 은호가 답했다. 은호는 지금 조 매파와 함께 도성을 향하는 중이었다.

혼인을 하기 위해서였다.

✽

　조 매파가 양주목 능내리에 있는 은호네 집을 찾아온 건 약 스무날 전이었다. 도성에서부터 부러 누군가의 부탁을 받고 전 직제학이셨던 백인라 대감의 딸인 은호에게 중신을 서기 위해 찾아왔노라고 하였다.

　"아파(방물장수) 한씨를 아시지요?"

　조 매파에게 중신을 부탁한 건 다름아닌 은호와 우연한 사건으로 특별한 연을 맺은 젊은 아파, 서경이었다.

　서경과 은호는 서로의 비밀을 공유하고 있는 사이였다. 서경은 사연이 있어 양반집 규수임을 숨기고 아파로 살아가고 있는 중이었고, 은호는 이유가 있어 아주 특별한 혼처를 구하는 중이었다.

　비록 서로를 알고 지낸 시간은 길지 않았지만 비밀은 두 사람을 마치 오래 사귄 벗인 양 돈독한 사이로 만들어주었더랬다.

　따지고 보면 서경은 은호와 은호 집안에 있어서는 큰 은인이기도 하였다.

　사정은 이러했다.

　어느 날인가 성창이라는 이름의 사내가 능내리에 나타나 자신이 백은호의 정인(情人)이라며 은호와는 밤마다 몰래 만나 통정하는 사이라고 거짓소문을 퍼트린 적이 있었다. 알고 보니 그는 은호에게 자주 혼담을 가져왔던 염 매파의 조카로, 재물이나 미관말직의 벼슬자리라도 하나 얻고자 작정하고 은호의 집안을 겁박하려 한 것이었다.

　거짓이지만 달리 결백을 증명할 길이 없어, 그 사내의 흉책에 그저 속수무책 당할 뻔했던 은호와 은호의 집안을 구해준 이가 바로 서경이 었다.

서경은 사람을 시켜 도성에서 처녀감별의 효과가 있는 앵가(앵무새)의 피를 구해와 은호가 외간 사내와 통정을 하지 않은 순결한 몸이요, 결백하다는 사실을 명명백백히 밝혀주었던 것이었다.

"이 댁 아가씨가 아주 특별한 혼처를 찾으신다고 들었습니다."

백대감 집 안채에 든 조 매파는 어머니 곁에 앉은 은호를 가만히 아래위로 훑어보더니 제 용건을 늘어놓았다.

"특별한 혼처라니, 그게 무슨 소린가?"

아직 제 딸의 비밀을 모르는 어머니 신씨 부인이 말뜻을 물었다. 조 매파는 잠시 당황하였지만 신씨 부인 곁에서 불편해 하는 은호의 기색(氣色)을 살피고서는 얼른 말을 고쳐 하였다.

"특별…히 집안과 인물됨을 꼼꼼히 따지신다는 이야기를 들었습니다. 하여 손녀가 이 댁 아가씨와 어울릴 법한 도련님 두어 분을 찾아보았습니다만, 어찌 생각하시는지요?"

은호는 제게 은근히 시선을 맞추는 조 매파를 보고서, 그녀가 무슨 이야기를 하려는 것인지 알아들었다.

"어머님, 제 방에서 이자에게 몇 마디를 물어볼까 합니다만, 괜찮을까요?"

신씨 부인은 선뜻 그러하라고 허락해주었다. 지난번 사태에 마음을 다친 것인지 요즘 부쩍 수척해져만 가는 딸의 모습이 안쓰러워 요즘 백대감 내외는 은호의 말이라면 무엇이든 들어주려 하고 있었다.

"그이에게 무슨 말을 들었는가?"

제 방에 들자마자, 은호가 물었다. 그 얼굴은 창백하다고밖에 말할 수 없을 정도로 파리해져 있었다. 어머니 방에서 제 방까지의 그 얼마 안 되는 짧은 거리를 걸은 것만으로도 숨이 차고, 속이 울렁거렸던 탓이었다. 현기증도 예전에 비해 부쩍 더 늘고 있었다.

"아직, 부모님께는 병중에 대해 알리지 않으신 겁니까?"

조 매파가 얼른 은호를 부축하여 자리에 앉는 걸 도와주고는 가만히 등을 쓸어주었다. 그 다정한 손길 덕에 은호는 조금 수월하게 숨을 고를 수 있었다.

"다 들은 겐가?"

제 비밀에 대해 알고 있느냐는 물음에 근심이 가득한 눈빛으로 조 매파가 고개를 끄덕였다. 그리곤 제 등짐에서 서찰 한 통과 함께 작은 비단 주머니를 꺼내 은호에게 건넸다.

"아파 한씨가 아가씨에게 전해달라는 물건들입니다."

은호가 주머니를 들여다보니, 검붉은 색의 환약(丸藥)들이 빼곡히 들어차 있었다.

"이것이 무언가?"

"저도 모릅니다. 그저 맡긴 것을 가져왔을 뿐입니다."

은호가 서둘러 서찰을 펴보았다. 단정한 필체로 곱게 써내려간 언문 편지였다.

"그간 무고하셨습니까? 이 서찰을 가져간 이는 저도 잘 아는 자로, 매파로서는 이 조선 땅에서 몇 손가락 안에 들 만큼 솜씨 있는 이입니다. 그이에게 아가씨가 원하는 혼처의 특별한 조건과 아가씨의 사정에 대해 미리 이야기해두었으니, 생각이 전과 같으시다면 그이에게 혼담을 맡겨 보시지요."

혼처의 특별한 조건은 단 한 가지였다. 바로 신랑이 될 상대가 죽을 날이 가까운, 즉 병세가 깊은 이여야만 한다는 것이다.

은호가 숨기고 있는, 서경에게만 털어놓았던 바로 그 '비밀' 때문이었다. 몇 달 전, 그 일이 마무리지어진 후 은호는 제게 좋은 혼처가 있다며 혼담을 꺼내려던 서경에게 숨기고 있던 진실을 털어놓았었다.

"언젠가부터 내 몸이 심상치 않다는 사실을 깨닫게 되었지요. 하루하루 기력이 쇠진해간다는 게 몸으로 느껴지더군요. 혹시나 하여 절에 불공드리러 간다는 핑계를 대고는 부러 멀리에 있는 약방들을 찾아다니며 내 병세를 살폈습니다. 훗, 진맥을 한 의원들은 하나같이 똑같은 말을 하더군요. 내 심장에 병이 들어 오래 살지 못할 것이라고요. 여명(餘命, 남은 목숨)이래 봐야 겨우 일 년 남짓이라 하였습니다. 이런 제게 보통의 혼처가 가당키나 하겠습니까?"

그러기에 자신은 저보다 먼저 죽을 만큼 아픈 상대를 찾을 것이라고 했다. 찾을 수만 있다면, 기꺼이 혼례를 올리고 그를 지아비로서 성심성의껏 받든 후 그의 사후(死後)에 기다렸다는 듯 따라 자진을 할 계획이라고 하였다. 운 좋게 제 죽음의 진상이 숨겨져 열녀로 인정받을 수만 있다면 혼인을 한 그쪽 집안은 물론 저희 가문에도 제법 도움이 될 터였다.

이왕 짧은 수명으로 부모의 가슴에 못을 박게 된다면 최소한 열녀의 부모라는 명예 정도라도 남겨주고 가고 싶은 게 은호의 속뜻이었다.

"동봉한 환약은 도성의 명의가 특별히 심장통(心臟痛)을 다스리는 데 좋은 약재들로 지은 것이니 수시로 드셔보시고, 몸에 받으시는 것 같거든 조 매파에게 시켜 다시 약을 지어 받으시면 될 것입니다."

은호는 서경이 보내온 서찰을 마저 다 읽고 난 뒤, 한편 놓친 부분이 없을까 다시 한번 처음부터 끝까지 찬찬히 읽어내렸다. 이어 다정한 손길로 서찰을 어루만진 후, 제 곁에 있는 호롱불에 대어 서찰을 불태웠다. 환약이 든 약낭(藥囊, 약주머니)은 다시 주둥이를 단단히 여며 품 안으로 소중히 집어넣었다.

"조 매파라 하였는가?"

"그렇습니다."

"내 사정을 모두 들었다 하니, 따로 긴 말은 않겠네. 내게 맞는 혼처가 구해지던가?"

"두 분 정도가 계십니다. 두 분 모두 대외적으로는 무탈하신 분들로 알려졌으나, 병세가 제법 위중하신 분들입니다. 그런 까닭에 두 분의 집안에서도 그저 도련님들 몽달귀신만은 면하게 하시고자 은밀히 며느리 되실 분을 찾고 계시는 중이고요."

"그럼…… 되었네. 진행하여 주시게. 단 서둘러주면 좋겠네. 내게 주어진 시간은 마냥 길지만은 않을 듯하니 말일세."

"미리 포기하지 마십시오."

조 매파가 엄한 목소리로 나무랐다.

"뭐든 포기만 않으면 뒷일을 기약할 수 있는 법입니다. 세상사란 게 그렇지요. 제 아들놈도 그랬고요."

제 일을 이야기하는 조 매파의 눈에 순식간에 그리움이 담뿍 차올랐다.

"저는 모두 일곱의 아이를 두었으나 그중 여섯이나 되는 아이들을 모두 첫돌이 되기 전에 잃고 말았답니다. 일곱 번째 아이 역시 날 때부터 허약하여 모두들 두 돌을 넘기지 못할 것이라 하였지요. 하지만 저도 그 아이도 절대 포기하지 않았습니다. 두 돌보다 한 달만 더 넘기자, 그 한 달이 지나면 또 한 달만 더 넘기자 그리 믿고 악착같이 살았습니다. 저승사자가 문턱을 넘어오면 그 발뒤꿈치를 물어뜯으려 단단히 준비하고 살았지요. 그래서 어찌 됐는지 아십니까?"

"……무사히 장성한 겐가?"

조 매파가 가만히 고개를 저었다.

"다섯 돌을 사흘 앞두고 기어이 저승사자 놈한테 아이를 뺏기고 말았답니다. 발뒤꿈치를 물어뜯어주려 그리 이를 갈고 기다렸는데, 깜빡 조는 틈을 타서 혹 뺏어가니 달리 싸워볼 방도가 있어야지요."

"이보게……."

은호가 동정의 눈빛을 보내자 조 매파가 서둘러 손을 휘휘 저었다.

"아이고, 그리 짠하게 보실 것 없습니다. 그래도 열심히 매달려보았으니까, 열심히 싸워보았으니까 후회는 없습지요. 이년이 이리 구구절절 긴 넋두리를 늘어놓는 건 다른 뜻이 아닙니다. 아가씨도 미리부터 포기하지 말란 말씀을 드리고 싶어섭니다. 사는 게 뭐 별겁니까? 죽을 때까지 열심히 발버둥도 치고 안달도 내보고, 그렇게 아등바등 사는 게지요. 그래도 정 안 되면 하는 수 없는 일이고요. 우리 앞에 뭐가 놓여있는 건지는 아가씨도 저도 모르는 일 아닙니까?"

과연 조 매파는 서경이 보증한 대로 일솜씨가 좋은 이였다. 은호에게는 미리 포기부터 하지 마라 그리 용기를 주는 한편, 은호의 결심이 선 이후에는 득달같이 도령들 집안으로 사람을 보내 혼담을 진행시켰다.

물론 백대감 내외에게는 은호의 상태나 신랑 될 이의 상태를 알리지 않았다. 신랑 집안에도 열녀가문의 규수이나 억울한 일에 휘말려 혼담이 끊긴 처지를 전하고, 그 때문에 혼처를 가리지 않는 규수라는 핑계를 대었을 뿐 은호의 병세에 대해서는 일언반구도 하지 않았다.

은호의 혼처가 정해진 것은 그로부터 얼마되지 않아서였다. 예상했던 것보다도 훨씬 빨랐다. 이유가 있었다. 바로 신랑 될 도령의 병세 때문이었다.

원래 조 매파가 더 마땅한 곳이라 생각했던 집안의 도령은 안타깝게도 이미 병세가 급격히 진행되어 목숨이 경각에 달한지라 더는 혼담을 진행할 도리가 없었고 나머지 한 명은 도성에 사는 진사 임석홍 영감의 외아들인 진철 도령으로, 밖으로는 거의 알려지지 않았으나 은호처럼 심장통(心臟痛)을 앓고 있는 환자였다.

그 때문인지 정식 혼담이 오가자마자 진사집에서는 되도록 한시라도 바삐 혼사를 치렀으면 좋겠다는 의견을 전해왔다. 혼례 날짜는 신부 집에서 정하는 것이 법도임을 알면서도 넌지시 내달에 천은상길일(天恩上吉日, 하늘이 은총을 내리는 길일)이 들었으니 그날 혼례를 올리는 것이 어떻겠냐고 제안해오기도 했다.

"빨라도 너무 빠른 거 아닌가? 번갯불에 콩을 구워 먹어도 유분수지. 우리도 준비를 할 시간은 줘야 할 것 아닌가!"

백대감 내외는 그리 탐탁지 않게 여겼다. 하지만 은호가 전 같지 않게 적극적으로 혼인을 하고 싶다는 뜻을 피력하자, 결국 못 이긴 채 혼사를 허락해주고 말았다. 비록 성창이란 놈이 떠벌린 헛소문으로 인한 누명은 벗었으나, 그런 일에 연루되었다는 것만으로도 그간 들어오던 혼담들이 일시에 뚝 끊긴 것도 은호의 부모가 빠른 혼사 진행을 허락할 수밖에 없는 원인이 되었다.

"헌데 혼례를 도성에서 올리셨으면 좋겠다 하십니다. 혼례 전에 아가씨가 미리 그 댁에 들어가셔서 가풍을 익히셨으면 좋겠다고도 하시고요."

조 매파가 가져온 이야기는 어떻게 봐도 무리한 조건이었지만, 결국 그 역시 수용하기로 하였다. 혼사를 치르기로 하였으니 일의 진행에 굳이 서로 언성을 높이고 얼굴을 붉힐 필요가 없다는 뜻에서였다.

결국 혼례일을 삼칠일 앞두고서 은호는 조 매파와 함께 먼저 도성으로 향하게 되었다. 혼수품들은 따로 백대감 내외가 올라올 때 가져오기로 하고, 그저 비상시에 도움이 될 튼튼한 종복들로 교자꾼(가마를 메는 인부)을 삼아 조 매파와 몸종 사월이만을 대동하고 길을 나서게 된 것이었다.

✳

"아가씨, 교자꾼들이 제법 지친 듯합니다. 잠시 쉬었다 가시지요."

조 매파가 다시 가마 안의 은호에게 말을 걸어왔다.

"하아, 그리하세."

산고개 하나를 넘어 하산하는 중이었다. 한여름에 가까운 날씨에 가마를 멘 채 산을 넘다보니 교자꾼들의 체력이 떨어질 법도 하였다.

"저기…… 아가씨, 요 앞에 작은 계곡이 있사온데 거기 가서 발이라도 담그시지 않겠습니까?"

가마가 내려지자, 이번에는 사월이년이 슬그머니 물어왔다. 저도 제법 많이 걸은지라 지친 기색이 역력한 목소리였다.

"되었다. 나는 이대로 여기서 쉴 터이니, 모두들 가서 좀 쉬었다 오너라."

"그래도 되겠습니까요?"

반쯤 흥에 들뜬 사월이년 목소리가 들리더니, "고맙습니다요, 아가씨." 하는 인사와 함께 황급히 뛰어가는 이들의 요란한 걸음 소리가 연이어 들려왔다.

"조 매파, 거기 있는가?"

잠시 뒤, 은호가 가마 창을 열고 매파를 찾았다. 가마가 놓인 바로 곁에 나무 등걸에 기대어 쉬던 조 매파가 얼른 곁으로 다가와 섰다.

"무슨 일이십니까?"

"거기 있을 줄 알았네. 자네도 물가에 가서 좀 쉬었다 오게."

"아닙니다. 여기서 이러고 쉬고 있으면 됩니다."

"내 이 안에서 볼일을 보려 하니 민망하여 그러네. 어서 가서 쉬었다 오게."

"아이고, 참나, 내 정신 좀 보게. 죄송합니다요, 아가씨. 쇤네가 이리 눈치가 없습니다. 그럼, 쇤네도 잠시 물가에 가서 발 좀 담그고 오겠습니다요."

"그러시게."

그렇게 소피를 본다는 핑계로 조 매파를 물가에 보냈으면서도 은호는 가마 안에 놓인 요강 쪽은 쳐다보지도 않았다. 볼일이 급해서가 아니라 괜히 저 때문에 편히 쉬지 못할 조 매파를 쉬게 하기 위해 거짓을 말한 것이기 때문이었다.

"하아…… 하아……"

여름은 여름인 모양이었다. 나무 그늘에 내려놓은 가마임에도 불구하고 후덥지근한 것은 마찬가지였다. 창을 열었는데도 바람 한 점 가마 안으로 들어오지 않았다. 결국, 은호는 가마에서 내릴 작정으로 가마 안에서 엉거주춤 몸을 일으켰다.

하지만 가마에서 내리진 못했다.

벌컥, 가마 문이 들어 올려진 것과 동시에 토기(吐氣)를 불러일으키는 역한 피 냄새를 풍기며 웬 사내 하나가 가마 안으로 밀고 들어온 까닭이었다. 온몸을 온통 검은 복색으로 감싸고 검은 복면으로 얼굴을 가린 자였다. 은호는 갑작스레 밀고 들어온 그의 체중을 온몸으로 받느라, 엉덩방아를 찧고 말았다.

"누……!"

겁에 질려 사력을 다해 사내를 밀어젖히려는 은호의 목에 피에 젖은 사내의 손이 단도를 들이대었다.

"죽고 싶지 않거든 그 입 다무시오."

나직하게, 하지만 위협적으로 사내가 으르렁거렸다. 어깨와 다리를 심하게 베인 것인지 찢어진 옷자락 아래로 피를 흘리는 상처들이 엿보였다. 이마나 머리 어디에도 상처를 입은 것인지 복면으로 유일하게 드러난 눈 위로도 피가 흐르고 있었다.

그 피로 시야가 가려진 까닭에 사내는 칼을 들지 않은 손으로 제 눈가를 닦아내며, 다시 한번 칼을 깊숙이 들이밀었다.

"순히 말만 잘 들으면 해치진 않을 거요. 뭐, 어차피 이런 말 따윈 믿지도 않겠지만……."

사내가 겁박을 하더니 혼잣말처럼 중얼거렸다.

복면으로 얼굴을 가린 사내의 두 눈, 귓전에 달라붙는 유난히 낮은 사내의 목소리에 은호는 제가 또 다시 꿈을 꾸고 있는 것인가 의심하였다.

꿈이 아니면 이럴 수 없었다.

이자는 예전에 자신의 방에 들어와 자신을 해하려 하였던, 조금 전에도 제 꿈에 나타나 제 마음을 흩트렸던 사내가 분명했으니까.

"……왜?"

갑작스러운 침입에 놀라 겁먹은 것만이 아니라 그것과는 조금 다른 복잡 미묘한 감정에 미간을 찌푸린 은호를 보고, 복면 속 사내의 눈이 가늘게 떠졌다.

"당신은?"

비로소 자신이 칼을 들이밀고 있는 여인의 정체를 눈치챈 듯, 이 우연이 재밌는 듯, 사내의 눈빛을 변했다. 좀 전까지 흉폭하고 사납게 노려보던 사내의 눈은 어느새 가는 눈주름을 만들고 있었다.

"훗……. 멍청한 양반 여자, 또 만났군."

사내는 예전에 그러했듯 또다시 자신을 빤히 마주 보는 여인의 목에서 비수를 거두었다.

좁은 가마 안에서 사내와 여인의 사이는 겨우 한 자(30cm) 정도였다.

사내는 저를 말가니 보고 있는 여인을 보며 어쩐 일인지 어떤 여인을 떠올렸다. 전에 여인의 방에 침입했을 때도 느꼈던 것이었지만 이 여인의 두려움 없는 시선은 항상 올곧고 당당하게 자신을 쳐다보던 그 여인을 많이 닮아 있었다.

그녀는 세상에 태어나 처음으로 마음에 담았던 여인이었다. 손만 뻗으면 닿을 수 있었을지도 몰랐을 여인이었다. 하지만 끝내 제게 허락되지 않았던 여인이었고, 피눈물을 흘리며 벗에게 양보할 수밖에 없었던 여인이었다. 잊었다 생각한 그녀와 눈앞의 이 멍청한 양반 규수는 생김새가 전혀 다른데도 겹쳐 보이게 하는 그 무엇인가가 있었다.

"어딜 가는 게요?"

사내가 혹여 가마 밖으로 새어 나갈까 목소리를 낮춰 물었다.

"……도성으로 가네."

"도성은 왜?"

"……."

은호는 아무 말도 하지 않았다. 이 사내가 왜 가마로 숨어든 건지, 무엇을 하려 하는지 짐작이 가지 않으니 섣불리 답을 할 수 없었다. 하여 답 대신 물음을 되돌렸다.

"원하는 게 뭔가?"

"뭐, 보다시피 사정이 이래서 말이요."

사내가 눈짓으로 여기저기 칼에 베인 제 상처들을 가리켰다. 이미 딱지가 앉아 굳어버린 곳도 있었고, 여전히 핏물이 배어 나오고 있는 상처도 있었다.

"사람들의 눈을 피해 도성까지 가야 하는데, 이 꼴로는 영 쉽지가 않을 것 같소. 하니, 잠시 동행 좀 합시다."

"그럴 순 없네."

"이봐요, 귀하신 양반댁 아가씨. 나는 지금 그대에게 부탁하거나 청을 올리는 게 아니오. 겁박하고 요구하는 거지. 즉, 그대가 거절할 수 있는 처지가 아니라는 거요."

"재물이 필요하다면 가져가거라. 곧 아랫것들이 올 터이니 어서 나가는 게 좋을 거다."

은호의 말이 끝나자마자 쓰윽, 사내의 몸이 앞으로 기울었다.

은호는 흠칫 놀라 제 몸을 뒤로 기울였다. 하지만 가마의 뒷벽에 가로막혀 더는 물러날 데가 없었다. 그 때문에 은호는 사내의 몸과 가마의 벽 사이에 끼인 처지가 될 수밖에 없었다. 사내가 받은 숨을 내쉬며 당황하는 은호를 놀리기라도 하듯 비죽, 입술을 올려 미소를 지어 보였다.

"겁이 나오?"

"……겁나지 않는다."

제 눈을 뚫어져라 쳐다보는 사내를 피해 은호가 고개를 돌렸다. 그 바람에 제게 향해진 은호의 귓가에 사내가 입을 가까이 대고 더욱 낮은 속삭임을 흘렸다.

"겁낼 것 없소. 그대가 얌전히만 있어 준다면, 도성 근처에서 아무도 모르게 사라져주리다. 그것이 정 싫다면, 지금 당장 소리쳐도 좋소. 물가에 있는 아랫것들의 귀에 들리도록 크게. 물론, 그들이 가마 문을 열었을 때 보게 될 광경에 대해서는 아무것도 장담할 수 없다오."

은호는 속삭임을 피해 옆으로 몸을 기울였다. 조금 열린 가마 창을 통해 숨을 쉴 작정이었다. 하지만 사내의 커다란 손이 은호의 뺨 바로 옆에 와 닿았다.

흠칫, 놀란 은호가 숨을 들이마셨다.

"훗, 겁나지 않는다더니……. 거짓말쟁이 여인."

사내의 손이 창을 닫았다. 그 때문에 가마 안은 방금 전보다 조금 더 어두워졌고 조금 더 은밀해졌다.

숨이 턱, 막히는 느낌에 은호는 조금 입술을 열어 가쁘게 숨을 들이마셔야만 했다.

거짓말쟁이.

꿈속에서와 같은 사내의 말이 은호를 더욱 어지럽게 하였다. 불유쾌한 이 상황에서 벗어날 방법을, 사내의 탐탁지 않은 제안을 거절할 방안을 생각하려 했지만 후덥지근한 가마 안 공기에 사내의 땀 냄새와 피 냄새가 섞인 까닭에 머리는 그저 멍하기만 했다.

그때, 가마 바깥에서 여러 마리의 말이 달려와 멈추는 소리와 함께 낯선 장정들의 소리가 들려왔다.

"자네를 잡으러……"

"쉿!"

사내가 제 입가에 손가락을 가져다 대곤, 재빨리 허리를 굽혀 일어선 뒤 은호의 뒤로 돌아갔다. 그리곤 은호와 가마 벽 사이를 비집고 들어가 자리를 잡고는 은호의 허리를 덥석 들어 제 무릎 위에 앉혔다.

"헉……!"

예상 못 한 사내의 행동에 당황한 은호의 귀에 다시 사내의 숨결이 와 닿았다.

"저들이 가마 안까지 뒤지지 않을 것이니, 그대가 잘 처신한다면 우리 둘 다 험한 일은 피할 수 있을 거요."

"거기! 뭐하는 자들인가?"

은호가 제 허리를 단단히 감은 사내의 팔에서, 제 몸과 바싹 밀착되어 있는 사내의 단단한 몸에서 벗어나기 위해 몸을 뒤트는데, 가마 바깥에서 다시 낯선 목소리와 익숙한 목소리가 섞여 들려오기 시작하였다.

"저희는 양주목 능내리의 전 직제학 대감이신 백인라 대감 댁의 하인들입니다. 도성으로 향하다 잠시 더위를 식히고 있는 중입지요."

"혹시 검은 복색을 하고 이쪽으로 도망치는 죄인을 못 보았나?"

"본 적이 없는뎁쇼?"

"이 가마는 누가 타고 온 것인가?"

"저희 아가씨가 타고 계십니다요."

교자를 메왔던 사내종의 대답에 이어 딱딱하게 날이 선 목소리가 다시 들려왔다.

"확인해봐도 되겠는가?"

은호가 바짝 긴장하여 몸을 굳혔다.

"흐읍……"

은호를 안고 있는 사내 역시 긴장하여 잠시 숨을 멈추었다.

"어이쿠, 아니 됩니다. 아가씨는 지금 혼례를 올리려 도성으로 향하는 중입니다. 비록 꽃가마가 아니라 하나 신행 가마나 다름없습니다. 어찌 혼인을 앞둔 양반댁 규수의 가마 안을 살핀다 하십니까? 그런 법도는 없습니다. 생각을 좀 해보십시오. 게다가 다른 댁 규수도 아니고 열녀를 배출하신 백대감마님 댁 무남독녀 외동따님이십니다. 이 결례를 어찌……"

구구절절, 조 매파가 당황하여 말리는 소리가 들렸다.

다른 가마도 마찬가지였지만, 특히 혼례를 앞둔 신부의 가마 안은 낯선 사내가 들여다봐서는 안 되는 공간이었기 때문이었다.

"……"

혼례, 신행 가마.

그 소리를 들은 사내의 표정이 조금 일그러졌다. 괜히 심술이 난 사내는 여인을 안고 있는 팔에 힘을 주어, 부러질듯 가는 그 허리를 좀 더 몸에 가깝게 끌어당겼다.

은호가 기겁을 하여 앉은 자리에서 몸을 뒤틀었지만, 그것이 오히려 사내의 반발심을 부추기는 줄은 까맣게 몰랐다.

사내는 일부러 작정한 듯 다시 한번 은호의 몸을 제 가까이로 끌어당겨 안았다. 날씬하고 부드러운 몸이 사내의 품 안에 폭 안겼다. 그 바람에 사내의 팔이 은호의 동그랗게 부푼 가슴 바로 밑 부분을 스쳤다. 아니, 보다 정확히 말하자면 은호의 가슴을 받치고 있는 것이나 다름없게 되었다.

'……!'

난생처음 접하는 이 민망한 상황에 은호는 당황해 하며, 급히 숨을 들이마셨다. 그 바람에 은호의 가슴은 한층 더 크게 부풀어올랐다. 그 것을 눈치챈 듯, 등 뒤에서 사내가 슬며시 웃는 기척이 느껴져 은호는 제 창백한 볼을 붉게 물들일 수밖에 없었다.

'이……무뢰한!'

여인이 원망을 담아 등 뒤의 사내를 노려보았다.

사내가 그런 은호를 놀리듯 부러 입을 오므려 은호의 귀에 제 숨을 불어넣었다. 은호가 반쯤 몸을 틀어 사내의 뺨을 치려 했지만, 그도 잠시뻗. 밖에서 조 매파의 이야기가 끝나자마자 들려오는 낯선 이의 목소리에 여인도 사내도 다시 긴장하여 낯빛을 굳히고 말았다.

"일이 중차대하니, 잠시 결례를 함세."

단호한 낯선 이의 목소리가 이내 좀 더 가까이에서 들려왔다.

"아가씨, 저희는 중죄인을 쫓는 군관들이옵니다. 잠시 가마에서 내려주실 수 있겠사옵니까?"

은호가 제 뒤의 사내를 힐끗 돌아보았다.

'내가 지금 이 사내의 존재를 알리면 어찌 되지?'

흔들리는 은호의 마음이 눈으로 드러난 것인지, 사내가 은호의 허리를 더욱 힘주어 끌어당기더니, 복면을 벗었다. 그리곤 은호의 귀에 제 입술을 가져다 대어 오직 은호에게만 들릴 소리로 나지막하게 읊조렸다.

"지금의 모습을 본다면, 사람들은 분명 나를 그대의 숨은 정인(情人)으로 오해하고 말 텐데?"

그 말의 내용에, 제 귀에 달라붙은 사내의 입술의 감촉과 뜨뜻한 숨결에 당황해 하는 은호에게 다시 밖에서 질문이 날아들었다.

"아가씨! 잠시 가마에서 내려주실 수 있겠습니까?"

은호는 목소리 쪽을 향해 고개를 돌리다 말고 뻣뻣하게 몸을 굳혔다. 다시금 제 목덜미에 낯선 감촉이 느껴진 까닭이었다. 사내가 저고리 깃 위로 드러난 새하얀 은호의 목을 한 손으로 감은 뒤 곧 물어뜯기라도 할 기세로 자신의 이를 들이댄 것이었다. 완연한 겁박의 표시였다.

"!!"

"아가씨?!"

"그, 그리할 수는 없네."

바깥에서 재촉하는 소리에 은호가 서둘러 답했다. 순간, 사내의 손과 이가 은호의 목에서 비켜났다. 안도하여 돌아본 은호에게 사내가 어서 다음 대답을 하라는 듯 고갯짓을 하였다.

"나, 남녀가 유별하거늘 어찌 그리 무례한 청을 하는 것인가?"

"하지만 저희가 지금 중죄인을 쫓고 있는지라……."

"감히 뉘게 이런 무례한 요구를 하는 것인가? 내 아버님께서 비록 지금은 관직에서 물러나셨다고는 하나, 일찌감치 직제학의 자리에 오르신 분이요, 우리 가문은 열녀를 배출한 가문이거늘 감히 내게 낯선 사내들 앞에 얼굴을 드러내라 요구하는 것인가?!"

은호가 간신히 고개를 돌려, 바깥의 사내가 아닌 제 눈앞의 사내에게 이르듯 호통을 쳤다.

"그럼, 가마에 아무도 숨어들지 않았음을 아랫것을 통해 확인이라도 시켜 주시겠습니까?"

"아가씨……, 이자들이 이리 끈질기니 잠시 창을 여서서 제게 확인케 해주시지요."

조 매파의 목소리가 들려왔다.

더는 달리 둘러댈 말이 없어 난감해 하는 은호의 표정을 본, 사내가 어쩔 수 없다는 듯, 그리하라는 듯 또다시 고개를 끄덕였다.

"……잠시만 기다리게. 행중에 의복이 흐트러졌으니 잠시 바로잡겠네."

말이 떨어지기가 무섭게 사내가 재빨리 은호의 허리를 잡아 올리고서는 그 밑으로 파고들어갔다. 은호를 제 허리 위에 앉히고는 거의 드러눕다시피 하여 그 위에 은호의 풍성한 치맛단을 펼침으로써 제 몸을 가렸다. 가마 창을 통해 들여다보아도 보이지 않게끔 몸을 숨기고자 한 것이었다.

꿈틀.

자세를 바로잡느라 은호의 밑에서 사내가 제 몸을 움직였다.

은호는 제 엉덩이 아래, 사내의 단단한 몸이 전하는 느낌에 뒷목 줄기가 삐쭉 서는 것을 느꼈다. 잠시, 그 낯선 느낌이 전해주는 민망한 생각을 지우려 고개를 흔든 은호는 이내 가마 창을 조금 열고서 창밖의 조 매파에게 제 얼굴을 드러냈다.

"되었는가?"

"별 탈 없으십니까?"

조 매파가 조심스럽게 은호와 얼굴을 마주하다 문득 눈살을 찌푸렸다. 아까와 달리 아가씨의 눈높이가 조금 높은 것이 마음에 걸린 것이었다. 마치 무언가 두툼한 것이라도 깔고 앉은 것마냥…….

'뭐지?'

그러고 보니 매양 창백하기 그지없던 은호의 얼굴에 짙은 홍조가 떠올라 있는 것도 심상치 않았다. 짧은 순간 든 복잡한 생각에, 순식간에 은호의 뒤로 보이는 가마 안을 훑던 조 매파의 시선에 거기 있을 리 없는, 있어서는 안 되는 이의 모습이 들어왔다.

순간, 조 매파의 눈은 더는 커질 수 없을 정도로 크게 휘둥그레졌다. 은호의 치마 밑에 저도 잘 아는 얼굴이 숨어 있었던 것이었다.

'저게 누구야, 사문객주 감행수가 아닌가? 아니, 감행수가 왜 아가씨 가마에? 그럼, 저 사람들이 찾는 자도……?'

사문객주 행수 감무현.

그는 도성 인근의 장사치들 사이에서는 모르는 이가 없을 정도로 유명한 장사치였다. 스물너댓 살밖에 먹지 않은 젊은 행수였지만, 쉰이나 예순을 넘은 한다하는 상인들도 함부로 굴지 못할 만큼 일처리 솜씨가 똑 부러진 유능한 상인이었다.

'어느 날 갑자기 객주에서 사라져 궁금해 하는 사람들이 많았거늘, 감행수가 왜 여기에? 왜 저런 차림으로? 왜 아가씨와 함께?'

궁금한 것이 산더미처럼 많았지만 꾸물거릴 참이 없었다. 조 매파는 굳은 얼굴을 하고선 얼른 제 쪽에서 가마 창을 밀어 닫았다.

"확인을 하였는가?"

하아! 비로소 긴장을 풀고 작게 한숨을 내쉬는 은호의 귀에, 밖의 소리가 들려왔다.

"네. 아가씨는 무탈하십니다. 애초에 누군가 가마 안에 숨어들었다면 아가씨가 이리 평온하실 리가 없지 않습니까?"

"확실한가?"

"물론입니다요."

"……알았네."

잠시 후, 가마로 좀 더 가깝게 다가오는 발자국 소리가 들려왔다.

"아가씨, 무례를 용서해주십시오. 도성까지 무사히 당도하시길 바랍니다."

"······알았네."

"자네들은 혹여 길을 가다 수상한 자가 보이거든 반드시 관아로 발고하여야 할 것이다."

"아이고, 그러믄입쇼."

"이보게들, 여긴 아닌 것 같네. 저쪽으로 가보세나."

"이 흉악한 놈을 어디서 찾는다?"

바깥의 사내들이 수군거리더니, 이내 말에 올라탄 것인지 "이랴!" 하는 소리가 들려왔다. 그들의 말발굽 소리가 멀리 사라지고 나서야 무현이 은호의 몸을 조금 들어 올리고 그 밑에서 빠져나왔다. 그리곤 가마 뒷벽에 머리를 기대곤 휴우, 하며 작게 한숨을 내쉬었다.

은호는 사내의 몸에서 조금이라도 더 멀어지기 위해 가마 문 쪽으로 바싹 다가앉았다. 하지만 은호의 몸은 여전히 반쯤 구부린 그의 긴 두 다리 사이에 자리 잡고 있었다.

"아가씨."

은호가 무현의 작은 행동 하나하나에 신경을 쓰고 있을 때, 밖에서 조 매파의 부르는 소리가 들렸다. 어딘가 은근한 말투였다.

"관에서 나온 사람들이 모두 멀리 갔습니다. 이제 저희도 움직여야 할 것 같은데요. 혹시··· 뭐 시키실 일은 없으십니까?"

"어, 없네."

"······그럼, 이제 출발하겠습니다요! 이 사람들아, 이제 쉴 만큼 쉬었으니 어서 출발하세."

"알았수! 자 다들 다시 힘내자고요! 하나, 둘, 읏!"

조 매파의 소리가 들린 직후, 교자꾼들이 기합을 넣는 소리가 들려왔다. 그와 동시에 가마가 좌우로 심하게 흔들렸고 그 때문에 어정쩡하게 앞으로 조금 나와 앉아 있던 은호는 몸의 균형을 잃고 옆으로 쓰러질 듯 기울었다.

"어이쿠!"

은호의 뒤에 앉아 있던 무현이 얼른 팔을 뻗어 은호의 몸을 받쳤다.

순간, 잠시 식혀졌던 은호의 얼굴이 다시 빨갛게 달아올랐다. 가마 벽에 얼굴을 부딪히지 않은 것은 다행이었지만, 급하게 받치느라 뻗은 무현의 큰 손이 은호의 왼편 가슴을 움켜쥐듯 감쌌기 때문이었다. 놀란 건 은호만이 아니었다. 무현 역시 생각지 못한 돌발적인 접촉에 놀라 몸이 굳었다. 가마 안의 사내와 여인은 괜한 민망함에 고개를 외로 꼬았다.

"아유! 아저씨들, 가마를 그렇게 메시면 어떡해요."

"아가씨 놀라셨겠네. 아가씨, 괜찮으세요?"

가마 밖에서 사월이년과 조 매파의 걱정하는 소리가 연이어 들려왔다. 그 바람에 놀란 은호는 무현의 손을 물리지도 못하고 바삐 답을 내주었다.

"어, 어…… 괜찮다."

은호가 얼른 몸을 바로 하여 무현의 손에서 떨어지려 하였다. 하지만 잠시 떨어졌던 무현의 손이 다시금 은호의 몸을 감아왔다. 은호는 놀라 사내의 손목을 잡아 제 몸에서 떨어뜨리려 하였지만, 사내의 손은 은호의 허리를 단단히 감은 채 떨어질 생각을 하지 않았다.

아니, 특별한 의도 없이 그저 흔들리는 은호를 잡아주려고만 했던 처음과 달리 이번에는 좀 더 노골적인 의도를 가진 채 움직이기 시작하였다.

"……!"

사내의 긴 손가락들이 저희가 닿은 몸피의 부드러움을 확인이라도 하듯 오므라들었다가 다시 펴졌다. 날씬한 배의 탄력을 확인이라도 하듯 폄과 쥠을 거듭하는 노골적인 손가락들은 아주 미세하게 조금씩 위로 향하기까지 하였다. 그 바람에, 그 은밀한 움직임에 은호의 뒷목, 머리카락이 시작되는 부분에는 어느새 촉촉이 땀방울이 맺히기 시작하였다. .

"훗, 떨고 있소?"

사내가 은밀한 속삭임과 함께 또 한 번 은호와 닿아 있는 제 손과 손가락들에 힘을 주었다. 은호는 그 무례한 손짓에 화를 내어야 한다 생각하면서도, 그의 손길에 급격하게 부풀어오르는 가슴을 의식하며, 그 노골적인 변화가 부끄러워 질끈 입술을 깨물 뿐이었다.

사내도 그런 은호의 변화를 눈치챈 것인지, 매끄러운 비단 치맛자락 위에서 조금 더 제 긴 손가락들을 전진시켰다. 마침내 사내의 손은 저고리 자락을 밀어 올리며 존재감을 과시하는 봉긋한 가슴선 아래에 닿을 듯 말 듯 아슬아슬한 자리까지 올라갔다.

"하아……"

내내 숨을 참고 있던 은호의 입에서 저도 모르게 달뜬 신음소리가 새어나왔다. 퍼뜩, 은호가 제정신으로 돌아올 정도로 부끄러운 소리였다.

'내가 지금 무슨 짓을 하고 있는 거지?!'

"노…… 놓아라."

은호는 바깥에 들리지 않게 하려고 거의 숨소리에 가까운 속삭임으로 사내에게 손을 풀어달라고 청했다. 하지만 이내 자신이 아무리 몸을 뒤틀어도 사내의 손만 더욱 즐겁게 해줄 뿐, 사내에게서 벗어날 수 없음을 깨달았다. 바들바들 떨며 애써 침착함을 되찾으려 하는 은호의 모습을 본 사내가 그제야 웃음을 머금으며 은호의 몸에서 제 손을 거두었다.

"아가씨, 무어라 하셨습니까?"

안의 사정을 알 리 없는 바깥의 계집종이 은호에게 물어왔다. 작게나마 은호의 목소리가 들린 모양이었다.

"아, 아니다. 그저 가마의 움직임이 험한 것 같아 혼잣말을 하였다."

은호의 말이 떨어지기가 무섭게 밖에서 조 매파가 교자꾼을 나무라는 소리가 들려왔다.

"어이구 이 사람들아, 물장난하느라 힘 다 뺀 거 아닌가? 어찌 이리 맥들을 못 쓰누?"

"그래서 그런가? 가마가 오전 나절보다 훨씬 무거워진 것만 같네요."

"자네도? 나도, 나도."

교자꾼들의 수군거림에 가마 안의 무현이 피식 머쓱한 웃음을 흘렸다.

"무겁긴 뭐가 무겁다고 그래. 쉬다가 다시 메려니까 그리 느껴지는

게지. 잡소리들 말고, 얼른 부지런히 감세. 가마 안에만 계실 아가씨가
얼마나 답답하겠어? 얼른 뜀세. 얼른!"

"알았소. 할멈이나 저 쪼깐한 것 데리고 잘 쫓아오쇼."

조 매파와 교자꾼들의 대화 소리가 멈추고, 이내 "헛둘! 헛둘!" 하는
구령 소리와 함께 교자꾼의 걸음들이 빨라지는 것을 무현과 은호도 느
낄 수 있었다. 가마가 좌우로 흔들리는 폭이 점점 빨라진 까닭이었다.

"……조, 조 매파랑은 아는 사인가?"

교자꾼들의 구령 소리가 시끄러운 틈을 타, 은호가 한층 더 제 목소
리를 낮춰 제 등 뒤의 무현에게 물었다. 분명, 조 매파가 무현의 모습을
발견한 것 같은데도 별소리 없이 모른 척해준 것이 궁금해진 때문이었
다. 침묵을 지키고 있다가는 조금 전 사내가 자신에게 행한 은밀한 손
짓이 다시 생각날까 두렵기도 했다.

"그저 도성 장시에서 몇 번 얼굴만 본 사이요."

답을 하는 무현의 소리는 무언가에 막힌 듯 낮게 웅얼거리는 소리
였다. 바로 제 머리 뒤꼭지에서 들려오는 소리임에도 낮고 멀리 들리는
소리에 이상하다 싶어 돌아본 은호는 그제야 그 이유를 알았다. 가마
안을 침범한 무뢰한이 제 말소리를 죽이기 위해 은호의 붉은 치맛자락
을 들어 입에 문 채 말하고 있었던 것이었다. 그 바람에 치마 뒷부분이
들쳐져 무지기치마(무지개 색으로 층층으로 이뤄진 속치마)가 훤히 다 드러
나 보이고 있었다.

"……!"

은호가 얼른 무현의 손에서 치마를 빼앗아 제 속치마를 가리는데,

무현이 몸을 앞으로 기울여 은호의 귀에 가까이 대고 속삭였다.

"치마 속은 이미 아까 다 보았다오."

사내의 지나치게 무례한 행동에 은호가 돌아보며 손을 치켜 올리자 무현이 소매 끝으로 드러난 그 하얀 손목을 잡아채었다. 이어 은호의 귀에 제 입을 가져다 대어 은밀한 속삭임을 전했다.

"쯧쯧쯧. 이리 말라서야 서방 되실 양반에게 귀여움이나 제대로 받겠소? 그러고 보니 지난번 보았을 때보다 한층 더 마른 것 같기도 하구려. 뭐, 그래도 제법 여인네 티가 나는 몸이기는 하오만……. 훗."

사내가 드러난 손목, 맥박이 뛰는 곳에 제 입술을 가져다 대고선 점차 소맷자락을 걷으며 제 입술을 천천히 이동시켜 나갔다.

"……놓거라!"

은호는 부러 자신과 눈을 맞추며, 제 손목을 입술로 유린하고 있는 사내에게 잡힌 손목을 빼려 안간힘을 썼다. 하지만 사내의 힘을 은호가 당해낼 리 없었다. 그 때문에 팔목을 빼내려는 은호의 얼굴은 시뻘겋게 달아오를 정도였지만, 그 모습에 재미가 들렸는지 무현은 좀처럼 은호의 손목을 놓아주려 하지 않았다.

그때였다.

"하아…… 하아…… 하……하……, ……"

안간힘을 쓰던 은호의 호흡이 점점 가빠지기 시작했다.

처음엔 제게서 풀려나려는 위장책인가 싶어 잠자코 지켜보던 무현이 심상치 않은 은호의 기색에 놀라 얼른 손목을 놓아주었지만, 은호의 호흡은 거칠게 흐트러진 채로 편히 돌아오지 않은 듯하였다. 종당에는 가슴이 괴로운지 두 손으로 제 저고리 앞섶을 힘주어 말아 쥐고는 앞으로 꼬꾸라지듯 엎드려 숨을 쉬려 노력하는 은호였다.

"헉……허억……헉!"

"왜 이래? 어디가 아파? 왜 이러는 것이야?"

무현이 은호를 안아 일으키며 물었다. 하지만 무현의 물음이 들리지 않는 듯 은호의 얼굴은 점점 더 고통으로 일그러지고 있었다. 어찌나 괴롭게 가슴을 쥐어뜯었는지 앞섶은 거의 뜯어져 나가기 직전이었다.

그 모습에 어떻게 할까 잠시 망설이던 무현이 가마 창을 아주 조금 열었다. 그리고선 손만을 내밀어 휘휘 저었다. 부디 조 매파가 보고 다가오기만을 바라며…….

그동안에도 은호는 무현의 품에서 가슴의 통증 때문에 연신 몸을 뒤틀고 있었다. 그 모습이 안쓰러워 무현은 좀더 힘주어 은호를 안았다.

"괜찮아, 괜찮아질거야."

"……무슨 일이십니까?"

다행히 무현의 손을 보았는지, 조 매파가 얼른 다가와 곁 창에 제 얼굴을 바짝 가까이 대었다. 그리고 제가 본 손의 주인공을 향해 낮은 목소리로 나무랐다.

"뭐하는 짓이오? 들키면 어쩌려고?"

그리고는 곧 무현의 품에서 괴로워하는 은호를 보고 놀랐다.

"무슨 일이오?"

"……일단, 빨리 약방을 찾아보시오. 의원에게 보여야 할 것 같소!"

"아, 알았소. 참, 아가씨 품을 뒤져보면 환약이 든 주머니가 나올 거요. 급한 대로 우선 잡숫게 하시오, 얼른!"

조 매파가 무현에게 그리 시키고, 가마 창을 닫았다.

"이보시게들! 아가씨 몸 상태가 많이 안 좋으신 것 같으이. 얼른 저기 보이는 마을로 빨리 가세. 가서 약방을 찾아봐야 할 것 같아!"

"아니, 아가씨가 왜요?"

"이럴 시간이 없다니까? 다들 뛰시게나! 얼른!"

바깥에서 들려오는 소리를 듣는 둥, 마는 둥 무현은 여전히 제 품에서 고통스러워하는 은호를 보더니, 잠시 눈썹을 찌푸렸다. 그리곤 작정한 듯 여전히 저고리 앞섶을 쥐어뜯는 은호의 손을 힘주어 떨어뜨려 놓았다. 그리고 서슴없이 저고리 앞섶을 풀어헤쳤다. 다행히 약낭 비슷한 것은 어렵지 않게 발견할 수 있었다. 가슴을 받치듯 단단히 죄고 있는 치마끈 사이에 작은 비단 주머니 하나가 여며져 있었다.

잠시 망설이긴 했지만, 무현은 이내 은호의 살에 닿지 않도록 조심하여 치마끈 사이에서 주머니를 꺼냈다. 주둥이를 묶고 있는 끈을 펼쳐 손바닥으로 기울이니 검붉은 환약 몇 알이 또르르 제 손바닥으로 쏟아져 나왔다.

'이건가? 물, 물이 어디 있지?'

좁은 가마 안을 급히 둘러보던 무현은 오른편 구석에서 작은 나무 수통을 발견했다. 허둥지둥 환약들을 은호의 입에 넣은 뒤 수통의 뚜껑을 열어 주둥이를 은호의 입에 대고 기울였다.

"쿨럭, 쿨럭, 쿨럭!!"

물을 한꺼번에 많이 들이켠 탓이었는지, 아니면 약을 넘길 만한 기력조차 없는 것인지, 은호는 기침과 함께 입에 넣었던 환약과 물을 모두 입 밖으로 토하듯 내뱉고 말았다.

"멍청한 여자. 이거 하날 제대로 못 삼켜? 젠장!"

제 말이 온전히 들릴 리 없는 은호를 향해 욕지거리를 내뱉고는 무현이 다시 환약들을 꺼내 은호의 입 안으로 털어 넣었다. 그리곤 수통의 물을 제 입안에 들이부은 뒤 제 얼굴을 은호에게로 기울였다. 온전히 물을 받아넘길 수 있도록 은호의 목 뒤를 받친 채 입술을 마주 대었다. 숨을 쉬기 위해 열린 입술 틈으로 조금씩 입안의 물을 흘려 넣었다.

꼴깍 꼴깍.

은호의 목으로 물이 넘어가는 소리가 들리고서야 무현이 은호의 입술에서 제 입술을 떼었다. 은호는 여전히 고통에 일그러진 얼굴로 거친 숨을 내쉬고 있었다. 환약이 분명 목 안으로 넘어갔을 텐데도, 금방 편해지지는 않는 모양이었다. 무현은 은호의 숨을 돕기 위해 은호의 등을 쓸어내리기를 반복하였다.

"천천히, 아주 천천히 숨을 들이마셨다 내쉬어봐."

목소리를 죽여 은호에게 일렀다. 은호가 괴롭게 숨을 반복하며 무심결에 끄덕, 고개를 움직였다. 제 등을 쓸어내리는 무현의 손동작에 맞춰 숨을 내쉬고 들이마셨다.

"후…… 후……."

약효가 돌기 시작했는지, 하얗게 질린 창백한 은호의 얼굴에 핏기가 조금씩 돌아오고 있었다. 숨도 조금씩 편해지는 것 같았다. 하지만 무현은 멈추지 않고 안고 있는 은호의 등을 연신 조심스럽게 쓸어내리기를 반복했다.

'처음 보았을 때도 유난히 말랐다고 생각했거늘, 그때보다 훨씬 야위었지 않은가? 게다가 이 발작하며……, 정말 어디가 심각하게 아픈 것인가?'

무현이 어느새 제 품에 기대어 추욱 늘어진 은호를 보며 복잡한 표정을 지었다. 무슨 생각에서인지 좀 전에 은호에게 건넸던 환약 중 두어 알을 몰래 제 품으로 집어넣었다.

"아가씨, 약방에 다 왔습니다요. 가마를 내리겠습니다요."

가마 밖에서 조 매파의 소리가 들리더니 가마의 흔들거림이 멈췄다. 그리고 이내 가마가 바닥으로 내려지는 느낌이 들었다. 무현이 바짝 긴장하여 제 앞의 가마 문을 노려보는데, 다시 조 매파의 소리가 들려왔다.

"아가씨, 이제 가마 문을 열겠습니다요."

조 매파가 무현이 들으라는 듯 목소리를 높인 뒤 조심스럽게 가마 문을 들어 올렸다. 그러더니 앞섶을 어지럽게 헤쳐 푼 채 무현의 품에 안겨 의식을 잃고 있는 은호를 보고는 놀라 얼른 돌아서 제 등을 가마 문 쪽으로 들이밀었다.

"아가씨, 얼른 제 등에 업히세요. 얼른요."

조 매파는 고개만 잠시 돌려 무현에게 업혀주라는 듯 눈까지 부라렸다. 무현이 그제야 대충 은호의 앞섶을 여며준 뒤, 안고 있던 은호를 살짝 들어 조 매파의 등에 업혀주었고 조 매파는 은호를 업고 일어서며 뒷손으로 슬그머니 가마 문을 내렸다.

무현은 처음 은호에게 겨눴던 단도를 꺼내 경계심 가득한 얼굴로 닫힌 가마 문을 노려보았다. 혹시나 다른 누군가가 가마 문을 열고서 소란을 피울까 염려한 때문이었다.

"자네는 이대로 도성 임진사 댁에 가서 아가씨가 여행 중 뱃병이 나셔서 하루 이틀 늦어질 것이라 전해주시게. 그리고 자네는 아가씨 본댁에 가서 그리 전하시고. 자네는 이 근처 주막에 우리가 묵을 객방이 있는지 물어보고, 사월이 너랑 자네는 얼른 나 좀 도와주게. 일단 거기 문 좀 빨리 열어봐. 얼른!"

급한 소리로 조 매파가 이리저리 사람들을 부리는 소리를 들으며, 무현은 조금 경계심을 풀긴 했지만, 여전히 허공에 단도를 향한 채 가마 문을 뚫어져라 응시하였다.

대문이 열리고 닫히는 소리, 대문 안으로 사람들이 들어가는 소리, 황급히 사내들이 뛰어가는 소리들이 모두 희미해진 다음에야 무현은 옆의 가마 창을 슬그머니 열었다. 어느새 어두워진, 그리고 비로소 잠잠해진 바깥 공기를 확인하고 가마 앞문을 열어 가마에서 나왔다.

그제서야 제대로 허리를 편 무현의 눈에 들어온 건 약방임에 틀림없어 보이는 집채였다. 대문 위에 영복당(迎福堂)이라고 쓰인 현판이 걸려 있었다.

"아가씨는 괜찮겠소?"

영복당의 귀빈을 위한 객방에서는 조 매파와 사월이 걱정스레 지켜보고 있는 가운데, 염소수염을 닮은 턱수염을 한 의원이 비단 천 위로 은호 손목을 짚어 진맥하고 있었다. 은호는 드리워진 발 안에 누워 발 밖으로 팔만 내어놓고 있었다. 잠시 맥을 살피느라 눈을 감고 집중하던 의원은, 가볍게 한숨을 쉰 후 손을 떼었다.

"가슴이 자주 답답하고 두근거리십니까? 자주 놀라고, 숨이 차십니까?"

의원이 은호에게 물었다. 제법 편안한 표정으로 천장을 올려다보던 은호는 시선을 그대로 천장에 고정시킨 채 제 일행에게 일렀다.

"잠시 자리를 피해주게."

"아가씨……."

울상이 된 사월이가 은호에게 엉금엉금 기어가려는데, 조 매파가 막아섰다.

"아가씨가 나가 있으라고 하지 않니. 어서 나가자, 응?"

"아가씨이……."

이제는 눈물까지 흘릴 기세인 어린 계집종을 조 매파가 억지로 일으키고는 함께 방에서 나갔다. 두 사람의 발소리가 멀어진 것을 확인한 후 은호가 고개를 돌려 발 너머의 의원을 보았다.

"이제 얼마나 남은 것 같소?"

"······언제부터 앓으신 것입니까?"

"오래되었소. 일찍이 시호가용골모려탕이나 과루해백반하탕 등 심장에 좋다 하는 웬만한 탕제와 약재는 다 써보았으나, 크게 효과를 보지 못하였소. 허니 의원도 더는 애쓰지 마시오. 그저, 내 여명이 얼마 정도인지나 알 수 있었으면 좋겠소."

"이 몸으로 어찌 먼 길을 가려 하신 겁니까? 절대 안정, 절대 요양이 필요한 몸입니다."

"의원······ 내게 얼마나 남았소?"

은호가 다시 한번 의원의 답을 재촉하였다. 의원이 무거운 시선으로 발 건너편의 은호를 본 후, 입술을 달싹거리기 시작했다.

"아가씨는······."

의원이 물러가고 얼마 안 돼 은호는 깊은 잠에 빠졌다. 기력이 쇠한 것도 쇠한 것이지만, 약 기운에 취해 제대로 눈을 뜨기 어려웠던 까닭이었다. 그러다 잠결인지 꿈결인지 검은 그림자가 조용히 방 안에 스며들어왔음을 느꼈다.

'저승사자가 벌써 오신 겐가?'

눈꺼풀이 무거워 제대로 눈도 뜨지 못하면서도 은호는 그림자가 제 곁에 다가와 한참이나 저를 내려다보고 있는 것을 느꼈다.

"마치 죽은 사람 같잖아······."

밤 공기에 스며든 낮은 사내의 음성이 들렸다. 어디선가 들어본 목소리인 것 같았지만, 그 목소리의 주인공이 누구인지, 약 기운에 흐려진 은호의 머리는 제대로 떠올릴 수 없었다.

"……누구?"

한참 만에야 소리가 입 밖으로 나왔다. 여전히 눈을 떼지 못한 채였다. 하지만 답이 돌아오지 않았다. 대신 커다란 손 하나가 살그머니 제 이마의 땀을 닦아주고 있음이 느껴졌다.

"누구?"

다시 은호가 물었다. 하지만 그림자는 아무 말도 하지 않았고, 이내 방문이 열리고 다시 닫히는 소리가 들려왔다.

제

2

장

사로잡힌 제물

"먼 길 오느라 애썼다. 뱃병이 났었다고? 그래서 그런가, 얼굴이 아주 창백하구나."

사흘 후. 도성의 임진사 댁에 당도한 은호를 맞이한 건 언뜻 보기에는 제법 인자하고 후덕하게 생긴 임진사 내외였다. 은호의 신랑이 될 진철 도령은 여름 고뿔에 걸려 잠시 쉬고 있는 중이라고 했다.

진사댁 안채에 들어 임진사 내외에게 큰절을 올리자마자, 안주인 오씨 부인은 청옥 반지며 금가락지들을 가득 낀 손으로 은호의 손을 덥석 잡았다.

"혼례를 올릴 때까지 당분간 별당에 기거하면서 나랑 사이 좋은 고부 연습이나 하자구나. 조 매파는 이만 가보게. 혼례 전날 사돈 될 분이랑 함께 보세나."

"아가씨께서 계집종 하나밖에 안 데려오셔서 여러모로 불편하실 테니, 당분간 제가 함께 머물며 보살펴 드리면 어떨까요?"

큰절을 하는 은호를 부축했던 조 매파는 방바닥에 엉덩이를 붙이기 무섭게 저를 쫓아내려는 오씨 부인에게 잠시 서운함을 느끼며 그리 여쭸다. 하지만 내내 함박꽃 같던 미소를 머금고 있던 오씨 부인은 노골적으로 귀찮은 기색을 보이며 마다하였다.

"자네가 힘써준 것은 고맙게 생각하네만, 종년들이라면 우리 집에도 이미 차고 넘치니 불편할 게 뭐 있겠나? 허니, 자네는 그만 물러가게."

딱 잘라 너는 그만 가봐라 하니 더는 뭐라 붙일 말이 없는 조 매파였다. 거기다 방문 앞에 대기하고 있던 임진사 댁 행랑어멈이 다가와 억세게 팔까지 잡고 일으키니, 거의 쫓겨나는 것이나 다름없이 그 집에서 나올 수밖에 없었다.

'괜찮으시려나?'

조 매파는 은호의 병을 아는 사람이 자신밖에 없는 까닭에, 낯선 집에 은호를 두고 오는 마음이 편치 않았다. 사실 혼담을 진행하러 임진사 집에 들렀을 때의 오씨 부인의 태도는 그리 나쁘지 않았다. 주변 인심도 나쁘지 않고 시어미 될 재목도 사나워 보이지 않아 선뜻 혼담을 진행시킨 터였다. 거기다 진사댁 도령의 병증이 은호보다 좀 더 위중하다는 것도 조 매파의 선택을 거들었다.

'그런데 왜일까? 자꾸만 찜찜한 기분이 드는 것은?'

방금 전 자신이 나온 임진사 댁의 솟을대문을 돌아보며 조 매파는 까닭 모를 불안한 예감에 낯을 흐렸다. 자연히 돌아서는 발걸음은 무겁기 짝이 없었다.

"자, 여기가 네가 거처할 별당이니라. 당분간 여기 행랑어멈이 네 수발을 들 터이니, 필요한 게 있거든 어멈에게 달라 하려무나."

조 매파가 나간 지 얼마 안 돼 오씨 부인은 은호를 데리고 안채에서 조금 떨어진 곳에 위치한 별당으로 향했다. 별당은 제법 크고 손질도 잘되어 있었으나, 한여름인데도 어쩐지 냉기가 도는 곳이었다.

"……그리 하겠습니다."

앞으로 제가 쓸 방을 둘러보는 둥 마는 둥 시어미가 될 이에게 순순히 답하는 은호의 어깨를 오씨 부인이 미소와 함께 다정히 쓸어내렸다.

"자, 먼 길 오느라 피곤할 터이니 오늘은 그만 쉬렴. 앞으로 특별히 부르는 일이 없으면 따로 안채 쪽으로 나올 필요는 없단다."

오씨 부인은 은호가 진철의 병증에 대해서 모르는 줄만 알고 있었다. 혼담을 진행시킬 때도 조 매파에게 몇 번이나 신부 댁에는 진철의 병에 대해 알리지 말라 그리 신신당부했기 때문이었다. 진철이 병에 걸린 것을 알면 어느 집에서도 선뜻 딸자식을 내놓으려 하지 않을 것이었다. 그기에 오씨 부인은 혼례 날까지 은호가 집 안을 나다니는 것을 원치 않았다. 어차피 들통이 날 일이었긴 해도 혼인을 하기 전까지는 제 아들의 병에 대해 은호가 모른 채 있어 주기를 바랐다.

"혼례도 올리기 전에 네가 우리 집에 머무는 것에 대해 이러쿵저러쿵 입방아를 찧는 게 싫어 그러는 게야. 그러니 혼례 날까지는 그저 있는 듯 없는 듯 그리 조신하게, 응? 괜히 아랫것들에게 책잡히지 않도록 그저 조신하게만 있으렴. 내 자주 들러 말벗을 해줄 터이니."

마지막까지 당부에 당부를 거듭한 후 오씨 부인이 별당에서 나갈 때 행랑어멈은 설렘과 불안함으로 제 아가씨 옆에 찰싹 달라붙어 있는 사월이년의 손을 잡아끌어 밖으로 나갔다.

하여, 이렇다 할 가구도 없이 그저 썰렁하니 크기만 한 넓은 방 안에 이제 은호 홀로 외롭게 남게 되었다.

"저, 저기 어디로 가는 겁니까요? 저는 저희 아가씨 수발을 들어야 하는데?"

영문도 모른 채 끌려가는 불안함에 눈알을 뒤룩뒤룩 굴리며 사월이가 행랑어멈에게 물었다.

"너도 이제 이 댁 종이 되었으니, 이 댁 법도를 따라야 하잖니. 이 댁에서는 처음 들어온 종들에게 늘 행랑채 측간 청소를 맡긴단다. 칠순 노인이건, 열 살배기 어린아이건, 계집이건, 사내건 상관이 없어. 들어온 날부터 열흘 동안은 무조건 새로 들어온 년놈이 측간 청소를 하는 것이야. 알겠니?"

"예에? 측간 청소요? 제, 제가 왜?"

"왜긴 왜야! 어른이 시키면 시키는 대로 할 것이지, 뭔 딴말이 그리 많아! 얼른 따라 나서지 못해?!"

측간이란 말에 기겁을 하고 벌써부터 코까지 움켜잡고 인상을 찌푸리며 뒷걸음질치는 사월이년을, 행랑어멈은 좀 전까지와 다른 험악한 분위기로 강제로 행랑채 쪽을 향해 질질 끌고 갔다.

결국 그때부터 혼례 날까지 사월이는 저의 주인도 뵙지 못한 채 진사댁 종들의 구박을 받아가며 내내 측간의 똥을 치우느라 바쁘게 움직여야만 했다.

"이보게……, 거기 밖에 아무도 없는가?"

어느새 어두워진 방 안의 등잔에 불을 붙인 후 은호가 가만히 밖을 향해 외쳤다.

"사월아……? 사월아……."

제 몸종의 이름도 불러보았지만 답이 없는 건 마찬가지였다.

벌써 별당에 든 지 몇 시진이 지난 것 같았다. 가지고 온 짐을 스스로 정리하고 먼지 묻은 옷을 갈아입은 후로 한참이 지났지만 아무도 찾아오는 이가 없었다.

'고단할까봐 쉬라고 배려해주시는 건가?'

그리 좋게좋게 생각하려 했지만, 낯선 방 안에 딱히 이렇다 하게 읽을 서책도 소일할 자수틀도 없이 그저 매양 가만히 앉아 있기만 하는 것은 쉽지 않았다. 할 일이 없으니 자꾸만 딴생각이 들어 더 괴로웠다. 가마 안의 그 후덥지근했던 공기며, 제 뒷목에 와 닿던 사내의 숨결이며, 제 허리를 감았던 사내의 커다란 손, 그리고…… 발작을 일으켰을 때 저를 단단히 부축해주던 사내의 품이 자꾸만 떠올랐다. 실제인지 망상인지 모르겠지만, 의식을 잃었을 때 사내가 저를 와락 힘주어 껴안았던 것만 같았다. 제 품을 헤집어 약낭을 꺼내었던 것도 같았다.

그리고……, 그리고 ……,

'아냐. 아니다. 그럴 리가 없어.'

사내가 제게 입을 맞춘 것만 같은 기억은 실제가 아닐 거였다. 착각

일 거였다. 그럴 리 없었다. 설마, 아무리 의식이 없다 한들 자신이 그런 일을 허락할 리가 없었다.

'내가 잘못 생각한 거야. 설마, 설마 내가 그랬을 리 없어.'

"그럴 리 없어."

어느새 생각의 꼬리가 입 밖으로 새어나왔다. 문득 낯선 음성이 그 꼬리를 이어받았다.

"무엇이 그럴 리 없지?"

은호가 소스라치게 놀랐다.

어느 틈에 온 건지 자신보다 더 창백한 얼굴에 훌쩍 야위어, 볼이 움푹 패어 있는 사내 하나가 방문간에 서서 제게 말을 걸어왔기 때문이었다.

"당신이 이번에 내게 바쳐질 산 제물인가? 쿨럭, 쿨럭!"

총기가 느껴지지 않는 흐린 눈빛, 눈 밑에 잔뜩 깃든 기미 자국, 신경질적으로 바짝 여윈 몸매의 사내는 누가 보더라도 병색이 완연한 환자의 모습, 그것이었다.

"진자 철자 도련님 되시옵니까?"

은호가 자리에서 일어서 그를 맞았다.

'이 사람이 내…… 서방님이 되실 분인가?'

"쿨럭! 쿨럭!!!"

사내는 제가 진철인지 아닌지 확답도 아니 준 채, 연신 기침을 쏟아가며 방 안으로 들어서더니, 좀 전까지 은호가 앉아 있던 보료 위에 거의 눕다시피하며 비스듬히 앉았다.

"쿨럭, 쿨럭! 이름이 은호……시라고?"

"예."

은호가 고개를 숙여 보였다.

은호는 신랑 될 사람과의 이 기묘한 첫 만남에 내심 당황하였다. 어찌 이 집 사람들은 저희 단둘이 이리 만나게 한 것인지, 어찌 아무도 도령이 왔음을 제게 고하지 않은 것인지 궁금하기 짝이 없었다.

탁탁, 사내가 한 손으로 제 바로 옆의 방바닥을 두들겼다. 은호 보고 가까이 와 앉으라는 뜻일 거였다. 은호는 아직 혼인도 아니 한 처지에 사내의 곁에 가까이 앉아도 될까, 잠시 망설였지만 이내 생각을 고쳐 먹었다. 진철은 제 신랑이 될 이였다. 가마 안의 '그' 사내와의 거리감을 생각해보면 진철의 곁에 아니 다가앉으려 하는 것 자체가 위선이나 다름없을 터였다.

"쿨럭, 뱃병…… 쿨럭쿨럭 뱃병이 나서 늦었다고?"

은호가 곁에 앉자마자 진철이 물었다.

"……그렇습니다."

"거짓말. 호호호."

진철이 거만한 눈초리로 은호의 모습을 아래위로 훑어보더니, 몸을 기울여 은호의 작은 턱을 잡았다.

"따로 숨겨둔 샛서방을 만나고 오느라 늦은 것이 아닌가? 이리 반반하니 숨겨둔 정인 한둘쯤은 있을 법도 하지 않나?"

"……무슨 말씀이십니까?"

너무도 끔찍한 말에 놀라 고개도 돌리지 못한 은호를 보던 진철이 이번엔 제 야윈 손을 들어 은호의 저고리를 부여잡고는 거칠게 좌우로 뜯어내었다. 예상치 못한 일이라 은호는 미처 그 거친 손길을 막지 못했다, 그 바람에 은호의 앞섶은 후두둑, 너무도 쉽게 떨어져나갔고, 은호는 처음 본 사내에게 제 가슴을 반 이상이나 훤히 드러내 보일 수밖에 없었다.

"무, 무슨 짓입니까?!"

은호가 사내에게서 등을 돌려 제 팔로 가슴을 가리려 하였다. 진철이 그런 은호를 힘주어 돌려 앉힌 후, 이번에는 가슴께의 치마끈을 풀려고 덤벼들었다.

"오는 길에 다른 놈의 손을 타지 않았나 살펴보려는 것뿐이다!"

"치우셔요. 이러지 마셔요……!"

거칠게 치마끈을 잡아 뜯으려는 진철의 손을 떼어내려 몸부림치는 은호였지만, 쉽게 진철의 품에서 벗어나지 못했다. 병자이면서도 어찌나 힘이 센지 어느새 그의 손에 의해 치마끈은 뜯겨져 나갔고, 치마 역시 홀러덩 은호의 몸에서 벗겨져 나갔다. 우악스러운 손길에 그리 차례차례로 여러 겹의 속옷들이 뜯겨져 나가고, 마침내 은호의 몸에는 그저 다리 사이를 가린 얇은 다리속곳 한 장밖에 남지 않았다. 은호는 제 두 팔을 가슴 위에서 교차시켜 드러난 가슴을 가리고, 온몸을 한껏 웅크려 사내의 시선에서 어떻게든 제 알몸을 가리려 하였다. 하지만 진철의 손은 그런 은호의 몸 사이로 들어와 마지막 속곳 한 장마저 벗기려 들었다.

그 손길을 피하려 애쓰던 은호는, 또다시 제게 덤벼들려는 진철을 안간힘을 다하여 밀쳐버렸다.

"너어……, 이 녀언……"

벌러덩 뒤로 나자빠진 진철이 얼른 제 몸을 일으켜, 양 눈썹을 위로 추켜세우며 은호를 노려보더니 다시 씩씩 거친 숨을 몰아쉬며 은호에게 달려들었다.

'살려 줘……. 이런 건 싫어……. 제발!'

속으로 누군가인지도 모를 이에게 구원을 요청하며, 두 눈을 질끈 감은 은호는 자신의 심장 박동이 또다시 거칠게 질주하고 있음을 느꼈다. 이러다간 정녕 또다시 심장이 터져 죽을 것만 같았다.

"윽……! 쿨럭 쿨럭쿨럭!"

하지만 먼저 고통에 몸부림치며 나가떨어진 것은 진철 쪽이었다. 가마 안에서 은호가 그러했듯이 진철은 거의 바닥을 구르듯이 하며 가슴을 움켜쥐고선 고통을 호소했다.

"윽!"

"흐으흑. 흐으……흐으흑."

갑작스러운 사태에 놀라 여전히 두 팔로 가슴을 가린 채 은호는 바닥에 흩어진 제 저고리와 치맛자락을 들어 제 몸을 가리며 주춤주춤 뒤로 물러나 앉았다.

그 순간,

"진철아!"

문밖에서 내내 대기하고 있었던 것마냥 방문이 떨어져 나갈 듯이 열리더니, 오씨 부인과 행랑어멈이 뛰어들어왔다. 민망하게 드러난 몸을 가리며, 눈물 어린 눈으로 벌벌 떨고 있는 은호에겐 시선조차 보내지 않은 채 두 여인이 진철을 향해 달려들었다.

"진철아!"

"도련님."

"의워언! 빨리 김 의원을 부르게, 어서!"

"네, 마님!"

"남서방! 밖에 남서방 없느냐?! 얼른, 남서방 들라 하여라, 어서!"

오씨 부인이 밖을 향해 바락바락 악을 썼다. 밖에서 "네! 마님" 하는 소리와 함께 후다닥 뛰어가는 누군가의 급한 걸음 소리가 들려왔다.

"진철아! 정신 차려, 정신 차리거라. 도대체 무슨 일이니? 응?! 흑……."

오씨 부인의 안중에는 방구석에서 옷자락으로 몸을 대충 가린 채 덜덜 떨고 있는 은호는 없는 듯하였다. 그저 의식을 잃고 누운 제 아들만 연신 쓰다듬으며 발작적으로 이름을 불러댔다. 그 곁에서 은호는 철철 눈물을 흘려가며 어떻게든 옷을 다시 꿰어 입으려 애썼다. 하지만 떨리는 손 탓에 제대로 옷이 입어지지 않았다. 거기다 엎친 데 덮친 격으로 밖에서 "마님!" 하는 사내의 목소리까지 들려왔다.

"남서방인가? 얼른 들어오게!"

은호의 몰골과는 아랑곳없이 행랑아범을 방 안으로 불러들이는 오씨 부인이었다. 은호는 화들짝 놀라, 제 몰골을 가릴 곳을 찾다 옷가지들을 끌어안은 채 얼른 병풍 뒤로 숨어 들어갔다.

"마님! 도련님! 이게 무슨 일이옵니까!!"

떨리는 손으로 치마끈을 죄고, 저고리를 걸치는 은호의 귀에 방에 들어선 행랑아범의 부르짖음이 들려왔다.

"어서, 어서 이 아이를 업게. 사랑채로 데려가 눕히게, 얼른!"

"예, 마님!"

끙차, 남서방이 진철을 둘러메려 힘쓰는 소리가 들려왔다. 이어 후다 닥, 여러 사람이 방을 나가는 소리도 들렸다. 어느덧 조용해졌나 싶었 더니 누군가가 은호가 숨어든 병풍으로 다가서는 소리가 들렸다. 그리 곤 달리 은호가 손쓸 새도 없이 확, 병풍이 걷혔다.

"어……머님."

오씨 부인이 눈물로 범벅된 얼굴로, 역시 눈물로 온 얼굴을 적신 채 부들부들 떨며 웅크려 있는 은호를 노려보았다.

"고얀 것. 내 너에게 따져 묻고 싶은 것은 많으나 지금은 진철의 일 이 급하니 그냥 가마. 이 방 안에서 한 발자국, 단 한 발자국도 꿈쩍해 선 아니 될 것이야. 알겠니?!"

얼음장처럼 차가운 한 마디를 내뱉은 후 오씨 부인이 방을 나섰다.

방 안엔 이제 좀 전의 소란을 잊은 고요함만이 남았다.

그런데도 은호는 병풍 밖으로 나가지 못했다. 그 어둡고 좁은 공간 만이 제가 숨을 쉴 수 있는 장소인 양, 병풍과 벽 사이에 자그맣게 몸 을 웅크린 채 가쁜 숨을 쉬었다. 그리곤 가만히 누구에게랄 것도 없는 푸념 아닌 푸념을 입 밖으로 내어보았다.

"내가 전생에 참으로 무거운 죄를 지었나보다……."

은호가 꿈꾼 건, 소망했던 건 단순했다.

선한 배필을 맞아, 문자 그대로 동병상련을 느끼며, 짧은 시간만이라도 지아비와 지어미로 그리 살 수 있기를 바랐다. 진정으로 서로 안쓰러워하며, 서로 위로하며, 지극히 아끼는 지아비와 지어미로 살고 싶었다. 이윽고 언젠가 지아비가 죽은 뒤에는 기꺼이 그를 그리다 따라 죽을 수 있게 되기를 바랐다. 그리만 할 수 있다면 제 짧은 생에 여한은 없을 것이라 생각하였다. 생에 대한 미련 따위는 남기지 않을 자신도 있었다.

헌데, 그것이 헛된 욕심이었음을 이제 인정할 수밖에 없었다. 자신이 너무 오만하고 운명을 만만히 여겼음을 진저리나게 실감하였다.

'내 부모를 속이고, 지아비 될 사람과 그 가족을 속이고, 세상을 속이려 한 죄를 받은 것이다.'

이미 '그 사내'가 제 방에 숨어들어 제 목에 칼을 들이밀었을 때, 그때 자신은 죽었어야만 했다. 진짜 열녀라면, 진짜 열녀가 되고자 했다면 낯선 사내와 한 방에서 얼굴을 마주하고 말을 섞고 가까이 한 그때 이미 혀를 깨물고서라도 자진했어야만 했다.

아니면 거짓 통정 사건에 휘말렸을 때, 그때 죽었어야 했는지도 몰랐다. 제 결백이 밝혀지기를 기다릴 것이 아니라 먼저 목을 매어 제 자신의 결백을 밝혀야만 했는지도 몰랐다.

그것도 아니면, 적어도 가마 안에서 '그 사내'와 몸을 겹쳐 살이 맞닿았을 때 '그 사내'의 낮은 속삭임이 제 마음을 어지럽혔을 때 죽었어야만 했다.

벌써 세 번.

진짜 열녀라면 벌써 세 번이나 죽고도 남았어야 할 몸이었던 것이다.

'그런 내가, 열녀라니. 열녀문이라니. 가당치도 않은 욕심을 품었던
것이다. 흐흐흐……'

은호는 이제까지의 제 헛된 꿈을 통렬히 비웃었다. 잔뜩 비웃어주
었다.

실컷 조소를 한 후엔 새로운 원을 가슴에 품었다. 이제는 부디 이
허무하기만 한, 슬프기만 한 이 삶이 빨리 마감될 수 있기만을 바라고
소망하였다.

✿

"……지금 어디 있어요?"

내내 앓던 진철은 다음 날 저녁 무렵이 되어서야 간신히 의식을 되
찾았다. 눈을 뜨자마자 걱정에 얼굴이 까맣게 타들어 간 제 어머니를
보며 힘없이 물었다.

"뭐 말이니?"

"그 여자……. 내 처가 될 그 여자 말이어요. 어디…… 갔어요?"

"은호 그 아이? 가기는, 제까짓 게 어딜 가. 여전히 별당에 있단다."

"……불러오세요. 이제부터 제 수발은 그 여자더러 들라 하세요."

"진철아, 이제 겨우 보름 남짓이야. 열흘하고도 서너 날이면 정식으

로 네 사람이 될 아이다. 뭐가 급해서 그러니? 이제 집 안에 둔 이상 달리 다른 데로 가려 해도 갈 수가 없는 아이야."

"아시잖아요! 쿨럭, 쿨럭!"

버럭, 소리를 지르며 몸을 일으키려던 진철이 또 다시 가슴을 부여잡고 밭은 기침들을 쏟았다. 그런 아들 몸을 얼른 부축하며, 오씨 부인이 진철의 가슴을 쓰다듬어 내렸다.

"알았다. 알았어. 진정해. 뭐든, 뭐든 네가 시키는 대로 하마. 그러니마음을 가라앉히렴. 어?"

"하아, 하아…… 얼마 남지 않았습니다. 얼마 남지 않았어요! 아직, 이만한 기력이라도 있을 때 한시라도 빨리 그 사람을, 그 여자를 품어야 합니다. 그래야, 그래야! 아버님이 그리도 원하시는 손자를 안겨드릴 수 있지요!"

"진철아, 넌 그런 걱정까지 할 거 없어. 지금은 그저 네 몸을 보하는데만, 그것에만 신경 쓰면……"

"아버지가 무얼 꾸미시는지 어머니도 알고 계시잖아요. 그건 허락할 수 없어요. 그것만은 용납할 수 없어요!"

진철이 안간힘을 써 몸을 일으키더니 마치 멱살이라도 잡듯 제 어머니의 저고리 앞섶을 움켜쥐었다.

"절대! 아니 됩니다. 만약 정히 그리하시면 바로 그날 밤! 나는 마루 기둥에 머리를 찧어 죽을 것입니다. 쿨럭……, 아셨습니까?!"

"허억……!"

오씨 부인이 놀라 급히 숨을 들이마셨다. 설마, 아들이 그 일에 대해 알고 있을 줄은 몰랐었다. 저와 남편, 세상에 단 두 사람만이 은밀하게 계획한 일을 언제부터 알고 있었던 것인지, 언제 엿들었던 것인지 몰라 새삼 오씨 부인의 얼굴은 허옇게 질려갔다.

"흐흐……."

제 어머니의 표정에 진철이 만족한 듯 웃으며 어머니의 옷자락을 놓아준 뒤, 베개에 무거운 제 머리를 내려놓았다.

"얼른 제 처가 될 그 사람을 이리 불러오세요. 오늘부터 그 사람은 이 방에서 나랑 함께 기거할 것입니다. 오늘 밤 당장, 나는 그 사람을 품을 것입니다."

바싹 마른 몸과 창백한 살빛을 하고 두 눈을 번쩍이는 진철의 모습은 흡사 광기를 띠고 있는 듯하였다.

"……알았다, 알았어. 모두 네 뜻대로 할 것이야. 그러니 아무 걱정 말거라. 밖에 행랑어멈 있느냐?!"

오씨 부인이 아들을 향해 믿으라는 듯이 고개를 주억거려 보인 뒤, 행랑어멈을 불렀다. 곧 밖에서 행랑어멈이 부름에 응했다.

"네, 마님!"

"별당 그 아이를 이리 데려오너라. 앞으로 예서 기거할 테니, 그에 맞는 차비도 하라고 전하고!"

"네, 마님."

행랑어멈의 답이 떨어진 뒤, 오씨 부인이 누운 아들의 머리를 다정히 쓸어주었다.

"걱정 마라. 네가 이리 뜻이 굳건한 이상, 네 뜻에 반하는 일은 절대

하지 않을 것이야. 이 어미가 그것만은 약속하마. 응? 그러니 푹 쉬어. 기력을 아껴야 하지 않니."

다정한 어미의 말에 진철이 그제야 안심한 듯 눈을 감고 얕은 잠의 세계로 빠져들어갔다.

잠시 후, 진철의 방문이 열리고 아직도 주저하고 조심스러워하는 빛이 역력한 은호가 방에 들어섰다.

"왜, 이곳으로 저를?"

"이리 와 앉아라."

누워 잠든 진철의 머리맡에 앉은 오씨 부인이 제 곁을 가리켰다. 주춤, 주춤 내키지 않는 걸음으로 오씨 부인의 곁으로 다가간 은호가 앉자마자 오씨 부인이 덥석 은호의 손을 잡았다.

"어제는 많이 놀랐니?"

처음 이 집에서 은호를 맞이하던 때처럼 다정한 말투였다. 어제 만신창이가 된 자신을 사나운 눈빛으로 보던 여인과는 또 다른 사람인 양 다정한 미소였다.

"원래 이 아이가 그런 아이가 아니란다. 요 며칠 계속 누워만 있다 보니 짜증이 난 까닭에 그리 험히 굴었다고 미안해 하더구나."

눈에 빤히 보이는 거짓말을 아무렇지 않게 웃는 얼굴로 말하는 제 시어미감을 보며, 은호는 아무 말도 할 수가 없었다.

제가 다정히 구는데도 낯빛을 굳히고 아무 말도 않는 은호를 보며 오씨 부인은 금세 샐쭉해졌지만, 잡고 있는 은호의 손은 놓지 않았다.

"실은 말이다, 내가 너를 이리로 부른 것은 이제부터는 네가 이 아이 수발을 들어줬으면 해서 말이다."

"무슨 말씀이신지……?"

"어차피 너희야 혼례만 안 올렸달 뿐, 이제는 부부나 마찬가지가 아니니? 서로 지아비 지어미가 될 사이니 이리 가까이 있으면서 정도 쌓고 하면 얼마나 좋은 일이겠니. 허니 오늘부터는 이 방에서 기거하도록 하여라. 이 말이 무슨 뜻인지 알겠지?"

오씨 부인이 은근한 눈빛으로 은호를 보았다.

"어찌……, 그런 법은 없습니다. 아직 혼례도 안 올린 처지에 ……"

은호가 기겁하여 손을 빼려 했지만, 오씨 부인은 단단히 손을 쥐고서 놓아줄 생각을 하지 않았다.

"그럼 이제 와 이 혼인을 물리기라도 할 셈이더냐?!"

"그런 게 아니라, 법도가 그렇지 아니하오니……."

"법도는 무슨 법도! 어차피 보름 안쪽이면 이 아이의 처가 될 네가 아니냐! 사정이 이쯤 되면 혼례일까지 네 신랑 될 아이가 건강을 되찾을 수 있도록 네가 먼저 자청해서 병구완을 하겠다고 나서야 마땅한 도리이거늘, 어찌 이리 아둔하게 구는 것이니? 왜! 이제라도 이 혼사를 없던 일로 뒤집고 싶기라도 하니?!"

그럴 수 없는 일임은 피차가 다 아는 일이었다.

이제 와 혼인을 없었던 일로 하자는 것은 양쪽 가문에 큰 누를 끼치는 일인 동시에 특히 은호의 집안에는 씻을 수 없는 수치를 안겨주는 일이었다. 가뜩이나 지난번 거짓 통정 사건으로 바닥에 떨어질 대로 떨어진 백씨 가문의 명성에 흙탕물을 끼얹는 일이나 마찬가지였다.

"우리가 아량을 베풀어 너같이 흠 많은 아이를 기꺼이 맞아들이겠다고 했으면, 너도 그에 맞는 아량을 베풀어야 할 것이 아니더냐?!"

답할 말을 찾지 못해 입술만 깨무는 은호를 다시 냉랭한 눈빛으로 쏘아본 뒤, 오씨 부인이 손을 팽개치듯 놓아주고 자리에서 일어났다.

"정 그리 혼사를 엎고 싶거든, 네 마음대로 하려무나. 허나, 그에 대한 뒷감당도 네가 알아서 해야 할 것이야!"

"……아닙니다."

은호가 마지못해 대답했다.

"아닙니다. 말씀하시는 대로 하겠습니다."

"진즉 그렇게 나왔어야지. 어차피 내 집 귀신이 되려 들어온 몸이니 이제 와서 뺄 게 무에 있어."

히죽, 만족스럽게 웃은 오씨 부인이 잊지 않고 한마디를 덧붙였다.

"오늘 밤이 초야가 될 터이니 네 그 아이의 아내 된 도리를, 이 집안의 며느리 된 도리를 모두 다해야 할 것이야. 알겠니?"

아내 된 도리, 며느리 된 도리.

결국, 오씨 부인의 말은 은호더러 오늘 밤 당장 진철과 동침을 하란 뜻이었다. 하루 벌어 하루 먹고 살기 힘든 가난한 백성들조차 혼례를 올릴 때는 합환주(合歡酒, 혼례 전 신랑 신부가 마시는 술. 남녀가 동침하기 전 나눠 마시는 술)를 대신하여 냉수 한 사발이라도 떠놓고 맞절을 하거늘, 은호에게는 그런 예식조차 없이 그저 사내에게 제 몸을 내어주라 시킨 것이다.

"……알겠습니다. 어머님."

또 한번의 치욕스러움을 참아내며 은호가 순순히 답했다.

'따지고 보면 틀린 말도 아니다. 이제 와서 혼사를 없는 일로 할 수는 없는 법. 어차피 살러 온 길이 아니라 죽으러 온 길이니 주저하면…… 무엇하랴.'

은호는 그리 마음먹을 수밖에 없었다.

그러나 불행인지 다행인지 은호의 결심에도 불구하고 그날 밤도, 그 다음 날도 그다음 날도 진철과 은호는 온전한 남녀의 연을 맺지 못했다. 진철의 의식이 내내 혼미했던 까닭이었다. 낮에 잠시 잠깐 기력을 회복하고 눈을 뜨긴 했지만, 그것도 잠시 진철은 다시 혼절하듯 잠에 빠져들었다.

몇 번인가는 애써 기력을 모아 허겁지겁 은호를 끌어들여 사나운 손길로 옷을 벗기려 들었지만 그 역시도 급히 심장을 죄어오는 통증 때문에 무산되곤 하였다.

어느 날인가는 그나마 제법 기력을 되찾았는지, 제 이마의 땀을 닦아주던 은호를 끌어당겨 제 이불 위에 거칠게 눕히곤 그저 치마와 아래 속옷만을 대충 걷어낸 채 제 볼일을 보려고도 하였다. 하지만 정작 가장 중요한 진철의 하초가 어떤 반응도 보이지 않은 탓에, 은호는 태어났을 때부터의 저 자신을 온전히 지킬 수 있었다.

그리 사내로서는 견딜 수 없는 창피를 여러 번 당하다 보니 진철이 은호에게 손을 대려 하는 횟수는 점점 줄어들어갔다. 기력이 조금 되돌아와도 전처럼 은호를 끌어들이려고 하지 않았다. 대신 말로써 은호를 고문하는 일이 점점 더 늘어났다.

"말해봐. 당신을 무고하여 죽었다는 그놈하고는 사실 진작부터 통정하던 사이였지?"

"그놈이 양반을 사칭한 천것이라며? 양반 규수와 천것이 통정하였으니, 결국 강상(綱常)의 죄를 지은 죄인이라는 이야긴데 너는 어찌 그리 쉽게 면죄 받을 수 있었던 거지?"

"그놈이 죽고 난 후에 다시 샛서방을 만든 거지? 오는 길에 뱃병이 났다는 것도 다 핑계일 거야. 아니, 멀쩡하던 배가 갑자기 왜 아파? 분명 오는 길에 살짝 다른 데로 빠져 실컷 재미를 보고 오느라 늦은 것일 테지?"

"이번엔 어떤 놈이야? 이번에도 천것인가? 아니면 이번에는 어디 부인네가 따로 있는 양반 놈인가? 계속 그리 몰래 숨어서 재미나 보지, 시집은 왜 오겠다고 한 것이야? 왜, 어디서 누가 그러던가? 임진사 댁 도령이 곧 죽을병이 들었으니 시집만 가면 금세 과부가 될 거라고? 그럼 남의 눈치 안 보고 몰래 샛서방이랑 화냥질하기 더 쉬울 것 같던가?"

"누가 네 뜻대로 되게 내버려둘 줄 알고? 딴마음만 먹어봐. 딴짓만 해봐! 내가 죽어서라도 저주할 거야. 그냥 둘 줄 알고? 그냥 포기할 줄 알고? 안 해! 못 해! 절대로! 절대로 그리 시시하게 죽어주지는 않을 거야!!"

진철이 아무리 악담을 퍼부어도 은호는 달리 아무 내색도 하지 않았다. 누구에게라도 그리 욕하지 않고서는 견딜 수 없는 진철의 마음을 이해할 것도 같아서였다. 그의 불안과 초조함을 은호 역시 똑같이 느끼고 있기 때문이었다.

그래서일까? 아무리 악다구니를 쓰고 험한 말을 해대도 은호가 별다른 반응을 보이지 않자, 진철의 성난 태도는 시간이 갈수록 누그러져갔다. 제풀에 지친 양 악담과 광란도 점점 줄었다. 이윽고 혼례 날이 이틀 앞으로 다가왔을 즈음에는 아무 해코지도 하지 않는 평범한 사내로 변해 있었다. 은호의 병간호를 내심 고맙게 받아들이는 순한 사내로 변모해 있었다.

✻

"……그간 평안하셨습니까?"

혼례 준비를 위해 조 매파가 임진사 댁을 찾았을 때, 은호는 내내 기거하고 있던 진철의 방이 아니라 별당에서 조 매파를 맞았다. 매파의 시선을 의식해, 오씨 부인이 별당으로 돌려보내준 것이었다.

"어서 오시게. 오랜만이네."

조 매파는 다정히 재회의 인사를 건네는 은호의 안색을 살피며 물었다. 은호의 얼굴은 마지막으로 보았을 때보다 한층 여위어 있었다. 그러면서도 걱정을 덜어주려는 듯 희미하게 웃어 보이는 은호였다.

"…… 그 사람은?"

은호가 물었다.

"누구…… 말씀이십니까?"

조 매파는 누구의 일을 묻는 것인지 금세 눈치챘지만, 모른 척 다시 물었다.

"아닐세……. 됐네."

은호가 제 말을 얼버무렸다. 하지만 은호의 뇌리에서는 그 사내의 일이 잊히지 않았다.

그 사내는 은호가 영복당에서 임시 치료를 받고, 기력을 회복하는 동안 온다 간다 인사 없이 사라졌었다. 그리 사라진 사내가 신기하게도 자꾸만 은호의 머릿속에 나타나 은호의 마음을 흩뜨려놓았다.

처음 진철이 저를 덮치려 하였을 때도, 그 후 형용할 수 없는 말들로 수치심을 자극할 때에도 어쩐 일인지 자꾸만 제게 "멍청한 여자"라고 꾸짖던 사내의 말이 생각났던 은호였다. 제 신세가 서글퍼 울컥울컥, 눈물이 치솟을 때마다 "바보 같은 여자"라며 저를 비웃는 사내의 말이 들리는 것 같았다.

"무사히 도성 안으로 숨어든 것 같더군요."

은호가 마저 묻지 못한 질문의 답을 조 매파가 먼저 내어놓았다.

'인연이 그리 닿을 줄이야. 이 일을 어쩌나…….'

조 매파는 은호와 무현의 어긋난 인연을 안타까워했다. 두 사람이 어디서 어떻게 알게 된 사이인지는 알지 못하나, 두 사람이 서로를 의식하고 있음은 분명하였다. 이틀 전, 갑자기 저를 찾아와 은호의 일을 꼬치꼬치 캐묻던 무현의 눈빛이, 지금 제 앞에서 시선을 내리깔며 숨기려드는 은호의 눈빛이 두 사람 사이에 깃든 묘한 감정을 이야기해주고 있었다.

'허나 어쩐단 말인가. 신분이 다른 것을. 게다가 은호 아가씨는 곧 혼인을 하실 몸인 것을. 그저 이쯤에서 서로에 대해 잊는 것이 좋아. 두 사람 모두를 위해서라도.'

하여 조 매파는 무현이 저를 찾아왔다는 말도, 은호를 걱정하여 여러 가지를 묻고 갔다는 말도 다 떼어먹고 은호에게는 한 마디도 전하지 아니하였다.

제 3 장

새벽의 맹세

무현은 도성에 숨어들자마자, 수하들이 기다리고 있던 안가(安家, 비밀유지를 위하여 이용하는 집)에 들어가 칩거했다. 수하들은 모두 사문객주 시절, 아니 그보다 훨씬 이전 소년 검계(劍契, 폭력조직) 용화단에 몸담고 있던 시절부터 함께하던 아우들이었다.

　용화단은 열두엇부터 열여덟 정도의 소년들이 주축이 된 일종의 청부 폭력단이었다. 가난하고 배운 것 없는, 하지만 가슴속에는 누구보다 뜨거운 불덩이를 안고 사는 소년들이 양반들의 돈을 받아 양반들을 베고 다녔다. 무현은 그 용화단 중에서도 칼솜씨로는 둘째가라면 서러워할 실력자였다. 그런 무현이 왜 갑자기 용화단을 그만두고, 장사치가 되겠다고 사문객주의 송 대방 밑으로 들어갔는지는, 무현을 따라서 장사치가 된 아우들도 자세히 알지 못했다. 다만 객주의 행수로 새 삶을 살아가고 있던 무현이 다시 칼을 잡고 손에 피를 묻히게 된 이유만큼은 알고 있었다. 모두가 자신들을 구하기 위해서였다는 것을 어느 누구도 모르는 이가 없었다.

　몇 달 전, 보통의 장사치로 사문객주의 행수로 평화로운 나날을 보내고 있던 무현을 찾아온 이는 날아가는 새도 떨어뜨린다는 권력을 누리고 있는 좌의정 송만섭이었다. 당시 주상 전하의 계비(繼妃, 후처인 왕비)를 찾기 위한 간택이 한창 진행 중이었는데, 좌의정은 무현에게 유력한 간택 후보 몇을 없애달라는 제안을 해왔다. 자신이 줄을 대고 있는 왕대비 가문 쪽 여식을 계비로 밀기 위해서였다.

"죄 없는 여인들을 해할 순 없습니다. 그리고 난 이미 칼에서 손을 뗀 지 오래요. 나는 이제 장사치일 뿐이란 말입니다."

"미안하지만 용화단 시절의 자네 아우들, 그리고 얼마 전 밀무역을 하다 잡혀 온 자네 수하들도 그리 생각하려나? 자네와 인연을 맺었다는 이유만으로 쥐도 새도 모르게 죽임을 당할 다른 수많은 사람들은?"

좌의정은 거래를 하자고 하였다. 여인들과 무현이 아끼는 이들의 목숨을 맞바꾸자 하였다. 무현이 예전의 검객으로 돌아가 유력 간택 후보들을 없애준다면, 혹은 간택에 참여하지 못하게 해준다면 자신이 잡고 있는 무현의 사람들을 놓아줄 것이라고 하였다.

망설일 게 없었다.

자신이 하지 않는대도 좌의정 일파는 다른 검객을 이용해서 일을 꾸밀 것이 틀림없었다. 자신이 아니더라도 결국 흘릴 피는 흘려지고 말 것이었다.

그래서 무현은 다시 칼을 들었다.

잘못된 줄 알면서도 방법이 없어 다시 손에 피를 묻히기로 하였다.

다만 여인들의 목숨을 앗을 생각은 없었다. 강도나 산적으로 위장하여 간택에 참여할 수 없게 상처만 입히는 것, 그것이 애초 무현의 목적이었다. 하지만 운명은 전혀 예상하지 못한 곳으로 무현을 몰고 갔다.

명단의 제일 위에 있던 이름이 문제였다.

백은호.

백은호.

백은호.

"내 손으로 죽게 해주게."

칼을 들고 제 방에 침입한 무현에게 살려달라고 빌기는커녕, 집안의 명예를 위해 제 손으로 죽겠다는 여인이었다. 자신은 그놈의 알량한 양반들 때문에, 그들의 썩어빠진 권력욕 때문에 사람이기를 포기하고 온몸에 피비린내를 풍기며 짐승처럼 어둠 속을 기어 다니는데 팔자 좋은 양반집 여인은 죽어서 열녀가 되겠다며 스스로 죽게 해달라고 청해오는 것이 밉고 싫었다. 설마 밉고 싫은 그 여인과 다시 만날 일이 있을 줄은, 다시 엮일 일이 있을 줄은 꿈에도 몰랐다.

✿

"아이고머니, 이게 누구시오?"

은호가 임진사 댁으로 들어가고 열흘 정도의 시간이 흘렀다.

제 집에서 홀로 늦은 저녁을 먹고 있던 조 매파는 저를 찾아온 뜻밖의 손님에 놀라 숟가락을 떨어뜨렸다. 삿갓을 깊숙이 눌러쓰고 얼굴을 가린 채 찾아온 사내는 영복당에서 온데간데없이 자취를 감춘 무현이었다.

"도성에는 무사히 드셨구려. 뭐 마실 거라도 내오리까?"

얼른 방으로 무현을 들이고 싸리문 밖을 살펴 혹시 보는 눈이 없는지까지 확인한 후 조 매파가 물었다. 무현은 고개를 저은 후 무겁게 입을 열었다.

"능내리 사건이 무엇이오?"

"그걸 어찌……? 어찌 묻는 것이오?"

놀란 기색을 애써 감추려 하며 조 매파가 물었다. 무현이 저를 찾아온 것이 백낭자의 일 때문은 아닐까 생각하긴 했지만 설마 그 일부터 물어올 줄은 몰랐다.

"숨김없이 말해주오. 능내리 사건에 연루되었다는 규수가 그 여자가 맞소?"

"후우……."

조 매파가 대답 대신 방구들이 꺼져라 깊은 한숨을 쉬었다.

'하긴 아무리 숨어 다니는 처지라고 하나 천하의 감행수가 아닌가? 아가씨의 일이 마음에 걸렸다면 그 일에 대해 모를 리가 없지.'

"염 매파라는 간악한 이가 있었소."

침묵으로 제게 말을 재촉하는 무현을 향해 조 매파는 제가 알고 있는 그대로를 전하기 시작했다.

"남편도 자식도 없이 그저 성창이라는 조카 하나만을 끼고 살았던 매파입니다. 중신 솜씨는 그리 나쁘지 않았으나 타고난 성정이 간악한지라 작은 일에도 쉽게 원한을 품는 여인네였지요."

염 매파가 은호에게 원한을 품게 된 이유도 실은 별 게 아니었다.

열녀 가문의 여식으로 몸가짐 깨끗하고 행동거지 하나 흠잡을 데 없는 백대감 댁 낭자를 며느리로 삼고자 하는 집안들이 많았기에 그들 중 한 곳과 원만히 혼담을 진행시키면 제법 쏠쏠한 중신 비용을 벌 수 있었을 터였다. 하지만 아무리 좋은 혼담을 가져가도 은호가 매번 퇴짜를 놓다 보니 그것이 저를 우롱하는 일이라 여겨 앙심을 품게 되었던 것이다.

"그래서 제 앙심을 풀 겸, 또 성창이라는 제 조카에게 앞길을 열어줄 겸 그 간악한 매파가 일을 꾸몄지요."

염 매파는 제 조카 성창을 양반으로 위장시키고, 저가 백대감 댁 낭자와 통정하는 사이라며 거짓 소문을 내도록 하였다.

"성창이라는 놈은 이모인 염 매파한테서 아가씨의 처소에 대한 이야기를 전해 듣고, 또 아가씨의 몸에 저만 아는 점이 있다고 우기기도 하였지요. 그것을 기회로 백대감마님의 사위가 되거나 혹은 추문이 퍼지는 것을 두려워하는 백대감마님 댁에서 두둑이 한밑천 뜯어낼 생각으로요……."

"그래서? 그것들은 어찌 되었소?"

치밀어오른 분노에 어금니를 꽉 깨문 채 무현이 물었다.

"역시 사람은 죄를 짓고는 못 사는 법이지요. 하늘이 도우셔서 아가씨는 흰눈처럼 무구한 몸임을 증명하셨고 성창이라는 작자는 거짓을 말하고 또 양반 호패를 위조한 것까지 들통이 나 단박에 목이 베이고 말았지요. 거기다 염 매파 역시 다른 이를 모함하고 또 거짓을 꾸며낸 죄로 발목의 힘줄을 베어 다시는 서서 돌아다니지 못하는 앉은뱅이 신세가 되었고요. 허나 안타까운 점은 그 일로 인해 그전에는 그 댁 대문간이 닳도록 드나들던 매파들이 발길을 뚝 끊었다는 것이지요. 아가씨에 대한 세간의 평판 역시 땅으로 곤두박질치게 되었고요."

"결백을 인정받았다면서요! 그런데 왜?"

평정을 잃고 언성을 높이는 무현을 조 매파가 심상치 않은 눈으로 쳐다보았다.

"매파가 혼담을 주선할 때는 소문이 진실이건 거짓이건 상관치 않지요. 오직 그런 소문이 있다는 사실 하나만으로도 양반댁 아가씨에게는 치명적인 흠이 되는 법인 것을요."

'그런……!'

무현이 으드득 이를 갈았다. 그 여자가, 양반이라는 알량한 체면 하나만으로 살아 숨 쉬는 것 같은 그 답답하기 짝이 없는 여자가 자신이 알지 못하는 사이 그런 수모를 겪었다는 것이 무현의 속을 시끄럽게 하였다. 하지만 그것도 잠시, 무현은 조 매파의 말에 무언가 수상한 점이 있음을 눈치챘다.

"……헌데 그런 치명적인 흠이 있는 규수가 어찌 임진사 댁에 혼인을 하러 온 것이요?"

순간 조 매파의 얼굴에 낭패감이 스쳐 지나갔다. 너무 많은 것을 이야기했다는 염려가 드리웠다.

"거기다 그 환약······ 아는 의원에게 보이니 심장통(心臟痛)에 듣는 환약이라 하더이다. 결국 지금 그 여자는 어느 모로 봐도 혼인을 할 만한 상황이 아니란 말이요. 그런데도 임진사 댁에서 그 여자만 먼저 급히 도성으로 불러올리면서까지 혼인을 서두른다? 왜? 그 여자의 병이 더 심해지기 전에 혼사를 치르려고? 아니, 그것도 이상하긴 마찬가지요."

"······그 댁에서는 아가씨의 병증을 알지 못합니다."

"그럼 더 수상하지 않소?"

마치 추궁이라도 하듯 무현이 조 매파를 몰아세웠다.

"매파가 신붓감이 될 여자의 병증을 숨기고 혼담을 진행시킨다? 왜, 불쌍해서? 그 여자가 안타까워서? 아니, 아무리 매파가 사람이 좋다 하여도 단순히 동정심만으로 신랑 될 집안을 속이진 않을 거요. 무엇보다 그 여자의 병증은 언제고 금세 들통 날 일이고, 그때가 되면 매파 본인에게도 큰 고초가 닥칠 텐데?"

제 심중에 깃든 의혹을 하나하나 털어놓던 무현의 표정이 급변했다.

"아니면, 그런 불미스러운 일에 연루되었던 여인이라도 며느리로 들여야 할 만큼 그쪽에도 치명적인 흠이 있다는 이야기일 수도?"

"벌써 다 끝난 일이라오. 감행수가 왜 이러는지는 모르겠으나······."

"노름이오? 아니면 바람기? 성정이 난폭하오? 아니면 재산 문제?"

무현이 조 매파의 말을 끊고 임진사 댁 도령의 문제에 대해 캐묻기 시작했다. 조 매파는 거기에 일일이 그렇다 아니다 답을 주지 않았지만, 그런다고 해서 답을 모를 무현이 아니었다. 검계의 일원으로, 또 한다 하는 객주의 장사치로 평생을 살아온 무현이었다. 사람의 낯빛을 보며 참과 거짓을 가려내는 것쯤, 그리 어려운 일이 아니었다.

"아니오? 하긴 그런 거였다면 도성 안에 이미 소문이 퍼질 대로 퍼져 있어야 했겠지. 헌데 별다른 이야기는 못 들었으니 그쪽은 아닐 터이고."

조 매파가 답을 하든 안 하든, 무현은 제 안에서 나름의 답을 추리해 나가고 있었다.

'노름, 바람기, 성정 문제가 아니라면 그런데도 양반댁 도령이 급히 혼인을 서둘러야 할 이유가 뭘까? 거기다 병까지 든 여자가 제 병을 치료할 생각도 하지 않고 병을 숨기고 혼인을 하려고 마음먹은 이유는 뭐지? 어차피 혼인을 하면 금세 들키고 말 일인데?'

순간, 무현의 얼굴이 창백해졌다.

'설……마? 설마……!'

"혹여 임진사 댁 도령이 병이 들었소? 그 병이 위중하오?"

무현이 빠른 말투로 제 추측을 조 매파에게 들이밀었다. 이어 차마 답하지 못하고 시선을 돌리는 조 매파를 보며, 제 추측이 맞았음을 확신하게 되었다.

"그랬어……. 그랬던 거야. 신랑 될 도령의 병이 위중하니 혼인을 서두른 거였어! 그 집에서야 몽달귀신이라도 면해보자는 계산에서였겠지!"

너무나 정확한 추측에 조 매파가 무심결에 입을 딱 벌렸다. 저는 이렇다 하게 한마디도 하지 않았거늘 모든 것을 알아낸 무현에 감탄을 금치 못한 것이다.

'역시 큰 객주의 행수를 한 이다 보니 머리가 비상하지 않은가?'

결국 그 밤 동안 조 매파는 제가 알고 있는 모든 사실을 무현에게 털어놓았다. 무현도 잘 아는 아파 한씨, 즉 서경이 은호낭자를 위기에서 구해주었고 제게 낭자의 특별한 혼처를 부탁했던 것이며 낭자가 찾던 혼처의 조건, 임진사 댁 도령의 자세한 병증에 이르기까지 고했다.

무현에게 겁박당해서도, 조 매파의 입이 가벼워서도 아니었다. 상대가 단지 호기심에 캐묻는 이였다면 혀가 두 동강이가 난대도 발설하지 않았을 비밀이었다. 하지만 너무도 진지한 무현의 눈빛이, 이전 날 은호가 가마 안에서 발작을 일으켰을 때 너무도 근심스러워하던 무현의 얼굴이, 무현 자신도 확신치 못하고 있는 진심을 고스란히 말해주고 있었기에 더는 숨겨봤자 통하지 않을 것 같아 그리하였다.

✽

"이…… 이……이……, 멍청한!"

조 매파의 집에서 돌아온 후, 무현은 제 안에 끓어오르는 분노를 풀 길이 없어 괜히 소리만 질러댔다.

"행수……?"

"나가!"

큰 소리에 놀라 방문을 열고 들여다본 수하에게 괜히 짜증을 낸 무현이었다. 수하가 움찔 놀라 얼른 문을 닫아주었다.

"이 멍청한 여자 같으니라고……! 이 한심한 여자 같으니라고……! 그깟 가문이 뭐라고, 그깟 열녀문이 뭐라고, 그딴 몸을 하고서 혼인을 하려 해? 그것도 저보다 더 빨리 죽어 나자빠질 그런 놈하고?"

무현은 조 매파의 집에서처럼 또 다시 이를 갈았다. 아주 빡빡, 있는 대로 갈았다. 자신이 왜 이리 화가 나는지, 왜 이리 그녀 때문에 속이 시끄러운지 모르면서 그저 밤 내내 이만 갈았다.

관군에 쫓기다 숨어 들어간 가마 안에서 그녀를 다시 만났을 때, 당황해 마지않으면서도 꼬박꼬박 자신에게 하대를 하는 그녀를 보았을 때, 재미있겠다 싶었다. 자신이 하는 말과 행동에 민감하게 반응하는 그녀의 모습을 보는 게 좋았다. 그래서 일부러 더 그녀를 자극하였다.

자신이 경멸하는 양반 규수라서, 자신이 그리도 혐오하는 가문을 위해서는 뭐든지 하는 전형적인 양반 규수라서 잠시 놀리고 싶었던 것뿐이었다. 하지만 그녀를 놀리기 위한 지분거림에 오히려 빠져버린 건 자신인 것 같았다.

발작을 일으킨 그녀를 약방에 눕혀두고 돌아온 지 한참이 지났지만, 여전히 가마 안에서 제 품에 안겨 꼼지락대던 그녀의 어깨가 눈에서 떨어지지 않았다. 제 손 아래서 뚜렷하게, 노골적으로 존재감을 드러내던 부드러운 살의 감촉이 손에서 떠나지 않았다. 제 배 위에 걸쳐졌던 동그란 엉덩이의 풍만한 질감이 뱃가죽에 달라붙어 떨어지지 않았다. 자신의 장난질에 은호가 저도 모르게 내뱉었던 신음 소리가 귓가에서 내내 맴돌았다.

이상하고 또 이상했다.

그녀를 애정하지 않는데, 그녀를 연모하지 않는데 자꾸 그녀 때문에 화가 나고, 자꾸 그녀를 안고 있던 때로 되돌아가고 싶어졌다.

.

.

.

그렇게 모진 감각의 고문 속에 시달리던 무현은, 하얗게 밀려오는 새벽을 맞으며 결심을 했다. 기어이 마음을 먹고 말았다.

"그렇게도 열녀로 죽고 싶다는 말이지? 좋아. 어디 그럴 수 있으면 실컷 그래봐. 하지만 네 뜻대로는 쉽게 안 될걸? 널 열녀로 죽게 내버려두진 않을 테니까."

제 눈앞에 은호가 서 있기라도 한 듯 무현이 단언했다.

"내가 네게서 그 양반이라는 허울 좋은 껍질을 벗겨내고 말 테니까. 양반댁 규수도, 양반댁 며느리도 아닌 그저 태어난 계집 그대로인 채로 너를 빼앗고 말 테니까."

그것이 양반이라는 계급에 대한 증오이건, 어리석고 멍청한 양반 규수에 대한 우롱이건, 혹은 사내로서의 제 욕정을 불러일으키는 여인에 대한 집착이건, 다시는 포기하고 놓쳐버리고 싶지 않은 새로운 연모의 감정이건, 무현은 이제 상관하지 않기로 했다.

"맹세해."

방문을 열고 나선 무현은 식은 땅에 빛을 전해오는 태양을 보며 주먹을 움켜쥐었다. 어금니를 바스러지지 않는 것이 용할 정도로 깨물며 굳은 결의를 불태웠다.

애초에 가진 것 하나 없는 삶이었다. 필요한 것은, 갖고 싶은 것은 뭐든 제 모두를 걸고 싸우고 쟁취해야 비로소 손에 넣을 수 있었다. 그게 저의 타고난 운명이었다. 그러니 이번에도 운명의 길을 그대로 질주하리라 마음먹었다. 다시는 포기하지도 양보하지도 않을 것이었다.

"너를 훔친다. 너를 빼앗는다."

그것이 나의 운명.

✱

그날, 무현은 아침 일찍부터 수하들을 불러 모았다.

"며칠 후, 임진사 댁 아들이 혼례를 올린다. 성용이 너는 그 집 노비들 중에서 돈이 급한 작자를 은밀히 찾아봐다오. 돈 때문에 뭐든 이야기할 수 있는 작자여야만 해. 홍민이는 임진사 댁을 찾아오는 친인척들을 살펴보고, 그들에게서 혹시 족보를 구할 수 있는지 알아보아라."

수하들은 저마다 무슨 일 때문인지 궁금해 하는 눈치였지만, 지금까지 그러했듯 왜냐고 묻지 않고 그저 주어진 일들을 해내기 위해 민첩하게 움직였다.

다행히 일은 어렵지 않게 돌아갔다.

저녁이 되어갈 무렵에는 족보를 구하기 위해 임진사 댁 주변을 어슬렁거리던 홍민이 임진사의 먼 친척 되는 이가 노름판에 끼어 놀고 있는 것을 발견하였고, 성용 또한 그럴싸한 작자 두엇을 찾았다고 전해왔다.

"성용이 넌 그자들에게 술이나 받아주면서 넌지시 집안 분위기를 알아보거라. 그리고 되도록 집안 구조도 자세히 알아봐 오고. 홍민이 넌 그자가 있는 곳으로 나를 안내하고."

무현이 홍민의 안내를 받아 노름방에 찾아갔을 때는 웬 작자 하나가 판돈을 모두 털린 것인지 어깨를 축 늘어뜨리고 턱은 세 치나 뺀 채 넋이 나간 몰골로 있었다. 홍민이 턱짓으로 그자가 바로 임진사의 친척 임생원임을 알려주었다.

"아마 된통 털렸나봅니다. 아까 낮에 봤을 때부터 이미 노름방 전주(錢主, 빚을 주는 사람)한테 알랑대고 있더라니. 시골양반이라 그런지 참 순진도 하지 뭐요? 도성의 노름방에서 돈 딸 생각을 다 하다니. 쯧쯧쯧."

곁에서 속삭이는 홍민을 물린 후 무현이 얼굴에 짐짓 부드러운 미소를 띠우고 작자에게 다가섰다.

"노형(老兄), 어찌 그리 낙담해 계십니까?"

남의 눈을 속이려 염소수염을 붙이고 미색 생모시 도포에 양태가 넓은 갓까지 쓴 무현은 어딜 봐도 한다하는 집안의 젊은 선비로 보일 만 한 차림이었다.

"아무것도 아니요. 휴우우우."

임생원은 무현을 볼 생각도 안 하고, 땅이 꺼져라 길게 한숨만 내쉬었다. 무현이 그 모습을 보고서는 짐짓 마루 위로 올라가 노름방의 문을 열어젖혔다가 "에이, 모르겠다" 하더니 다시 노름방 문을 닫고, 임생원의 곁에 털썩 제 엉덩이를 내려놓았다.

"아무래도 영 안 되겠습니다. 노형께서 하필 저를 유난히 귀애해주시던 친척 형님과 빼닮으셔서 마음이 편치 않습니다. 도대체 무슨 일이십니까? 이리 만난 것도 인연이라면 인연, 이 아우가 도와드릴 일이 있다면 뭐든 도와드리겠습니다."

원치도 않은 친절을 베풀겠다는 무현의 말에 임생원은 이게 무슨 조홧속인가, 이놈도 나를 벗겨 먹으려는 놈인가 하는 의심스러운 눈길로 올려보았다.

잠시 후, 무현이 거푸 권한 끝에 임생원은 무현과 함께 근처의 주막 객방에 들어, 술상을 받고 있었다.

"쭈욱 들이켜세요. 답답한 마음을 씻는 데는 이 술만 한 것이 없지 않습니까? 오늘 술값은 좋은 인연을 만난 기념으로 이놈이 낼 터이니 아무 걱정 말고 쭈욱 들이켜세요."

무현이 뽀얀 탁주 사발을 건네며 다시 사람 좋은 웃음을 흘렸다.

"고, 고맙네."

안 그래도 목이 탔는지 임생원은 탁주 사발을 받아 들고선 단박에 술잔을 비웠다.

"여기 안주도 좀 드시고요."

무현이 이번에는 노릇노릇하게 잘 익은 고기산적을 쭈욱 찢어 임생원에게 건넸다. 임생원은 그 역시 넙죽 받아 들고는 볼이 미어터져라 제 입에 쑤셔넣고는 헤헤, 아첨 섞인 웃음을 지어 보였다.

그로부터 약 반 시진(한 시간)도 지나지 않아 탁주 사발을 몇 순배나 들이켠 임생원은 잔뜩 취기가 도는 얼굴로 무현에게 어깨동무까지 하며 호형호제를 하고 있었다.

"아우님, 아우니임!! 이 형 말 좀 들어보겠나?"

"그럼요. 듣고 말고요. 가슴속에 품어둔 말이 있걸랑 이 아우한테다 털어놓아보세요. 아까는 왜 그리 낙담하고 계셨습니까?"

"아우님, 내가 말일세. 끄윽. 행색은 이리, 어디 사흘 빌어먹은 동네 개처럼 초라하기 짝이 없어도 명문 풍천 임씨 끄윽, 가문의 일원이라네. 실은 끅, 사흘 후에 여기 임진사 댁에서 혼례가 있다 하여 끄윽, 내 부러 멀리 개성에서부터 찾아오질 않았던가."

"임진사 나리와는 제법 가까운 사이이신가봅니다?!"

"어딜, 어딜! 그 잘나빠진 임진사께서 나처럼 그저 죽지 못해 사는 이런 가난한 친척을 알기나 하겠는가? 쳇, 내 저희집의 경사를 축하하러 왔거늘, 얼굴 코빼기도 보려 하지 않고, 손바닥만 한 방 한 칸 안 내준다는 게 말이나 되느냐고? 끄윽!"

그렇게 임생원은 술기운을 빌어 난생처음 보는 무현에게 제 가련한 신세를 털어놓았다.

임생원의 이야기인즉슨, 실은 이번에 도성에 온 것은 임진사 댁의 혼례를 축하하기 위해서이기도 하지만, 다른 이유가 있었다고 했다. 연이어 두 해나, 극심한 가뭄이 든지라 집안 가세가 급격히 기울어 당장 오늘내일 먹을 끼니 걱정을 하게 생겼다고 했다. 그러니 이번에 임진사 댁 혼례를 축하하기 위하여 문중 어른들이 모이면 겸사겸사 오랜만에 안부 인사를 전하고 어떻게든 아쉬운 소리를 하여 돈냥깨나 빌릴 생각이었다고도 했다.

하지만 임진사나 다른 문중 어른들을 보기는커녕, 그 집 대문조차 넘지 못한 서글픔을 달래려 인근 노름방에 들렀다가 그나마 여비랍시고 제 수중에 든 돈을 모두 날렸다고 했다.

"끄윽, 그게 말일세, 어떤 돈이냐면 말일세, 우리 마누라가 오십 리길이 넘는 친정에 가 갖은 수모를 다 겪고 겨우겨우 마련해준 노잣돈이란 말일세. 끄윽. 내 그 돈을 모두 털어먹었으니, 집에 돌아갈 노잣돈까지 모두 털어먹었으니, 이제 어쩌란 말인가? 이제는 그냥 시퍼런 한강물에 풍덩, 뛰어드는 수밖에 없질 않겠는가? 아이고, 여보 마누라. 이리 못난 지아비 먼저 가는 걸 용서해주오."

한바탕 타령이라도 늘어놓으려는 임생원에게 무현이 서둘러 다시 물었다.

"임진사 나리나 다른 문중 어르신들과는 안면은 있으십니까?"

"끄윽, 이름자나 아는 정도지, 안면은 무슨 안면……. 진작 안면을 터뒀으면 내 오늘과 같은 수모를 겪었겠나?"

"그렇지요. 그렇겠지요?"

무현이 좋은 생각이 난 듯 눈을 빛내며 임생원의 말을 거들었다. 그리고 임생원이 취해 술상에 머리를 박고 곯아떨어질 때까지 쉴 틈을 주지 않고 연신 술을 권했다.

마침내 임생원이 인사불성이 된 것을 확인하고 나서야 무현은 객방의 문을 열고 마당 어디쯤에 있을 홍민을 불렀다.

"안가로 데려가야겠다."

제
4
장

혼례 날의 비밀

마침내 은호와 진철의 혼례가 코앞으로 다가왔다.

혼례를 앞둔 마지막 밤, 은호는 임진사 댁에 들어갈 때 탔던 가마를 다시 타고, 간신히 다시 얼굴을 마주하게 된 사월이년까지 데리고, 깊은 밤 다른 이들의 눈을 피해 도성의 당숙 댁으로 향하였다.

혼례는 본디가 신부 측 집에서 올리는 것이 법도인 까닭이었다.

임진사 댁의 요청으로 그동안 줄곧 임진사의 집에 머물렀다고는 하나, 혼례만큼은 남의 눈이 있는지라 은호의 당숙 댁에서 행하기로 했다. 초야는 물론 혼례 후 사흘간 머무를 예정이었기에 이미 당숙 댁의 별당에는 신혼부부가 될 은호와 진철을 위한 신방도 꾸며져 있었다.

"은호야."

"어머니, 아버지! 흐흑⋯⋯."

당숙모가 비워준 안채에서, 거의 스무날 만에 아버지와 어머니를 만나 은호는 저답지 않게 눈물부터 보였다. 자신이 그리하면 부모님이 얼마나 걱정하실 줄 알면서도, 그간 느낀 두려움과 서러움이 터져 나오는 바람에 눈물을 숨길 수가 없었다.

"이것아, 그동안 어찌 이리 야위었어? 아직 정식 혼례도 아니 한 처진데 벌써부터 시집살이를 그리 혹독하게 시키든? 고작 스무날 만에 얼굴은 반쪽이 다 되었지 않니? 어이구……"

은호의 눈물을 본 어머니 신씨 부인 역시 연신 제 옷고름으로 눈물을 찍어내었다.

"끄웅!"

이제 곧 남의 집 식구가 될 딸아이를 애잔하게 보면서 백대감은 짐짓 못마땅한 듯 헛기침을 하였다.

"밤이 늦었다. 내일은 일찍부터 피곤할 터이니 어서 가서 쉬려무나."

"어찌 그리 무심하십니까? 혼례를 앞둔 딸아이에게 덕담이라도 한마디 해주질 않으시고요!"

부인이 원망스러운 눈길로 쳐다보자 그제야 별 수 없다는 듯, 백대감이 당부를 전했다.

"은호야."

"네, 아버지."

"……넌 열녀 가문의 여식이다. 항시 그것을 잊지 말고 몸가짐, 마음가짐에 각별히 신경을 써야 할 것이다. 너의 처신 하나에 나와 네 어머니 그리고 열녀인 네 고모와 우리 문중의 명예가 달려 있다는 것을 유념, 또 유념하려무나."

"그리하겠습니다."

"섭생에도 신경을 좀 쓰고. 네 어머니 말대로 부쩍 야위지 않았느냐? 쯧쯧. 어디 아픈 애처럼 혈색은 그게 또 무어냐? 불효가 다른 것이 아니니라. 제 한 몸 제대로 건사 못하는 것, 그게 바로 불효니라. 그러니 항시 건강 챙기는 것 잊지 말아라."

무뚝뚝하게 당부의 말을 마친 백대감은 어서 나가라는 듯 손을 저어 보였다. 그런 아비의 뒷모습에 인사를 하고 방에서 물러나오는 은호의 뒤를 신씨 부인이 얼른 뒤따라 나와 손에 슬그머니 무언가를 쥐어주었다. 색실이 길게 꼬은 작은 비단 주머니였다.

"뭐예요?"

은호가 주머니 안을 열어보고선 놀라 다시 제 어머니를 쳐다보았다.

"어머니, 이것은……."

주머니 안에는 작은 금붙이 서너 개가 들어 있었다. 족히 쌀 스무 섬은 살 수 있을 만한 값어치의 금붙이들이었다. 신씨 부인은 잠자코 받아두란 듯, 은호의 손에 주머니를 쥐어주고는 고개를 끄덕였지만, 은호는 그것을 선뜻 받아들 수가 없었다.

아버지가 벼슬길에서 밀려나신 이후에 집안 살림이 줄곧 기울어왔던 것을 알고 있었기 때문이었다. 은호의 혼례를 준비하는 데에도 힘에 부치셨을 어머니가 또 이만한 금붙이를 마련하기 위해 무엇인가를 내다 팔았을 생각을 하면 도저히 받을 수가 없었다.

"저 필요 없어요. 도로 가져가셔요."

"가지고 있어, 이것아. 아무에게도 말하지 말고, 들키지도 말고 몰래 잘 갖고 있어. 그러다가 언제 어느 때라도 도저히 시집살이를 못 견디겠다 싶거든, 열 번, 스무 번, 서른 번, 백 번을 고쳐 생각해도 정 그 집에서 못 살겠다 싶으면 옷 하나, 버선 짝 하나 미련 두지 말고 입은 차림 그대로 그 주머니만 들고 빠져나와. 그것만 있으면 능내리까지 돌아올 노잣돈은 충분할 것이야."

신씨 부인이 안의 제 남편에게 들리지 않도록 은밀히 속삭였다.

"알겠니? 못 견디겠거든 뒤도 돌아보지 말고 돌아와. 돌아오기만 하면 나는, 이 어미는 언제고 네 편이 되어줄 것이다."

그러더니 눈물을 글썽거리며 주머니와 함께 은호의 두 손까지 꼭 잡아주었다.

"사람들은 너더러 지나치게 깔끔하고 까다롭다고 하지만 나는 널 알아. 넌 그냥 남보다 더 서툴고 곧은 아이일 뿐이야. 그 때문에 다른 사람들보다 훨씬 더 많이 참고, 그 때문에 네 스스로를 훨씬 더 괴롭히는 거 알아. 은호야…… 그런 네가 못 견딜 정도면 그건 분명 네 잘못이 아닐 거야. 그건 이 어미가 보증할 수 있어. 그러니 숨이 차거든, 견디기가 정 힘들거든 그냥 돌아오너라. 알았지?"

그럴 수 없는 일임은 은호도 은호의 어머니도 잘 알고 있었다. 시집간 딸이 시집살이를 견디지 못하고 도망나오는 것이 얼마나 많은 사람들의 입방아에 오르내리는 일인지 은호도, 은호 어머니도 모를 리 없었다.

그런데도 은호는 눈가를 적시며, 그리하겠다며 고개를 끄덕였다. 어머니가 제게 쥐어준 비단 주머니를 가슴에 꼭 끌어안으며 몇 번을 거듭하여 고개를 끄덕였다.

한편, 같은 시각.

임진사 집에서는 임진사 내외가 주위를 물린 채 은밀한 이야기를 나누고 있었다.

"그리하기로 하였소. 부인만 알고 계시오."

"……정녕 그 수밖에 없는 것입니까?"

"몇 번을 다시 말하게 하는 거요. 그 수밖에 없다니까 그러시오. 아니면 부인에게 달리 방도가 있소?"

"진철이가 알면 죽으려 할 것입니다. 그 아이는 또 어떻고요? 순순히 한다 하겠습니까?"

"그러니 몰래 하자는 것이 아니오."

"그것이 정녕…… 가능하겠습니까?"

"가능하게 해야지."

이미 제 남편이 뜻을 굳힌 것을 알고, 오씨 부인은 제 가슴을 주먹으로 턱턱 내리쳤다. 막고 싶지만 막을 수 없어, 다른 방도를 찾고 싶지만 찾을 수 없어 답답한 가슴을 턱턱, 모질게도 내리쳤다.

다음 날, 은호의 당숙 집에서 성대하게 혼례가 치러졌다.

혼례에는 양가의 일가친척들은 물론 인근의 동네 사람들까지 모두 모여 새로 부부의 연을 맺는 두 남녀를 축복해주었다.

"신부가 참 곱네. 딱 떨어지는 생김생김이 집안 살림도 야물딱지게 잘하게 생겼네그려."

"에이, 곱긴 한데 너무 야위었네. 저래가지고 임진사한테 손주나 제대로 안겨줄 수 있으려나?"

"그래도 신랑만 하려고? 하필 여름 고뿔에 걸려 몸이 축났다더니 저저 볼이 홀쭉 패인 것 좀 보게. 어이구, 낯빛도 저리 새하얗게 질렸는데 용케도 혼례를 올리네."

"그러게. 저래서 오늘 첫날밤이나 잘 지낼 수 있겠어?!"

"옛끼! 이 사람아. 아무려면 그 힘도 없을까? 괜히 새신랑 걱정이나 말고 자네나 오늘 제수씨한테 밤 소박이나 맞지 말게나."

새신랑, 새신부가 길고도 긴 초례(醮禮, 혼인의식)를 치르는 동안 친인척들은 이런저런 수다를 나누며 지루함을 견뎠다. 하지만 그 가운데 섞여 있는 사내 하나만은 눈 한 번 깜짝하지 않고 초례의 전 과정을 지켜보고 있었다. 그런 그에게 수다를 떨던 임진사 친척 중 하나가 말을 붙여왔다.

"임생원, 뭘 그리 넋을 잃고 보고 계신가? 새색시가 그리도 어여쁜가?"

"……어여쁘네요."

무심결에 답한 사내가 얼른 실없는 웃음으로 제 본심을 감췄다.

"흐흐. 이리 신랑 신부를 보고 있으니, 제가 성례를 올릴 때가 다 생각나지 뭡니까? 당의를 입은 우리 내자도 참 저리 고왔지 싶어서 말입니다."

"하하하. 왜, 벌써부터 안사람 치마폭이 그리워진 겐가?"

"왜 안 그렇겠습니까? 이러니저러니 해도 내 사람만큼 어여쁜 사람이 없는 법이지요."

임생원, 아니 무현이 다시 한번 흘끗, 초례청(醮禮廳)의 신부를 훔쳐보며 말했다.

.

.

.

합근례(合卺禮, 신랑 신부가 상대에게 따라준 술을 받아 마심으로 부부가 되는 절차)까지 마친 후 초례를 다 지낸 신랑 신부는 조금 이르다 싶은 시간에 신방으로 들었다. 아직 여름 고뿔이 다 낫지 않은 신랑을 배려한 것이었다.

새신랑과 새신부가 신방에 든 동안, 혼례에 참석했던 양가의 친척들은 늦은 밤까지 간만의 잔치를 즐겼다. 양가의 혼주들과 안면이 있는 친척들은 각 방과 대청마루에 마련된 술상 앞에 자리하였고 혼주들과 그리 친하지 않은 친척들은 마당에 마련된 술상들 앞에 옹기종기 모여 앉아 서로의 회포를 풀었다.

"자, 자. 이리 앉게. 이리 모두 모인 게 얼마 만인가? 임생원, 자네는 예닐곱 살 때 보고 처음 보는 것 같으이. 어찌 장가를 갔다면서 연락한 번을 안 줄 수 있나?"

임생원에게 빌린—빌린 것이라기보다는 훔친 것에 가까웠지만—호패로 친척입네 하고 나타난 무현을 의심하는 이는 한 명도 없었다. 임생원 자체가 도성에서 멀리 떨어진 개성에 사는 이였기에, 또 이렇다 할 가산도 이루지 못한 처지였기에 다른 문중 인사들과 왕래를 거의 하지 않고 살아온 탓이었다.

"하하, 송구스럽습니다. 문중 어르신들을 모시기에는 너무나 빈한한 처지라 그리하였습니다. 이 잔 한잔 받으시고 저의 무례를 용서하십시오."

넉살 좋게 사죄의 말을 전하며 무현은 한 상에 둘러앉은 임진사의 친척들에게 연신 술을 권했다. 임진사의 친척들이라고는 하나 임생원과 별반 다르지 않은 처지로 마당에 즐비한 술상 가운데서도 맨 끄트머리에 위치한 술상에 둘러앉은 이들이었다.

"그래, 자손을 몇이나 두었다고?"

제법 허연 수염을 지닌 풍채 좋은 친척 한 명이 무현에게 물었다.

"네, 아들놈만 넷입니다. 어찌나 알토란같이 튼실한 놈들인지 모른답니다. 흐흐…… 연년생으로 줄줄이 낳느라고 제 내자가 고생깨나 하였지요."

무현은 임생원이 술주정으로 떠벌린 신상들을 제 것인 양 능청스레 읊었다.

"그러니 얼마나 좋은가? 원래 우리 임씨 가문이 인물이며 허우대며 총명한 머리에 이르기까지 어느 하나 빠질 것은 없는데, 손이 귀한 것 그거 하나가 흠이었거늘 임생원 자네는 용케도 자손을 많이 보았네그려. 나도 아직 여식만 셋을 보았을 뿐, 아들 하나 두지 못하였거늘. 부럽네, 참으로 부러우이."

온양에서 왔다는 다른 친척 하나가 무현의 어깨를 두드리며 부러움에 찬 눈길로 쳐다보았다.

"그렇습니까? 가진 것은 쥐뿔도 없는 처지이지만 제가 또 그쪽, 밤일에는 좀 능하긴 하지요."

"예끼, 이 사람! 친척들 앞에서 아랫도리 자랑이라니 이리 뻔뻔할 데가 있는가? 하하하하."

"그러게요. 어릴 때는 소심한 면이 없지 않았거늘, 완전히 딴판이 아닙니까? 장가를 가고 떡두꺼비 같은 아들을 연달아 넷이나 두고 보니 저리 어깨에 힘이 들어간 모양입니다."

"왜 아니 그렇겠소? 나라도 아들을 넷이나 끼고 살면 절로 기세등등하게 될 것 같습니다. 하하하하."

온양 사내가 다시 부러움에 가득 찬 시선으로 무현을 보며, 무현의 빈 잔에 넘치도록 술을 따랐다.

"아들 낳게 하는 비법이 있으면 나 좀 알려주게나."

"이 사람아, 그런 게 있으면 왜 자네에게 알려주나? 오늘 새신랑이 된 진철이한테 먼저 알려줘야지. 그 아이야말로 한시라도 빨리 아들놈을 낳아야 할 처지가 아닌가?"

가장 연장자인 사내가 제 수염을 연신 쓰다듬으며 말하자, 그 곁의 사내가 은근히 목소리를 낮춰 물었다.

"그런데 아저씨, 그게 사실입니까? 임진사가 빨리 자손을 보지 못하면 집안 재산이 모두 영주 창술이한테 넘어간다는 게?"

"아직 모르고 있었나?"

흰 수염의 사내가 주위의 눈치를 보며 목소리를 낮추자 술상에 둘러

앉은 모든 사람이 가까이 모여들어 귀를 기울였다. 물론 무현도 마찬가지였다.

"원래 임진사가 지차(之次, 맏이 이외의 자식)가 아니던가? 본래대로라면 임진사네 재산은 모두 창술이 아버지가 물려받았을 것이라네. 헌데 창술이가 태어나기도 전에 역병으로 그리 급사한 까닭에 결국 모든 재산을 그때 막 과거에 급제한 임진사가 물려받게 되었지 않은가."

"그래서 창술이가 틈만 나면 제 아버지 재산 내놓으라 그리 핏대를 세우는 것이군요."

"어찌 아니 그러겠나? 원래대로라면 모두 제가 물려받았어야 할 재산을 제 숙부가 모두 차지하고 앉아 있으니. 실은 듣자하니, 창술이가 진작부터 문중 어르신들을 찾아 다니며 억울하다, 억울하다, 그리 하소연했다고 하네. 명색이 장손이라면 장손인 창술이가 그리하니 문중 어르신들도 못 본 척하실 수만은 없는 거고."

"근데 그게 오늘 혼례를 올린 새신랑과 무슨 상관이 있는 것입니까?"

"쯧쯧쯧, 어찌 상관이 없어? 지금 문중에 소문이 파다한 걸 아직 모르나?"

흰 수염의 사내가 더욱 은밀하게 목소리를 낮췄다.

"진철이가 실은 중병에 걸렸다 하더라네. 명이 그리 오래 남지 않았다는군. 오늘내일 한다는 소문이 파다하게 퍼진 지 한참 됐지."

"낮에 보니 조금 창백하기는 해도, 멀쩡해 보이던데요?"

"멀쩡하기는? 좀 전에 아랫것들 이야기를 넌지시 들어보니 오늘 밤초야나 제대로 치를 수 있을는지 모르겠다고 한걱정을 하더구먼. 그러니 저어기 앉은 창술이가 저리 싱글벙글하고 있지를 않은가? 진철이가 자손을 보지 못하고 죽으면 당장이라도 대를 잇는다는 명목으로 재산을 모두 되찾아올 생각이니 어찌 아니 신 나겠는가, 아니들 그런가?"

"뭐 어찌 됐건 우리하고는 아무 상관이 없지 않습니까? 누가 재산을 물려받으면 뭐하겠습니까? 저희 같은 먼 친척들에게 떨어지는 콩고물도 없을 테고요. 하하하하."

무현이 다시 술상의 분위기를 띄워가며 연신 사람들에게 술을 권했다.

"하긴 우리 처지에 누가 누굴 걱정하는 건지."

"임생원 말이 맞네. 우린 술이나 마저 마심세."

술상 주변의 사람들이 기분 좋은 건배를 하였다.

그렇게 몇 순배의 술의 돌고 나자 누가 먼저랄 것도 없이 객들은 모두 거나하게 취하기 시작하였다.

"끄윽, 그나저나 우리끼리만 이렇게 즐거워서야 쓰겠는가? 그래도 명색이 혼례 잔치인데 혼주에게 축하의 술이라도 따라줘야지. 웃차!"

온양 사내가 취기에 비틀거리며 술자리에서 일어났다. 무현이 얼른 그를 부축해, 주연의 제일 상석에 앉아 좌우의 인사들과 함께 담소를 나누고 있는 임진사의 곁으로 데리고 갔다. 온양 사내가 임진사의 곁에 자리를 잡고 앉는 것을 보고선 얼른 제자리로 되돌아갔다.

"임진사, 축하하오. 오늘 어여쁜 며느리를 보았으니 얼마나 흡족하겠소? 딸꾹! 여기, 내 술 한잔 받으시오."

"하하하, 고맙습니다. 아들놈의 혼례를 위해 먼 곳에서 찾아주셔서 고맙기 그지없습니다."

임진사가 사내가 따라준 술잔을 들어 단숨에 비우더니 웃음기 어린 목소리로 온양 사내에게 물었다.

"헌데 형님을 부축했던 저이가 누굽니까? 저는 처음 보는 얼굴인 것 같은데요?"

"엥? 임진사는 저이를 처음 보오? 저이가 바로 돌아가신 을숙이 아저씨의 아들 되는 이가 아니오. 하긴, 을숙이 아저씨가 돌아가신 지 벌써 이십여 년이 넘었으니 임진사가 몰라볼 법도 하겠소. 항렬로 따지자면, 어디보자…… 그렇지, 임진사의 팔촌동생쯤 될 것이오."

"……그래요?"

"그간 왕래가 없었는데도 이번참에 문중 어른들께 인사를 여쭙는다고 개성에서 부러 먼 길을 달려오다니 장하지 않소? 저리 젊은데 벌써부터 아들자식만 넷을 연달아 두었다 하여 저 자리의 사람들이 모두 부러워하고 있다오. 어찌, 이 자리로 불러 정식으로 인사를 하라고 하리까?"

"……아닙니다. 따로 인사를 할 때가 있겠지요."

임진사가 다시 한번 술을 마시는 척하며 주연의 말석(末席)에서 친척들에 둘러싸여 연신 싱글벙글하고 있는 무현을 넌지시 쳐다보았다. 주변 사람들에게 술을 따르던 무현도 그 시선을 느꼈다. 고개를 돌린 무현과 임진사의 시선이 마주쳤다. 임진사는 괜히 뚫어져라 본 것이 멋쩍어 고개를 돌리려는데, 무현이 먼저 꾸벅 가볍게 묵례를 해 보였다.

"먼저들 가십시오. 저는 소피 좀 보고 곧 뒤따르겠습니다!"

늦은 밤. 주연이 파하고 혼례의 하객들이 한둘씩 자리를 뜰 무렵 무현은 저와 같은 상에 앉았던 친척들을 먼저 보냈다. 그리고 주변의 하인에게 측간이 어디 있는지 물은 후 괜히 소변이 급한 듯 종종거리며 하인이 일러준 측간 쪽을 향해 걸음을 빨리하였다. 낮 동안에 미리 알아둔 바에 의하면 측간 쪽 벽을 넘어 안채와 사랑채를 잇는 돌담 두 개만 뛰어넘으면 곧 오늘의 신방이 마련된 별당에 가 닿을 수 있었다.

오늘 밤 무현은 대담하게도 신방으로 쳐들어가 신부를 훔쳐 달아날 작정이었다. 일부러 임진사 댁 친척을 위장한 것도 모두 신방으로 숨어 들어 갈 기회를 노리기 위해서였다.

군이 결행의 시기와 결행의 장소를 혼례 당일로 정한 것은 사흘이 지나, 은호가 임진사 집으로 들어가버리면 일이 좀 더 어려워질 것이 분명했기 때문이었다. 어쩌면 병든 아들을 두고 며느리가 도망이라도 할까봐 단단히 지키려 들지도 모르는 일이었다. 하니 은호를 훔칠 수 있는 시간은 오늘밖에 없었다.

비록 내일 아침이면 양쪽 집안이 모두 발칵 뒤집히겠지만, 그런 것 따위 무현은 상관없었다. 지금의 무현에게는 오직 은호를 훔쳐 도망치는 것 외에는 아무것도 안중에 없었던 것이다.

일부러 측간에서 오래 시간을 끌어 주위가 잠잠해질 때까지 기다린 후, 무현이 측간 밖으로 나왔다. 벽을 넘어 신방으로 숨어들어 가기만 하면 됐다. 하지만 측간 밖에서 뜻밖의 사람이 저를 기다리고 있음에 무현은 소스라치게 놀라고 말았다.

"임생원이라고 하였던가?"

새신랑의 아버지, 임진사가 종들도 아니 거느린 채 홀로 어둠 속에서 있었다.

"네. 그렇습니다."

무현이 서둘러 허리를 굽혀 인사하였다.

"내 오래전 자네 아버님께 신세를 진 적이 있다네. 그때의 예도 미처 차리질 못했거늘 오늘 자네가 이처럼 우리 아이 혼례를 축하해주려 와주기까지 하였으니 이리 고마울 데가 있겠는가."

"별말씀을 다 하십니다."

무현이 허리를 펴고는 속없는 사람인 양 헤 웃어 보였다.

"우리 어디 조용한 데 가서 환담이라도 나누지 않겠나? 오늘은 여러 친척 어르신들이 많이 오신 탓에 자네에게 미처 신경을 못 썼다네. 비록 촌수가 멀긴 하지만 자네와 내가 형제나 다름없으니 오늘은 우리 집에 가서 형제끼리 밤 늦도록 술잔을 나누면 어떨까 하네만?"

'무슨 딴 속셈이라도 있는가보군.'

바로 며칠 전 저를 찾아갔던 진짜 임생원을 얼굴도 보지 않고 문전박대한 주제에, 가짜에게 조용히 따로 술을 마시지 않겠냐고 다정히 구는 임진사에게 무현이 다시 헤헤, 속없이 웃어 보였다. 무슨 이야길 하는지 들어나 보자는 생각에서였다.

은호를 훔칠 시간은 아직 충분하고도 남았다.

✿

임진사가 무현을 데리고 간 곳은 혼례가 있었던 집에서 그리 멀지 않은 기방이었다. 기생들을 물리고 단둘만이 마주 앉은 술상에서 임진사는 무현에게 은밀한, 아주 은밀한 거래를 제의해왔다.

"자네가 나를, 우리 집안을 도와주지 않겠나?"

"제가요? 저 같은 놈에게 무슨 도움을 바라시는지?"

무현이 부러 더 멍청한 표정을 지으며 눈만 끔뻑끔뻑하였다.

"실은 말일세."

임진사가 무현의 앞에 바짝 다가앉더니 몇 번이고 다짐을 받았다.

"이 일을 들어주든 아니 들어주든, 평생 가슴에 묻고 살기로 약조해 주겠나?"

"도대체 무슨 청이시기에 이렇게?"

"정말일세. 만약 내게서 이런 이야기를 들었다고 입만 뻥긋하면 그땐 내 한사코 부인할 것이고, 자네는 그 길로 헛소문을 퍼뜨린 죗값을 단단히 받게 될지도 모르는 일이라네."

한순간 험악하기 그지없는 얼굴로 겁박을 하던 임진사는 그러고도 몇 번의 확답을 받고 나서야 마침내 본론을 털어놓았다.

내용인즉슨, 사흘 후의 우귀(于歸, 결혼한 신부가 처음으로 시집에 들어감) 날부터 딱 사흘 밤만 진철 대신 신방에 들라는 것이었다.

"자네와 나, 그리고 나의 내자 셋만 아는 비밀이 될 걸세. 내 아들과 며늘아기도 모르게 할 것이야."

"그, 그게 가능합니까?"

"미리 며늘아이와 수태 가능 날짜에 맞춰 혼례일을 정하였네. 허니 수태시키는 건 어렵지 않을걸세."

"그래도……."

"내 약조함세. 쥐도 새도 모르게 할 걸세. 그 일로 만약 우리 며늘아기가 수태할 수만 있다면, 내 앞으로 자네와 자네 아들들의 전정(前程, 앞날)은 책임져주겠네."

말은 그랬지만 임진사는 제 눈앞의 우둔한 작자를 살려줄 마음이라곤 추호도 없었다. 일이 끝나는 대로 즉시 사람을 시켜 사내를 없앨 작정이었다. 개성으로 돌아가던 중 산적의 습격을 받아 숨졌다고 하면 아무도 임진사를 의심하는 사람은 없을 거였다.

그것이야말로 쥐도 새도 모르게 아주 은밀하게 진행될 것이었다.

"어떤가, 그리 해주겠는가?"

임진사는 아직도 얼떨떨해 하고만 있는 친척 동생을 은근한 눈빛으로 보며 대답을 재촉했다. 제 가짜 친척이 속으로 저를 얼마나 역겨워하고 있는지도 알지 못하고.

❀

"행수, 형님! 다시 한번 잘 생각해보세요. 이건 아무래도 무리이지 싶습니다."

은호와 진철의 신방이 차려진 도성 백영감네 별당.

어둠 속에서 홍민이가 곁의 무현에게 은밀히 속삭였다. 그 곁에서 성용 역시 동감이라는 듯 고개를 끄덕거렸다.

지금 세 사람은 은호를 훔쳐내기 위해 별당 마루 밑에 엎드려 어둠이 좀 더 짙어지기를 기다리는 중이었다. 저녁 무렵까지 양반 옷차림을 하고 있던 무현은 이제 제 살갗인 양 익숙해진 검은 복색으로 온몸을 휘감고, 두건을 내려 얼굴을 감추고 있는 상태였다. 임진사와 헤어지자마자 준비해두었던 검은 옷으로 갈아입은 후, 미리 대기시켰던 홍민이들과 합류한 것이다.

차림새는 커다란 자루를 손에 말아쥔 홍민이와 성용이 놈도 같았다. 오직 두 눈만 밖으로 내놓았을 뿐 검은 두건, 검은 복색이긴 매한가지였다.

"형님!"

"쉿!"

다시 제게 말을 붙이는 홍민이들에게 조용히 하라 시킨 뒤, 무현은 온 신경을 곤두세워 제 귀에 들려오는 모든 소리와 모든 기척에 집중하였다. 어찌나 바짝 귀를 세웠던지, 멀리서 누군가 하아암, 하품을 하며 입을 쩌억 벌리는 소리까지 들릴 정도였다.

그렇게 한참을 더 밤의 기척들을 살피던 무현은 이윽고 홍민과 성용을 향해 까딱, 따라오라는 손짓을 한 뒤 날렵한 고양이를 연상케 하는 몸짓으로 마루 밑에서 기어나와 마루 위로 올라섰다. 어미 뒤를 따르는 새끼 고양이들마냥 홍민이와 성용이도 마루 위로 올라갔다.

드디어 신방 문 앞에 다다른 무현은 방문에 제 귀를 대고서는 소리에 집중하기 위해 두 눈을 가늘게 떴다.

"하아……, 하아……."

새신랑의 것인 듯, 소리만으로도 기력이 쇠진해 있음을 알아챌 수 있을 정도로 메마른 숨소리가 연거푸 들려왔다. 은호의 것인 듯, 들릴락 말락 가느다란 숨소리도 함께 들려왔다.

분명 안의 두 사람 다 깊이 잠든 것 같은 숨소리들이었다.

무현이 좌우의 수하들을 본 뒤 양손을 모았다 좌우로 펼치며 문을 여는 시늉을 해 보였다. 소리 없는 명령에 홍민과 성용이 각자 방문의 양쪽 끝에 가 섰다. 그리곤 방문을 잡고는 살그머니 제 쪽들을 향해 당기기 시작했다. 하여 바람에 흔들리는 나뭇잎인 양 스르륵, 문이 열렸다.

달빛에 기대어 방 안을 둘러보는 무현의 눈에, 괴로운 듯 이맛살을 찌푸린 채 잠든 새신랑과 활옷에 쪽 찐 머리에 족두리를 쓴 차림 그대로 윗목에 앉아 고개를 푹 숙이고 있는 은호의 모습이 보였다. 명색이 새신랑 새신부의 초야(初夜)이거늘 탈영(脫纓, 신랑이 신부의 족두리와 쪽 찐 머리를 풀어주는 일)도 아니 한 채 잠든 것이었다.

'겨우 이런 꼴을 당하려고 혼인이란 걸 한 것인가? 그 몸으로?'

무현은 잠든 사내를 깨우지 않도록 기척을 죽이고 새신부의 곁으로 미끄러지듯 다가갔다. 그리곤 다짜고짜 뒤에서 감싸안듯이 하며, 손으로 은호의 입부터 막았다.

"읍!"

가는 숨소리를 내며 졸다 말고 갑작스러운 사람의 기척에 놀라 깬 은호가 발버둥을 치며 비명을 지르려 하자, 무현이 더욱 힘을 주어 그 입을 틀어막았다.

"쉬……, 나요."

무현이 자꾸만 버둥거리는 은호의 귀에 제 한숨 같은 목소리를 들려주었다. 그제야 고개를 틀어 무현과 마주한 은호가 발버둥을 멈추었다.

"우으음, 우으옴……."

아까보다는 한결 작은 소리로 웅웅거리는 은호의 말은 무현의 손에 가로막혀 제대로 들리진 않았다. 하지만 무현은 지금 이 여인이 제게 무슨 말을 하는지 알 것 같았다.

"투정은 나가서 들을게."

무현이 다시 은호의 귀에 다정히 속삭인 다음, 만약을 대비하여 제 허리춤에서 재갈을 꺼내 은호의 입을 막았다. 그리곤 마치 제가 새신랑이라도 한 양, 족두리를 벗기고 머리에서 용잠(龍簪, 혼례용 비녀)과 도투락댕기(혼례 때 뒤로 길게 늘어진 댕기)를 빼내었다. 재갈로 입이 가로막힌 은호의 눈빛이 잠시 사납게 반짝였지만, 무현은 아랑곳하지 않고 땋인 머리를 어깨 뒤로 길게 내려뜨렸다.

그와 동시에, 어느 틈에 방에 들어왔는지 홍민이와 성용이 놈이 커다란 보자기를 꺼내 은호의 머리에서부터 뒤집어씌웠다. 이어 빠른 손길로 보자기의 허리 부분과 입구를 가죽 끈으로 팽팽히 묶었다. 그리곤 보자기의 양쪽에서 하나 둘 박자를 맞춰 들어 올린 뒤 무현의 어깨에 걸쳐 주었다.

그때였다.

"으으음 쿨럭! 쿨럭!"

새신랑 진철이 뒤척임과 함께 듣기만 해도 속이 갑갑해지는 마른기침을 하였다. 그 소리에 보자기 속의 은호도, 은호를 어깨에 걸친 무현도, 무현의 곁에서 혹시 무현이 보자기를 떨어뜨리지 않을까 걱정하여 지켜보던 홍민이들도 일제히 얼어붙었다. 성격 급한 홍민이는 만약을 대비하여 허리춤에 차고 온 칼 쪽으로 슬그머니 손을 뻗기도 했다.

"으으음!"

기침을 그친 진철이 다시 벽을 향해 돌아누웠고, 얼마 지나지 않아 다시 마른 숨소리를 내기 시작하였다. 그제야 방 안의 누군가에게서 들릴락 말락 작은 안도의 한숨 소리가 새어 나왔다.

.

.

.

"다 왔소."

무현은 안가 제 방에 돌아오자 은호가 든 보자기를 방바닥에 내려놓았다. 보자기의 주둥이를 묶은 끈을 풀고 은호의 발아래까지 보자기를 끌어내려주었다.

옆으로 쓰러진 모양으로 누워 있던 은호가 얼른 제 몸을 곧추세웠다. 그리곤 저를 이리 끌고온, 방금 막 두건을 벗어 던지고 저를 빤히 보고 있는 사내의 뺨을 온 힘을 다해 후려갈겼다.

철썩!

어쩌나 셌던지, 무현의 고개가 순간 획 꺾여 돌아갈 정도의 따귀였다.

"이놈! 이 무슨 짓이냐?!"

무현이 한 손으로 제 뺨을 어루만지며 다시 눈앞의 여자를 빤히 쳐다보았다.

곱게 빗어 넘겼던 머리는 많이 흐트러져 있었고, 이마와 귀밑 부분의 잔머리는 땀에 젖어 얼굴 살갗에 찰싹 달라붙어 있었다. 양 볼과 이마에 곱게 붙어 있던 연지 곤지는 언제 떨어졌는지 자취를 감춰버렸고, 뺨은 붉게 달아올라 있었다. 유난히 크고 까만 눈동자는 금세 불꽃을 토해낼 듯 진한 빛으로 반짝거렸고, 선이 고운 입술은 거칠게 숨을 몰아쉬느라 열렸다 닫혔다를 반복하며 본래의 제 색보다 더욱 붉은빛으로 사내를 유혹하고 있었다.

단정하기 그지없던 평소의 은호와는 전혀 달랐다. 한결 더 고왔다. 한결 더 어여뻤다. 노여움과 분노가 지금까지와는 전혀 다른 생기를 은호의 얼굴 곳곳에 불어넣어주고 있었다.

"무슨 짓이냐니까!"

다시 한번 은호가 노성을 질렀다.

"아직도 상황 파악이 안 되오? 내가 그대를 훔쳤소. 다시 말해 그대는 내게 보쌈을 당한 것이지. 아, 귀하신 양반 아가씨께서 보쌈이 뭔지는 아시고 계시려나?"

무현의 빈정거림에 은호가 다시 뺨을 후려치려 손을 치켜들었다. 하지만 그보다 빠른 무현의 손에 잡혀 저지당하고 말았다.

"흥분하지 마시오. 그러다 또 지난번처럼 쓰러지면 어떡하려고?"

은호가 가마에서처럼 잡힌 손을 빼내려고 용을 쓰자, 무현이 이번엔 순순히 손을 놓아주고 일어섰다. 그리곤 아랫목 쪽으로 가 벽장을 열고는 뒤적거리며 무언가를 찾았다.

"……대체 내게 무슨 원한이 있어 이런 것이냐?"

벽장 안에서 꾸러미를 꺼낸 무현이 은호를 돌아보며 한쪽 눈썹을 치켜 세웠다.

"원한?"

"처음엔 내 목숨을 빼앗으려 들더니, 그다음엔 내 가마로 숨어들었고, 이번엔 감히 내 신방까지 쳐들어와 이리 납치까지 하였으니 묻는 소리다. 대체, 네 나와 무슨 상관이 있기에, 이리도 번번이 나를 괴롭히는 것이냐?"

"글쎄, 왜일까?"

은호의 물음을 피식 웃어넘긴 무현이 제가 꺼낸 보따리를 은호에게로 던졌다.

"……무엇이냐, 이게!"

"옷. 그 거추장스러운 혼례복 따위는 벗어 던지고 그걸로 갈아입으시오. 밖의 아이가 말을 준비시키는 대로, 길을 떠날 것이오."

허나 은호는 보따리를 물끄러미 내려다볼 뿐 손가락 하나 대려 하지 않았다. 그런 은호를 본체만체 무현은 제 윗옷을 훌훌 벗어 던졌다.

"뭐, 뭐하는 짓이냐?"

은호가 화들짝 놀라 얼른 고개를 돌렸다. 그 옆얼굴에 깃든 당황스러움과 부끄러움에 무현이 히죽, 만족스레 웃고는 흔연히 답했다.

"옷을 갈아입는데?"

무현은 일부러 보란 듯이 제 바지까지 단숨에 발밑으로 끌어내린후 다시 벽장을 뒤지다가 찾는 것이 없는 듯, 속곳 차림 그대로 은호앞을 가로질러 방문으로 향했다.

"물색 저고리 어디 뒀어?"

방문을 열고 소리를 지르자, 밖에서 홍민이 놈이 얼른 답을 전했다.

"장 안에요!"

"없는데?"

"잘 찾아보세요. 벽장 왼편 구석에 있을 거예요!"

"오냐!"

옷의 행방을 안 무현이 다시 보란 듯이 은호 앞을 지나 벽장으로다가갔다. 은호는 거의 벌거벗은 것이나 다름없는 무현이 제 앞을 지날 때, 그 모습을 보기가 두려워 재빨리 무현을 등지고 반대편을 향해 섰다.

"훗……."

그 모습이 귀여워 희미하게 웃음을 흘린 무현은 벽장 안을 뒤져 바지와 속적삼, 물색 저고리 등을 꺼내어 차례대로 갖춰 입었다. 그 뒤에 저녁에 벗어두었던 도포를 걸치고선, 떡하니 갓까지 썼다.

"그대도 얼른 갈아입지 그러오? 크기는 얼추 맞을 것이오. 전날 내 품에 안기었던 그대를 기억하여 맞춤한 옷이니."

무현은 가마 안에서 있었던 두 사람의 은밀한 순간을 떠올리며, 또다시 흐뭇하게 입꼬리를 올렸다. 동시에 은호 역시 난생처음, 저를 흔들리게 했던 그때의 짧은 순간을 머릿속에 떠올렸다. 제게 딱 달라붙어 있던 사내의 온기가, 목 뒤와 귓전에 와 닿던 무현의 뜨거운 숨이 고스란히 되살아났다.

"내, 내가 왜 네 말에 따라야 하느냐? 나는 돌아가겠다."

은호가 제 마음의 흔들림을 부정하며 자리에서 일어나 문으로 향했다. 무현이 얼른 뒤따라와 그런 은호를 잡아 벽으로 밀쳤다. 그 바람에 은호는 벽과 무현의 사이에 갇히는 신세가 되었다.

"못 가오."

"비키거라!"

무현과 은호의 눈빛이 파지직, 소리라도 낼 듯 공중에서 맞부딪쳤다.

"아직도 모르겠소? 그대는 내게 보쌈을 당하였다니까?"

"비켜라."

은호가 이를 악물고 명했다.

"내가 그 잘난 양반가에서 당신을 훔쳤다니까? 세상의 어느 도적이 제가 훔친 것을 고스란히 돌려놓는단 말이오?"

"비키라고 하였다."

"비키면?"

무현이 은호를 가두고 있던 제 두 어깨를 으쓱해 보였다.

"비키면? 이대로 이 차림으로 밤길을 달려 백영감 댁으로 가려고? 당신의 불쌍한 신랑이 있는 신방으로 가려고? 그 모습을 아무도 보지 않을 거란 자신이 있소? 사람들 눈에 띄면 바로 그 순간, 이 도성 바닥에 요상한 소문이 파다하게 퍼지고 말 텐데?"

무현은 은호의 혼례복인 활옷 앞자락을 은호의 눈앞에 들어 올려 보였다.

"이리 요란히 번쩍거리는 옷이니 희미한 달빛에도 쉽게 눈에 띌 텐데?"

그러더니 문득 무엇인가를 눈치챈 무현이 활옷 자락을 제게로 가까이 당겨 그 향을 맡았다.

"이게 다 무엇인가. 후훗. 어쩐지 내내 기분 좋은 향이 난다 하였더니, 옷자락 속에 사향을 감추어 두었었소?"

"그, 그건……"

은호가 당황하며 무현을 쏘아보고 있던 눈을 돌렸다. 신방에 들기 전, 수모(手母, 혼례에서 신부의 단장 및 그 밖의 일을 거들어 주는 사람)가 넌지시 가슴끈 사이에 향낭을 넣어주었던 것이 이제야 생각났다.

"이게 바로 침실의 비향(秘香)이라 불리는 사향입니다. 제아무리 목석 같은 남정네라도 이 향만 맡으면 마음을 진정시키지 못하는 법이지요. 오늘 밤, 듬뿍 귀여움을 받으셔요. 그래서 얼른 떡두꺼비 같은 아드님을 낳으셔야지요."

싫다고 마다하였지만, 초야를 수월히 넘기기 위해서라도 꼭 필요한 것이라는 수모의 설득에 어머니까지 그러하라고 권하시니 결국은 마지

못해 달고 있었던 향이었다.

하지만 수모나 어머니의 기대와 달리, 진철은 신방에 들자마자 제 옷만 훌훌 벗어 던지곤 마치 혼절이라도 하듯 깊은 잠에 빠지고 말았다. 긴 혼례의식 내내 아픈 티를 내지 않으려 무리한 탓에 기력이 쇠한 모양이었다. 새신랑이 벗겨주지 않으면, 제 손으로는 족두리 하나 마음대로 벗을 수 없는 새신부인 까닭에 은호는 지쳐 쓰러진 진철 곁에서 입은 옷차림 그대로 앉은 자리에서 꾸벅꾸벅 졸게 되었다. 그래서 잊고 있었다. 제가 은밀한 색향을 품고 있음을.

"흐음……."

무현이 활옷 자락에 제 고개를 묻고서는 짐짓 눈까지 감고 깊이 숨을 들이쉬었다. 그리곤 눈꺼풀을 들어올려 은호를 보았다.

제 부끄러움을 꿰뚫는 것만 같은 그 눈빛에 은호는 다리가 달달 떨리는 것을 느낄 수 있었다.

"능내리의 방에 들었을 때도, 전날 가마에 들었을 때도 맡지 못했던 향이구려. 초야를 위해 부러 마련하신 것이오?"

은호가 고개를 돌려, 자신을 옭매는 무현의 시선에서 벗어나려 하였다.

"불쌍하기도 하셔라. 귀하신 아가씨께서 사내의 욕정을 불러일으킬 사향까지 지니시며 기대하신 첫날밤이거늘, 서방이란 작자는 손 하나 쓰지 못한 채 드러누워버렸으니."

무현이 고개를 들어 제 편을 향해 있는 은호의 귀에 속삭임을 전하였다.

"제법 상질의 향인 듯하오. 어쩐지 은근히 열이 오르는 느낌이 들지 않소?"

살갗을 통해 새삼, 좀 전까지와는 확연히 다른 후덥지근함과 열기를 진하게 느끼게 된 건 은호도 마찬가지였다. 마치 좁은 가마 안에서 그와 몸을 포개고 있던 그날처럼 자꾸만 몽롱해지는 느낌도 들었다.

자신이, 자신이 아니게 되는 느낌. 은호는 그 느낌을 떨치려 세차게 고개를 저었다. 그리고 여전히 무현이 쥐고 있는 제 옷자락을 뺏어 들었다.

"나는…… 돌아갈 것이다."

"……언제 숨을 거둘지 모를, 그 알량한 서방 곁으로?"

은호의 낯빛이 변하는 것을 본 무현이 은호의 얼굴 가까이 제 얼굴을 들이대며 이죽거렸다. 두 사람의 사이는 서로 코가 맞닿을 듯 가까웠다. 아주 조금 턱을 내미는 것만으로 입술과 입술이 포개질 수 있을 정도의, 지나치게 가까운 거리였다.

"마음속으로는 하루빨리 죽어 없어지기를 바라면서 겉으로는 양처를 가장하여 고고한 척 내숭을 떨려고? 나보다 빨리 죽어 부디 나를 열녀로 만들어주시오. 그리 빌려고? 옷자락 속에 사내를 유혹하는 색향을 품고서, 마음속에는 죽음을 기원하는 저주를 품다니, 참으로 대단하신 아가씨가 아니오?"

"어찌…… 알았는가?"

제 비밀을 훤히 꿰뚫어보고 있는 무현의 말에 은호의 얼굴은 한층 더 창백하게 질렸다.

"상관없잖소. 그딴 건."

"……다 알고 있다니 더는 긴 말 않겠다. 네가 왜 나를 이리 끌고 왔는지, 나를 어찌 생각하는지도 더는 따져 묻지 않겠다. 그저, 이대로 돌아갈 수 있게 해주게. 사람들 눈에 띄지 않고 돌아갈 수 있도록 도와주게. 부디 살 날 얼마 남지 않은 자의 마지막 소원이라 생각하고 들어주길 바라네."

살 날 얼마 남지 않은 자의 소원.

그 말에 무현은 심정이 상했다. 제 입으로 살 날 얼마 남지 않았다 말하는 눈앞의 여인에게 참을 수 없이 화가 났다.

"이미 말했지 않소? 나는 그대를 훔친 도적이라고. 도적이 훔친 물건을 아무 대가 없이 순순히 돌려주는 걸 봤소? 나는 그대가 무어라 하든, 이대로 그대를 데리고 도망칠 작정이라오."

"다 죽어가는 사람의 소망이라 하질 않느냐! 대체 나를 이리 납치하여 너에게 이득이 되는 것이 무엇이냐? 도망을 친다고? 얼마 못 가이 부실한 몸은 네 발목을 잡게 될 것이다. 공연히 원한을 더 사서 대체 무엇을 하려느냐? 나는……, 나는…… 아무 쓸모도 없는 몸이란 말……."

은호는 말을 끝맺지 못했다. 제 말이 끝나기도 전에 눈앞의 사내가 입술을 덮친 까닭이었다.

"읍!!!"

은호는 거세게 고개를 흔들어 그의 입술에서 도망치려 하였지만, 끈

질긴 사내의 입술은 더욱 집요하게 닿아올 뿐이었다. 계속되는 그의 공격에 숨이 터져버릴 것 같은 답답함에 저도 모르게 열려버린 은호의 입안으로 기다렸다는 듯 그의 혀가 침입해 들어왔다. 낯선 침입자를 맞아, 숨고 도망가려는 은호의 혀를 끈질기게 쫓아왔다. 휘감고, 토닥이고, 애무하는 것만 같은 그의 혀가 전해주는 감미로움에 은호는 미처 제 이성을 찾지 못하고 당황하고만 있었다.

은호의 작은 뒤통수를 단단히 감싸안고 있던 무현의 손은 어느새 은호의 길고 가는 뒷목을 지나 부드럽고 완만한 곡선을 그리는 척추를 따라 등 허리로 내려갔다.

잠시 허리에 머물다 잘록한 곡선을 즐기듯 천천히 훑어내려가던 커다란 손이 마지막으로 가 닿은 곳은 여인다움이 물씬 풍기는 동그란 엉덩이였다.

"웃!"

무현이 은호의 엉덩이를 잡아 제게로 더욱 가까이 이끌었다. 너무 가까운 그의 몸이 전해주는 노골적인 감촉에 은호는 놀라 몸을 뒤로 빼려 했지만, 무현의 손이 퇴로를 막았다. 그리곤 조금 전보다 더 힘주어, 제게로 더 가까이 끌어당겼다.

"하아……, 하아……"

더는 무현의 뜨거운 몸을 감당할 수 없어진 은호가 다시 제 입술로 다가온 그의 입술을 깨물었다.

"으!"

그제야 무현이 은호를 놓아주었다. 촉촉이 젖은 눈망울로, 열기에 발갛게 달아오른 눈으로 자신을 노려보며 하아, 하아, 숨을 몰아쉬는 은호를 보았다. 은호가 손등으로 제 입을 닦았다. 더러운 것이라도 닿은 양 정색을 하고는 거칠게 손등을 문질러 제 입을 닦았다.

그 모습이 어쩐지 더욱 사랑스럽게만 보여, 무현은 다시 와락 은호를 품에 안았다.

"중국……."

무현의 품에서 벗어나려 바르작거리는 은호를 더욱 강하게 끌어안으며 무현이 제 진짜 속내를 털어놓았다.

"예전에 누군가에게 들었던 기억이 나오. 중국 선양 어디쯤 화타 못지않은 명의가 있다 하오. 가슴이 아픈 자는 가슴을 째어, 머리가 아픈 자는 머리를 째어 모든 병을 씻은 듯이 낫게 한다 들었소. 중국으로…… 그리로 갑시다."

"……싫다."

무현이 제 품에 안긴 여인을 내려다보았다.

"나는 내 서방님에게로 돌아갈 것이다. 중국 따윈…… 가지 않아."

"멍청한 여자. 순 거짓말쟁이! 당신만 보면 화가 나! 당신같이 멍청한 여자를 내내 신경 쓰고 있는 나한테도 자꾸만 화가 나!"

은호는 감히 양반인 자신에게 하대를 하는 남자를 올려다보았다.

"무례한 놈."

"멍청한 여자."

사내와 여인이 서로를 욕하였다.

멍청한 여자가 무례한 남자를 원망스레 보았다.

무례한 남자가 저를 향해 열린 것만 같은 멍청한 여자의 입술 위에 천천히 제 입술을 내렸다. 무례한 남자가 허락도 받지 않고 또 한 번 멍청한 여자의 입안을 탐하였다. 오늘 혼례를 올린 새신부는 신방에 누워 있는 새신랑을 잊은 채 다른 사내의 품에 안겨 몸을 떨었다.

신랑이 아닌 사내는 어느새 새신부의 옷깃을 풀어헤치려 들었다.

사내가 활옷의 겉옷과 속의 저고리까지 모두 벗겨내 치마끈 사이에 묶여 있는 향낭을 발견하곤, 잠시 코를 박고 그 향을 즐기다가 이로 끈을 물어 뜯어버렸다. 그동안에도 은호는 그저 몽롱하게 사내의 움직임에 따라 이리저리 흔들릴 뿐, 제 손 하나, 제 눈 하나 어디에 둘지 몰라 당황하고 있었다. 사내의 얼굴이 가슴을 죄고 있는 치마끈에서 조금 더 위로 올라왔다. 부드럽게 솟아 있는 가슴 사이를 사내의 코와 입술이 휘젓고 다녔다. 그러더니 이내 성급한 손길로 치마끈을 풀고는 치맛자락을 아래로 당겨 반쯤 가려진 나머지 부분까지 고스란히 드러나게 하였다.

순간, 사내의 움직임이 멈췄다.

온전히 그대로를 드러낸 은호의 상반신은 모자람도 지나침도 없이 무현이 상상하고 그리던 그대로의 완전하면서도 완벽한 아름다움을 자랑하고 있었다. 그 완만하고도 둥근 곡선의 하나하나를 무현의 눈이 따라 그렸고, 길고 마디가 굵게 잡힌 사내다운 손가락이 뒤를 이었다.

"아……"

혼란스러움과 두려움, 기대와 설렘이 교차하는 묘한 감각 속에 은호는 제 살빛만큼 하얀 신음을 쏟아내며 잡고 있는 무현의 어깨에 손톱을 세웠다. 길게 목을 빼 몸부림도 쳤다.

그때, 은호의 눈에 방바닥에 널브러진 제 옷자락 사이로 빼꼼, 그 모습을 드러낸 주머니가 보였다. 환약이 든 가죽 주머니가 아닌 고운 색실이 달린 비단 주머니였다. 낯선 쾌감에 흐려진 눈으로도 은호는 그것이 무엇인지 쉽게 알아차릴 수 있었다. 동시에 은호는 한창 열에 들떠 있던 제 온몸의 피가 순식간에 차갑게 얼어붙기 시작함을 느꼈다.

"……그만."

은호가 속삭였다. 하지만 무현의 귀에는 들리지 않았나보았다. 무현은 은호의 매끈한 어깨에 연신 뜨거운 입술을 누르며 제 욕망을 막아서고 있는 제 옷들을 성급히 벗어내는 데 몰두해 있을 뿐이었다.

그런 무현을 제게서 떨어뜨리기 위해 은호가 거세게 몸부림치며 등이며 팔뚝이며 손에 닿는 대로, 신경질적으로 할퀴었다.

"그만, 그만!"

처음엔 그저 가벼운 반항쯤으로 여기며 저항을 대수롭지 않게 여기던 무현은 고개를 들어 은호의 얼굴을 본 뒤에야, 은호가 진심으로 거부하고 있음을 알았다. 온 힘으로 자신을 밀어젖히며 거세게 도리질치는 은호의 얼굴이 온통 눈물범벅이었다.

"제발, 그만 해줘. 제발……."

은호의 눈물에 무현의 열기도 일순간에 식었다. 당장이라도 그녀를 얻고자 간절히 바랐지만, 그녀의 뜻에 반할 생각은 없었다.

"……."

어색한 침묵과 함께 무현이 엉거주춤 물러나자, 은호는 재빨리 바닥에 흐트러진 제 옷들을 주워 입기 시작했다. 치마를 입어 끈을 조이고, 대충 여미는 듯 만 듯 저고리를 입은 후 그 위에 다시 엉망으로 구겨진 활옷을 걸쳤다. 그리곤 바닥에 떨어져 있던 주머니들을 소중히 집어올렸다. 무현이 뜯어 던진 사향이 아니었다. 조 매파에게서 전해 받은 약낭(藥囊)과 어머니가 전해준 주머니였다.

"……그것이 무엇이오?"

돌아앉은 은호에게 무현이 물었다. 아직도 가쁜 숨은 진정시키지 못한 상태였다.

"내…… 어머님이 주신 쌈짓돈이다. 언제고 힘이 들면 돌아오라고, 돌아올 노잣돈으로 삼으라며 전해주신 것이다."

은호가 비단 주머니에 놓인 자수를 손끝으로 쓰다듬으며 처연한 목소리로 말을 이어나갔다.

"넉넉지 않은 형편에 급히 혼수를 마련하느라 무리를 많이 하셨다. 그런데도 또 이리, 시집가는 딸을 위해 부러 마련해주신 것이다. 다시는 돌아갈 수 없음을 누구보다 잘 아시면서 힘들 때 마음의 위안이나 삼을 수 있도록 그리 마련해주신 거다."

"……"

"도망가자 하였느냐? 병을 낫게 해주는 의원을 찾아 중국으로 함께 가자 하였느냐?"

"그렇소."

"……그럼 내 부모님은, 우리 가문은 어찌 되느냐? 혼례 날 밤 도망친 신부의 아비와 어미는 어찌 살라는 것이냐?”

“죽지는 않아!”

무현이 거칠게 소리치며 은호를 보았다.

은호의 얼굴에는 아직도 욕망과 눈물의 여운이 고스란히 남아있었다. 서글프기만 한 얼굴은 아니었다. 무엇인가를 각오한 자만이 지을 수 있는 단단한 표정이었다. 처음 무현이 은호의 방에 숨어들어 칼을 겨누었을 때, 은장도를 꺼내어 스스로 제 목에 겨누었던 그때와 같은 얼굴이었다.

“그래. 죽지는 않으시겠지. 하지만…… 죽음보다 더 큰 고통을 받으실 게다. 다시는 밝은 낮에 떳떳이 고개를 들고 다니실 수 없으실 게다. 혼례 날 사내와 밤도망을 친 화냥년 딸을 두었다는 손가락질을 받으며 평생을 죄인인 양 숨어 사서야 할 게다. 내 목숨 하나와 맞바꾸기에는 너무도 지독한 고통이 아니냐? 연모의 정 하나와 맞바꾸기에는 너무도 심한 벌이 아니냐?”

“연모(戀慕)……라고?”

무현의 되물음은 제 귀를 의심한 까닭이었다. 설마 이 여인이 제게 연모라 말할 줄은 몰랐던 탓이었다. 은호가 벌떡 일어나 방문을 향해 돌아섰다. 그리곤 잠시 멈춰 선 채 제 속내를 털어놓았다.

“어쩌면, 그리고 아마도……. 나는 아무 사내에게나 틈을 보이는 여인이 아니다. 아무에게나 마음을 허락하는 여인도 아니다. 그런 내가 잠시나마 네게 흐트러진 모습을 보인 건, 어쩌면 연모와 닮은 마음이 있기 때문일 것이다. 이상하지만, 결코 인정하고 싶지 않지만, 왜인지도 모르겠지만……, 나는 너에 대해 아무것도 알지 못 하지만, 아마도 나는 너를 연모하고 있는 것 같다."

무현이 벌떡 일어났다. 감격하여 성큼 은호에게 다가가려는 순간, 은호가 마치 다가오지 말라는 듯, 방문을 활짝 열어젖혔다.

"하지만 그렇다 해도 달라지는 것은 없다. 나는 백인라 대감의 여식이다. 나는 임씨 가문의 며느리다. 그것이 내게 주어지고, 내가 선택한 나의 길이다. 허니, 더는 나를 막지 말아다오. 나를 나대로 살아갈 수 있게 도와다오."

"무슨 꼴을 당해도?"

무현이 은호의 팔을 잡아채 자신을 향해 돌려세웠다.

"무슨 험한 꼴을 당하더라도? 그 잘난 양반가에서 당신한테 무슨 짓을 하려는지 알아?"

"……상관없다."

은호가 자신의 팔을 잡고 있는 무현의 손을 힘주어 떼어냈다.

"상관없어. 나는 이미 그리 선택하였다."

은호가 돌아서 방문을 나섰다. 마루에서 내려서 버선발 차림 그대로 문을 향해 걸어가기 시작했다. 보쌈을 당해 올 때 신발을 챙겨 오지 않은 까닭이었다.

문가에 대기하고 섰던 홍민과 성용이 "어? 어?" 하며 은호와 무현을 번갈아 쳐다보았다. 무현은 방문 가에 선 채 잠시 그 모습을 보고 있다가 좀 전에 은호에게 던져주었던 보따리에서 쓰개치마와 당혜(唐鞋, 가죽신)를 꺼내 달려갔다.

아직 마당을 벗어나지 못한 은호의 앞을 가로막은 무현이 쓰개치마를 건넸다. 은호가 잠자코 받아 제 머리 위에 둘러썼다. 그런 은호 앞에 무현이 한쪽 무릎을 굽혀 앉은 뒤 가지런히 당혜를 내려놓았다. 은호는 또 다시 아무 말도 않은 채 무현의 어깨에 손을 짚어 균형을 유지한 뒤 제 발을 들었다. 무현의 자상한 손길이 은호의 발을 도왔다. 손으로 툭툭 발바닥에 묻은 흙들을 털어낸 뒤 고이 감싸고서는 당혜에 발을 꿰도록 하였다. 신을 신긴 다음에도 발볼과 발등, 발뒤꿈치까지 세심히 쓰다듬었다. 어디 하나 불편한 데는 없는지 살뜰히 살피는 손길이었다.

　무현이 신을 신긴 한 발을 내려놓자, 은호가 다시 다른 쪽 발을 들었다. 이번에도 무현이 세심하게, 정성을 들여 신을 신겼다. 좀 전보다 한참을 더 시간을 들여 발의 매무새를 확인한 다음에야 발을 내려놓았다. 그리곤 고개를 들어 은호를 쳐다보았다.

　은호는 무현의 어깨에 짚은 손을 떼고서는 제게 여전히 애절한 시선을 보내고 있는 무현의 뺨에 잠시 가져다 대었다. 여인다운 희고 고운 손이 사내다운 얼굴을 잠시 어루만졌다.

　“……고맙다.”

　은호가 쓰개치마를 여미며, 밤거리로 나섰다.

　그 뒤를 조용히 무현이 따랐다. 스무 걸음 이상 떨어진 거리에서 은호가 신방으로 무사히 돌아갈 수 있도록, 그림자처럼 따라붙었다.

다행히 누구에게도 들키지 않고 은호는 다시 신방에 들 수 있었다. 무현이 담을 넘어 몰래 열어준 문을 통해 어렵지 않게 신방에 돌아올 수 있었다.

마치 아무 일도 없었던 듯 백영감의 별당과 신방은 여전히 고요하기만 한 상태였다. 은호는 안도감에 한숨을 내쉬며, 처음 제가 앉았던 자리에 앉았다.

'댕기와 용잠, 족두리들은 밤 동안에 불편하여 벗어둔 걸로 하면 될 것이야.'

은호는 천천히 어둠 속에서 방 안을 둘러보았다. 혹시 좀 전의 침입자들이 남기고 간 부주의한 증좌가 없는지 확인하기 위해서였다.

"헉……!"

눈으로 어둠 속을 짚어가던 은호가 덜컥 무너져내리려는 가슴을 움켜쥐었다. 금세 발작이라도 일으킬 듯, 급격한 심장 고동이 귀를 울리는 듯했다. 어둠 속에서 두 개의 눈이 번쩍거리며 저를 쏘아보고 있었기 때문이었다.

"어찌 돌아왔는가?"

진철, 아니 은호의 서방이 몸을 일으켜 일어나 앉더니 이내 등잔에 불을 붙였다. 신방의 어둠을 헤치며 등잔불이 빛을 발했다. 그 빛 속에서 흐트러진 머리와 엉망으로 구겨진 활옷 차림으로, 저를 보고 덜덜 떨고 있는 은호를 향해 새신랑이 차가운 비웃음을 보냈다.

"샛서방과의 밀회는 충분히 즐기고 오신 건가?"

은호는 아무 말도 못한 채 주춤주춤 뒤로 물러나 앉을 뿐이었다.

"열녀 가문의 여식이 이리 뻔뻔할 수가. 핫하하하하. 참으로 대단하지 않은가. 단 하룻밤, 단 하룻밤도 그놈 없이는 못 견디겠던가?"

"…… 그, 그런 게 아닙니다."

은호의 말이 떨어지자마자, 진철이 벌떡 일어나 급한 걸음으로 은호에게 다가섰다. 어디에서 그런 힘이 나온 걸까 싶게, 마치 쥐를 구석으로 모는 고양이인 양 위협적으로 은호를 벽에 몰아붙이고선, 은호의 멱살을 쥐고 흔들었다.

"왜 돌아왔어? 그대로 도망칠 것이지, 왜 돌아왔어? 명색이 서방이되어 계집을 곁에 두고도 손가락 하나 대지 못하는 산송장 같은 놈이라고 실컷 비웃고 온 건가? 아님, 어차피 여명이 얼마 남지 않았으니 불쌍한 놈 적선하는 셈치고 곁에 있어주라고 하던가?! 엉?"

"그런 것이 아닙니다. 그런 게 아니에요."

"아니긴! 내 분명히 그놈이 네게 속삭이는 소리를 들었거늘! '쉬……나요.' 하며 저를 확인시키는 소리를 들었거늘!"

진철이 은호의 멱살을 쥔 채 몸을 일으켰다. 그리곤 방문 쪽으로 끌고가기 시작했다.

"나가! 뻔뻔하게 어딜 다시 기어 들어온 것이야?! 당장 나가!"

"이러지 마세요. 진정하시고 제발 제 이야기를 들어주세요."

은호가 어떻게든 진정시키려 하였으나 진철의 화는 가라앉을 줄을몰랐다.

"사람들을 부르겠다! 네 아비와 어미를 불러 지금의 네 꼴을 보여주…… 윽!"

말을 하다 말고 진철이 가슴을 움켜쥐고는 눈을 부릅떴다.

"으윽!"

가슴을 움켜쥔 채 무릎을 꿇으며 진철은 허옇게 눈까지 뒤집었다.

"이보셔요!"

은호가 얼른 진철을 안아 부축하였다. 그리곤 밖을 향해 소리치기 시작했다.

"누구! 누구 좀 이리 와보거라! 거기 아무도 없느냐?!"

그때 진철이 남은 힘을 모두 모아 은호의 팔목을 잡았다.

"으…….그러지 마…… 아무도……아무도 부르지 마……"

다시 제 가슴을 쥐어뜯으며, 진철은 몸을 웅크려 어떻게든 숨을 쉬어보려 노력하였다.

"약! 약은 어디에 두셨습니까? 항시 드시는 약이 있을 게 아닙니까?"

바닥에 고개를 박고 고통에 몸부림치던 진철이 고개를 저었다. 실은 항시 갖고 다니던 비상 환약이 있었지만, 아침나절에 급히 혼례복으로 갈아입는 바람에 미처 챙기지 못한 것이었다.

"으윽!"

고통을 못 이겨 몸을 뒤집은 진철의 낯빛은 하얗게, 파랗게, 그리고 검붉은 색으로 변하기 시작했다. 그 모습을 보다 못한 은호가 얼른 제 옷 앞섶을 풀어헤쳤다. 그리고 약낭(藥囊)에서 환약들을 꺼내 서둘러 진철의 입에 넣어주었다. 새신랑 새신부를 위해 마련된 주안상의 물그

룻을 가져와 진철이 물을 마시도록 도와주기도 하였다.

"큭……. 쿨럭, 쿨럭!!"

은호는 약과 물을 급히 삼킨 까닭에 기침을 하는 진철의 등을 다정히 문질러주었다. 여전히 고통에 몸을 뒤트는 진철을 제 두 팔로 꼭 껴안아주다시피 하고서는 한참 동안이나 계속 등을 문질러주었다.

그런 은호가 제 구원의 동아줄인 양 진철이 은호에게 매달렸다. 고통에 못 이겨, 금방 죽을 것만 같은 두려움을 못 이겨, 은호의 치맛자락을 움켜쥐며 필사적으로 매달렸다.

"괜찮아요. 금방 괜찮아질 거예요. 죽지 않습니다. 이대로 죽지는 않습니다. 후우, 하아, 숨을 쉬어보세요. 후우, 하아, 크게 숨을 쉬도록 하여 보세요."

은호는 진철의 고통을 알았다. 진철의 두려움을 알았다. 저 역시 발작이 일어날 때면 늘 무서웠다. 늘 두려웠다. 죽는 것이 무서운 것이 아니었다. 바늘 하나 정도의 숨도 허락되지 않는, 꽉 쥐어진 심장의 동통(疼痛)이 내내 계속될 것 같은 그 영원성이 두려웠다. 목구멍을 시뻘겋게 달아오른 부지깽이로 쑤시는 것만 같은 그 끔찍한 고통이 영원히 계속될까봐 무서워 견딜 수가 없었다. 하지만 고통보다도 더 견디기 힘들었던 것은 지독한 외로움이었다. 아무도 알아주지 못하는 혼자만의 아픔. 오직 혼자서 겪어내야 한다는 그 외로움들이 심장을 갉아 먹고, 온몸의 피를 말라붙게 하였다.

"괜찮아요. 괜찮습니다. 금방 괜찮아질 거예요."

조금씩 숨을 쉬기 시작하는, 조금씩 혈색이 돌기 시작하는 진철을 보며 은호가 속삭이듯 위로의 말을 전했다.

가마 안에서 발작을 일으킨 저를 그리 달래주던 무현의 말이 생각 났다. 의식을 잃어가는 중에도 크나큰 위로를 받았던, 괜찮을 거라는 그 말이 마치 암흑 속의 제게 던져진 동아줄인 양 느껴졌던 그때의 제 심정이 생생히 떠올랐다.

"왜……?"

진철이 고개를 들어 눈물이 그렁한 눈으로 은호를 올려다보았다. 제 게 다정히 미소를 지어주는 은호가 이해되지 않는다는 듯 눈을 크게 뜨더니 차차 약 기운이 도는지, 몇 번 눈꺼풀을 파르르 떨다 마침내 눈 을 감고 깊고 아득한 잠의 세계에 빠져들었다.

그리 잠에 빠진 진철은 다음 날 늦은 밤이 될 때까지도 일어나지 못 했다. 은호는 제 부모와 당숙인 백영감 댁 사람들에게 진철이 고뿔과 피로로 지친 것 같다며 그리 둘러대었다. 진철의 약을 내어달라는 서 찰을 쓰고는 사월이를 불러 시어머니인 오씨 부인에게 전하고, 오씨 부 인이 주는 것을 받아오라는 심부름을 시켰다.

"……무슨 일이 있었지?"

오씨 부인에게서 받아온 환약을 먹게 한 것이 도움이 되었는지 밤 이 새벽으로 향할 무렵, 진철이 눈을 떴다.

"기억이 안 나십니까?"

"다 기억나. 한밤중에 몰래 웬 사내들이 이 방에 숨어들어왔던 것. 그들이 해칠까 두려워 자는 척했던 것, 그런 내 앞에서 당신이 보쌈되어 갔던 것. 새벽녘이 되어 당신이 돌아왔던 것. 당신을 끌어내리다 발작을 일으킨 것. 다 죽어가는 내게 당신이 약을 주었던 것……."

지난밤의 정황을 되짚어 읊는 진철의 목소리에는 분노도, 짜증도, 화도 없었다. 다른 어떤 의지도 느껴지지 않는, 풀기 없는 목소리일 뿐이었다.

"그럼 무엇을 물으시는 것입니까?"

은호도 두려움 없이 진철에게 물었다.

"왜 그리 가놓고선 돌아온 것인지 묻는 거야. 또 그 약은 무엇이고……. 하아…… 왜 심장통에 듣는 약을 당신이 지니고 있는 거지? 차라리 그대로 죽게 내버려두지, 왜 날 살린 거지? 하아…… 하아……. 알고 싶은 게 너무 많아."

말이 많아진 덕분인지 진철의 숨이 다시 거칠어지기 시작했다. 입술도 다시 허옇게 말라붙기 시작했다. 그것을 본 은호가 진철의 머리를 안아 세우고 물을 마시게 도와주었다.

꼴깍 꼴깍.

진철이 물그릇을 비우자, 은호가 다시 진철의 머리를 베개 위에 내려주었다. 그리고 수건을 들어 진철의 입가를 닦아주었다.

"한잠 더 주무세요. 일어나시면 그때 다 말씀 드리지요."

절대자의 명령이기라도 한 양, 진철은 순순히 다시 깊고 깊은 잠에 빠졌다. 그런 진철의 곁을 은호가 지켰다. 새벽이 아침이 되고 다시 밤이 될 때까지. 그리하여 진철이 다시 눈을 떴을 때 은호는 모든 것을 이야기하였다. 하나도 숨기지 않았다.

자신도 진철과 별반 다르지 않게 아픈 처지라는 것, 혼인하기 몇 달 전에 제 방에 저를 죽이려 들었던 자객의 이야기, 저를 가엾이 여겨 약과 매파를 보내준 젊은 아파, 도성에 오는 길에 제 가마 안으로 숨어들어 온, 그리하여 지난밤에는 보쌈을 하였던 사내에 대한 이야기까지 모든 것을 털어놓았다.

모두 있었던 사실 그대로를 털어놓았다. 무현과 저 사이에 있었던 특별한 감정과 그에 따른 민망한 일들에 대한 이야기만 빼고.

"그자를 따라가지 그랬어?"

모든 이야기를 다 들은 진철이 물었다. 전처럼 비꼬는 말은 아닌 듯하였다.

"서방님은 왜 그 몸으로 혼인한다 하셨습니까?"

"……내 부모님이 원하셨으니까. 내가 가문을 위해 할 수 있는 유일한 일이었으니까."

"저 역시 마찬가지입니다. 제 부모님과 제 가문, 그것이 제가 지금 여기 있는 이유지요."

진철은 누운 저를 내려다보고 있는 은호를 보았다.

괘씸한 여자였다. 자신을 속이고, 제 부모님을 속인 여인이었다. 병이 있는 걸 숨기고, 마음에 딴 사내가 든 걸 속이고 제게 시집 온 여인이었다.

하지만 어쩐 일인지 진철은 이제 더는 화가 나지 않았다. 혼례가 정해졌다는 말을 들었을 때부터, 그 상대가 누구인지 전해 들었을 때부터 자꾸만 치밀던 짜증도 나지 않았다.

"왜 다 털어놓은 것이오?"

마음이 달라지니 말투도 달라졌다. 은호를 보는 진철의 눈빛도 달라졌다.

"나를 동정하오?"

은호가 담담히 고개를 저었다.

"저도 마찬가지라 하지 않았습니까? 시기만 다를 뿐, 아마 서방님과 저는 같은 길을 밟을 것입니다."

나도 너와 같이 곧 죽을 목숨이다, 은호의 말뜻을 진철이 알아들었다.

"그럼 왜 다 밝힌 것이오? 만약에 내가 세상사람들에게 말하면 어쩌려고? 내 부모님에게 고하면 어쩌려고? 그럼 당신이 그리 아끼는 부모님과 가문에 누가 될 텐데."

"하는 수 없지요. 그래도 그리하지 않으실 걸 압니다."

"그리하지 않을 걸 안다……? 뭘 믿고?"

"저와 제 가문뿐 아니라 서방님 가문에도 누가 되는 일일 테니까요. 서방님 역시 가장 원하지 않는 일일 테니까요. 아니 그렇습니까?"

은호가 다정한 눈빛으로 진철을 내려다보았다. 그 눈빛에 담긴 건 동정(同情)이 아니라 동감(同感)이었다.

두 번이나 제 앞에서 심장통 때문에 뒹구는 진철을 보면서 은호는 진철의 고통에 동감했다. 제가 겪었던 그 죽음보다 끔찍한 고통에 똑같이 아파하는 진철을 보며, 그에게 의심과 분노라는 고통까지 더해주지 말자 마음먹었다.

진철이나 저나 백화만발(百花滿發)의 화창한 날이 계속된다 하여도, 결국 작은 꽃송이 하나 변변히 피워보지 못한 채 스러져야 하는 같은 종류의 여린 들풀이었으니까.

"……말하지 말라는 협박이요, 아니면 회유요?"

"제안이라고 생각하시지요."

은호가 누운 진철에게 살갑게 웃어 보였다. 처음 보는 제 신부의 웃음에 진철의 눈이 휘둥그레졌다. 그리고 진철 역시 살짝, 희미한 미소를 담아 화답하였다.

처음으로 상대를 조금 이해하게 된 두 사람이었다.

피차간에 얼마 남지 않은 삶, 이대로 서로를 부축하며 살아가도 나쁘진 않겠다, 두 사람은 그리 똑같이 생각하였다. 두 사람의 앞날에 어떤 함정이 도사리고 있는지 미처 알지 못한 채.

제
5
장

합방

"에휴! 이게 다 뭔 일이래요? 참으로 별스러운 집안을 다 보았습니다. 이게 다 뭐하자는 짓인…… 송, 송구합니다요."

사월이년이 하늘하늘한 모시 천으로 은호의 눈을 가리며 투덜거리다 말고 핫! 하고 입술을 다물고선 찰싹찰싹, 제 입술을 때려댔다.

"되었다. 마저 하여라."

은호의 명에 다시 사월이는 조심스럽게 천을 은호의 눈에 휘감았다. 두 겹, 세 겹을 두르고서는 그제야 머리 옆에서 천을 동여매었다.

"어떠십니까? 앞이 조금은 보이십니까?"

사월이의 말에 내내 눈을 감고 있던 은호가 눈을 떠 고개를 돌아보았다. 은호의 눈에 둘린 건 거의 속이 들여다보이는 하늘하늘한 모시 천이었지만, 그것이 두어 겹이다 보니 실제로 은호에게 보이는 건 사람과 사물의 아스라한 윤곽일 뿐, 뚜렷한 생김새까지는 구별이 되지 않는 형체들이었다.

"되었다. 이제 대추를 물려다오."

은호의 명에 따라 사월이가 미리 가지고 들어온 쟁반 위에서 제법

알이 굵은 대추를 들어 은호의 입에 넣어주었다. 그리곤 다시 한번 얌
전히 무릎에 두 손을 얹고 앉은 은호의 붉은 치맛자락을 잘 정돈해주
었다.

"아직도 멀었느냐?"

사월이가 연신 은호의 매무새 중 흐트러진 곳이 없나 살피고 있는
데, 밖에서 냉랭하기 짝이 없는 오씨 부인의 목소리가 들려왔다. 그 목
소리에 은호가 사월이를 향해 고개를 끄덕여 보였다.

"그럼 아씨, 내일 아침에 뵙겠습니다요."

사월이가 은호를 향해 허리를 숙여 절을 하고서는 얼른 방 밖으로
나갔다. 대청마루로 나선 사월이를 향해 오씨 부인이 매서운 눈길을
보냈다.

"뭘 하느라 이리 꾸물댄 것이냐? 쯧쯧쯧. 미련한 것 같으니라고. 어
서 썩 물러나거라!"

"네, 마님!"

사월이가 움찔움찔하며, 반절을 올리고는 얼른 제 발에 신을 꿰고
허둥지둥 행랑채 쪽으로 걸음을 옮겼다.

'왜 별당이 아니라 이리 뚝 떨어진 별채에 신방을 꾸미신 게지?' 사월
은 이해되지 않는 처사들에 연신 고개를 갸웃거렸다.

✿

그날 오전, 새신랑 새신부가 임진사 집에 들자마자 안내된 곳은 며

칠 전까지 은호가 머물고 있던 별당이 아니었다. 사랑채와 안채, 별당 등으로 이루어진 본채와 따로 떨어진, 독립된 형태의 별채였다.

앞뒤로 시원하게 트인 대청마루를 중심으로 좌우에 각각 방이 있는 형태의 공간이었다.

"이쪽 우(右)방이 사흘간 진철이 네가 쓸 방이고 저쪽 좌(左)방이 새아기 네가 쓸 방이란다."

새신랑과 새신부에게 각각의 방을 보여주는 오씨 부인은 어딘가 불편한 기색이 역력하였다.

"새아기 너도 이제 우리 임씨 집안의 사람이 되었으니, 우리 집안의 가풍에 따라주길 바란다."

진철을 우방에 가서 쉬게 하는 동안 좌방에 든 오씨 부인은 차갑기 그지없는 시선으로 은호를 보며 새색시로서 은호가 지켜야 할 일을 일러주기 시작했다.

"그리 오래 머물지는 않을 것이니 동떨어진 별채라 하여 마음 상하지 않았으면 좋겠구나."

"네."

"이곳에 머물 동안 네가 신경 쓸 일은 오직 하나, 수태를 하는 일이다. 그것도 반드시 아들아이를! 알겠느냐?"

"네에."

"하여 우리 집안에 대대로 내려오는 아들 수태법을 일러줄 터이니 잘 듣고 따라 하도록 하여라."

"……그리하겠습니다."

오씨 부인은 주변의 하인들을 모두 물린 채 은호에게 아들을 낳기 위한 비방들을 알려주었다. 사흘 동안 동침의 순간을 제외하면 신부와 신랑은 동석해 있어서는 아니 된다고 하였다. 그 의식이 끝나자마자 부부가 방을 따로 쓰도록 하는 것은 두 남녀의 정기가 흐트러지는 것을 방지하기 위해서라고 하였다.

　"잠자리를 할 때는 네 도화(桃花, 자궁)의 한 치 두 푼 깊이에서 씨를 받도록 하여라. 너무 깊거나 너무 얕으면 수태가 되지 않는 법이야. 또한, 요망하고 급한 움직임을 보여서도 아니된다. 씨를 받거든, 그 이후에는 왼쪽 발을 움직여서는 안 되고, 밤 동안은 내내 왼쪽으로 돌아누워 자려무나, 알겠니? 이 모두가 아들을 수태하기 위한 비방이란다. 또한 교합을 할 때에는 네가 먼저 몸을……. 그리, 부끄러워할 게 뭐 있니? 이미 너도 초야를 치렀으니 알 건 다 알 것이 아니냐?"

　오씨 부인은 진철과 은호가 이미 온전한 부부가 된 줄로만 알고 있는 듯했다. 설마하니 아직까지 은호가 시집오기 전과 다름없는 몸이라고는 상상도 못하고 있었다. 그래서인지 아들 수태 비방이라며 은호로서는 듣고 있기 민망한 이야기들을 계속 늘어놓았다.

　"알겠니? 네 몸을 먼저 준비시키고 난 뒤, 씨를 받아야 한다. 씨가 내리는 동안에는 함부로 요망하게 허리를 움직이지 말고 배꼽에 힘을 주어 차분히 품도록 하여라. 그래도 가장 중요한 것은 일이 마친 후, 반드시 왼편으로 돌아누워 자야 한다는 것이다. 알겠느냐? 반드시 왼편, 왼편을 잊지 말아라."

　단단히 주의를 준 오씨 부인은 또한 백대감 댁 안에서 진철을 맞을 때는 눈을 가리고, 입에는 대추를 물고 있을 것을 명하였다. 그 또한 오직 수태에만 집중시키기 위한 방법이라고 하였다. 이 별채에 머물 동안 행해질 사흘간의 합방은 오직 수태를 위한 합방이니 사사로운 부부의 정을 짚어 나눌 필요가 없기 때문이라고 하였다.

"……이르시는 대로 따르겠습니다."

의식에 필요한 모든 잡일은 행랑어멈이 돕기로 하였다. 혹여 부정이라도 타면 곤란하다고 하여, 집안의 다른 아랫것들은 일제히 출입이 금지되었다.

"준비는 다 되었소?"

사랑채에서 제 아내를 기다리고 있던 임진사가 방에 들어서는 오씨 부인에게 물었다. 오씨 부인은 털썩 임진사 곁에 주저앉으며 제 편치 않은 속내를 토로했다.

"정말, 꼭 이렇게까지 해야 합니까? 단 얼마간이라도 두 아이가 편히 지내고 나거든……."

"어허, 또 시작이오? 나라고 좋아서 이러는 는 줄 아오?! 시간이 흐르면 일을 꾸미기 더욱 어려워질 것이라 말하지 않았소? 무엇보다 부부의 정이 깊어지고 난 다음 일을 꾸미면, 며늘아기가 제 서방이 아니라는 걸 금세 눈치채게 될 거요. 그땐 무어라 변명하려 그러오?"

임진사는 벌써 몇 번을 했는지도 모르는 말을 또다시 입에 담았다.

"혼례 날 창술이 표정을 부인도 보지 않았소? 싱글벙글, 아주 좋아죽으려 하더이다. 만약 진철이 병에 걸린 것을 알면, 우리가 손주를 보기가 힘들어진 것을 알면 그놈이 또 얼마나 기뻐 날뛰겠소?"

오씨 부인은 울음과 짜증을 섞어 얼굴을 일그러뜨렸다. 제 아들의 죽음을 바라고 기다리고 있을 시조카, 저희에게 이런 일을 꾸미도록 만든 그 원흉이 미워 견딜 수가 없었다. 임진사가 그런 부인의 손을 잡아주었다. 그리고 다시 한번 확인이라도 시키듯 넌지시 말을 이었다.

"임생원은 아들만 넷이라 하질 않소. 그것도 연년생으로. 게다가 그 장부다운 풍채 하며……. 분명 그가 우리에게 떡두꺼비 같은 손자놈을 안겨줄 것이오."

"그리 태어나는 생명이 어찌 우리 손자가 됩니까?"

분함과 원망스러움에 눈물을 글썽거리며 오씨 부인이 남편에게 따졌다.

"임생원도 우리 가문이오!"

버럭 소리를 지른 임진사가 바깥의 눈치를 살피며 다시 목소리를 낮추었다.

"일전에 의원이 한 이야기를 잊었소? 진철이가 자손을 볼 수 있기란 참으로 요원한 일이라 하질 않더이까! 어차피 이리 된 것, 대를 이을 양자라도 들여야 할 판이오. 허나 우리가 어디 공공연히 양자를 들일 수 있는 처지요? 그러니 부인도 그리 알고 마음을 편히 잡수시오. 괜히 집안의 아랫것들이 눈치채지 않도록 각별히 주의하시고."

"……알겠습니다."

"진철이는 무얼 하고 있소?"

"그 불쌍한 것은…… 몽한약(수면제)을 먹고 잠에 들었습니다. 진철이에게는 몸을 보하기 위해 사람들의 눈을 피해 별채에 든 것뿐이라고 둘러대어 두었고요."

"몽한약의 효과는 얼마나 간다 하오?"

"예닐곱 시간은 족히 간다고 합니다. 몸에 크게 무리가 가지는 않을 것이라며, 끼니 때마다 챙겨 먹이면 사흘 정도는 깨어 있어도 꿈꾸는 것 같을 거라고 의원이…… 크흑!"

오씨 부인이 더는 설움을 참지 못해 울음을 터트렸다.

"흐으흑. 흐흐으흑."

임진사가 얼른 그런 부인을 품에 안아 울음소리가 밖에 들리지 않도록 하였다.

'나라고 왜 부인의 심정을 모르겠소? 나라고 마냥 편하기만 하겠소? 이렇게라도 할 수밖에 없는 내 심정도, 내 아들을 기만할 수밖에 없는 이 아비의 심정도, 생살을 찢는 듯 지극히 아프다오.'

"이 사흘 간의 일은 우리 모두의 기억 속에서 지웁시다. 그저, 며늘아기가 무사히 아들을 수태할 수 있기를, 오직 그것만을 바라고 빌어봅시다. 아시겠소, 부인?"

먼 사랑채에서 제 시부모들이 자신들의 각오를 다지고 있을 때, 은호는 별채의 좌방에서 홀로 떨리는 마음을 가다듬으며 제 신랑을 기다리고 있었다.

자신에게 수태가 가능할 것이라고는 생각지 않았다. 애초에 진철이 서방의 역할을 제대로 해낼 것이라는 것도 확실치 않았다. 다만 시부모가 간절히 바라는 일이기에, 적어도 겉보기 흉내로나마 그 뜻을 따르리라 마음먹었을 뿐이었다.

하지만 몇 겹의 천에 가려져 시야가 흐려진 탓인지 자꾸만 잡생각이 은호의 머릿속을 파고들었다. 그 밤과 새벽 사이. 백영감 댁 담을 넘어 제가 들어갈 수 있게 별당 문을 열어주던 무현의 눈빛이 생각났다.

'후회하게 될 거야. 이리 멍청한 선택을 한 것을……'

그리 말하는 것만 같았던 무현의 눈빛이 자꾸만 제 머릿속에서 떨쳐지지가 않았다. 그날 밤, 너무 뜨거워 델 것만 같았던 그의 입술과 손가락도…….

드르륵

상념에 빠져 있던 은호의 귀에 방문이 좌우로 밀리는 소리가 났다. 소리를 향해 고개를 돌린 은호의 흐릿한 시야에 학창의(학이 날개를 편 모습과 닮은, 선비가 입는 옷. 흰색의 바탕에 옷깃과 소매 끝 부분만이 검은색을 띠고 있는 남자 한복)를 입은 사내의 윤곽이 들어왔다.

진철인 듯하였다.

하지만 어쩐 일인지 방 안에 들어선 진철은 제게 다가올 생각도 없이 그저 문가에 서서 한참 동안 자신을 보고 있는 것만 같았다.

'왜 그러시지? 이 모습에 당황하신 건가?'

말로 내어지지 않는 생각에 몰두한 은호의 눈에 비로소 진철이 움직이기 시작한 것이 보였다.

진철은, 진철로 생각되는 그 남자는 빠른 걸음으로 은호의 곁으로 다가와 촛불부터 불어 껐다. 그리곤 기다렸다는 듯, 선뜻 학의 긴 날개를 펼쳐 은호를 제 날개 안에 깊이 가두었다.

　조용한 밤이었다.
　조용한 방이었다.
　사내가 여인의 입에 물린 대추를 제 입으로 물어 빼었는데도 여인의
입에서는 별다른 말이 나오지 않았다. 어여쁜 여인을, 고운 여인을 품
게 된 사내도 마찬가지였다.
　사내의 입술이 여인의 고운 이마에서 눈썹, 콧대를 따라 내려온 뒤
입술에 닿았다 떨어졌다. 어느새 여인의 귀로 옮겨간 사내의 입술이
귓불을 입에 물었다.
　"으음……."
　여인의 입에서 저도 모르게 신음이 새어 나왔다. 사내가 여인의 귓
불을 입안에 넣고는 굴려댔기 때문이었다. 그러더니 여인의 귀 안으로
미끈하고 물컹한 사내의 혀가 들어왔다.
　"으음……!"
　여인의 신음이 조금 더 커졌다 잦아들었다. 여인의 귀를 물면서 사
내의 손은 서둘러 여인의 저고리를 벗겼다. 귀에서 물러난 사내의 입
술은 옆 목을 타고 내려왔고, 동시에 사내는 여인의 몸에서 속저고리
와 치마, 속치마, 속곳들 등 몇 겹의 옷들을 걷어내기 시작하였다.
　"하아……, 하아……"
　보이지 않아 더욱 민감해진 여인의 귀에 사내의 거친 숨소리가 들려
왔다. 그 숨소리에 그리고 제 목에서 가슴을 지나, 배꼽에 이르기까지

천천히 쓰다듬어 내려가는 그의 손길에 여인은 제가 거의 벌거벗었음을 깨달았다. 사내의 뜨겁고 땀이 배어 촉촉해진 손끝이 배꼽에서 조금 더 밑으로 내려갔다. 그리고 골반 부분에서 매듭이 지어져 있는, 여인의 몸에 남아있는 마지막 한 장의 옷인 다리속곳에 가 닿았다. 푼다기보다 거의 뜯어내는 것처럼 매듭을 푼 후, 사내가 여인의 몸에 덮인 그 얇은 천을 들어 천천히 잡아당겼다.

"하아……."

오므린 허벅지 사이를 빠져나가며 천자락이 전하는 간지러운 느낌에 여인은 더욱 단단히 허벅지를 모아 다리 사이를 굳게 닫은 후, 허리를 뒤틀었다.

'내가 왜 이러지……?'

은호는 제 안에서 느껴지는 낯설고도 익숙한 감각에 당황해 어쩔 줄을 몰랐다. 그저 제 몸에서 모든 옷자락이 벗겨진 것 하나만으로 은호의 온몸은 후끈후끈 달아오르고 있었다. 살갗마다 땀이 차오르고 있는 느낌이었다. 그 촉촉한 살에 사내의 손이 달라붙었다.

어느새 발끝까지 내려간 건지, 도톰한 복숭아뼈를 지나 얇은 발목을 거쳐 무릎 뒤의 오목한 부분을 더듬던 사내의 손끝이 매끈한 허벅지를 실컷 오가더니, 허벅지와 허벅지 사이로 파고들었다.

"하아…… 하아……"

서로의 숨소리가 교차하는 가운데, 사내의 손이 허벅지에서 위로, 조금 더 위로 더듬어 올라갔다. 처녀다운 두려움에 긴장을 풀지 못하고 있는 은호의 다리 사이에 어느새 옷을 벗은 사내의 맨 무릎이 파고

들어와 제 몸이 움직일 틈을 만들었다. 제가 마땅히 있어야 할 자리를 찾아들어갔다.

"흐읏."

은호는 숨을 거칠게 들이마셨다. 알지 못하는 세계를 알게 되는 것이 두려워 고개를 저었다. 사내가 은호의 얼굴을 감싸고는 어느새 눈물로 젖어 들어가는 뺨에 입을 맞추었다. 숨을 쉬려고 벌린 입술을 찾아 제 뜨거운 입술을 포개었다. 그리고 마침내, 사내의 몸은 제 본능에 따라 움직이기 시작하였다.

"읏!"

간지러움과 아픔이 교차하는 묘한 감각에 은호가 엉덩이를 뒤로 뺐다. 하지만 사내의 단단한 손이 허리를 잡고, 더는 도망치지 못하도록 도리어 제 쪽으로 더욱 강하게 끌어당겼다.

"아……!"

은호의 아픔이 느껴지는 신음에 주춤한 것도 잠시, 사내는 더는 주저하지 않았다. 오직 저와 은호가 함께 맞이할 특별한 순간을 위해 부지런히 움직일 뿐이었다.

은호는 사내의 등에 깊이 손톱을 박고는 혼자 버려지지 않기 위해 사내의 호흡에 제 호흡을 맞췄다. 낯설고 신기한 세상이 펼쳐지는 가운데, 그를 놓치면, 그에게서 조금만 긴장을 늦추면 새까만 어둠 속으로 추락할 것만 같아서였다.

"헉……! 헉……!"

사내의 거친 숨소리는 은호를 더욱 아득하게 만들었다. 한껏 숨을 마시려 들어올린 가슴의 융기에 내려앉은 사내의 뜨거운 입술은 은호의 발가락들을 바짝 움츠러들게 하였다.

그리고 마침내.

"읏!"

짧고 낮은 신음과 함께 은호와 사내는 희열감에 몸을 떨었다. 거친 숨을 몰아쉬며 사내는 은호의 이마에, 뺨에 달라붙은 머리카락에, 땀에 젖어 촉촉해진 둥근 어깨에 연이어 입을 맞췄다. 그와 함께 은호는 후듯 후듯, 제 의지와 상관없는 경련을 일으키며, 눈앞에 명멸하는 빛의 조각들을 따라 아득한 어둠 속으로 떨어져 내려갔다.

　·

　·

　·

거듭된 찰나와 영원 같은 순간이 지나고, 흐릿한 몽상의 순간도 끝났다.

어느새 차가운 현실의 시간이 두 사람의 살갗 위에 내려앉고 있었다. 은호의 눈을 가렸던 천은 어느새 거의 풀어져 있었고 그 하늘하늘한 천자락을 비집고 몇 방울인가, 은호의 눈물이 또르르 흘러내렸다. 더는 예전으로 돌아갈 수 없음에, 예전의 저와 같을 수 없음에, 과거의 저에게 안녕을 고하는 눈물이었다.

'이제 진짜로 이분의 아내가 되었다.'

그리 생각하니 한편으로는 잘 되었다 싶으면서도 어쩐 일인지 무현을 향한 죄책감에, 제가 처음으로 느낀 연정에의 상실감에, 은호는 더욱 서러워져만 갔다.

그런 은호의 마음도 모르고, 맨몸에 날개를 되걸친 학은 날개 끝으로 여인의 눈물을 쓰다듬은 뒤 황급히 일어나 자리를 떴다.

학을 닮은 사내가 일어나 나갈 때 은호는 왼편으로 돌아누웠다. 아들을 수태하기 위한 비방은 기억나지도 않았다. 다만 나가는 자의 뒷모습을 보기 싫어, 돌아누운 것뿐이었다.

"웃……!"

심장에 무리가 간 것인지, 가슴이 쓰린 것인지. 몸이 아픈 것인지, 마음이 아픈 것인지 구분할 수 없는 통증에 은호는 제 가슴을 부여안고 하염없이, 하염없이 눈물만 흘려댔다.

마음이 갑갑하기는, 방에서 나온 무현도 마찬가지였다.

언제부터 와 있었던 것인지 별채의 마루에는 임진사와 오씨 부인이 나란히 우방 쪽을 향해 앉아 지그시 눈을 감고 있었다. 무현이 나오는 기척을 들은 임진사는 고개를 돌려 눈으로 일의 성사 여부를 물었고, 무현은 작게 고개를 끄덕여 제게 맡겨진 일을 완수하였음을 답하였다. 오씨 부인의 등은 파들파들 떨리고 있었다.

두 내외는 밤일을 감시하기 위해 진작부터 그리 앉아 있었던 모양이었다. 그런 두 사람의 등에 고개를 꾸벅 숙여 인사를 전한 뒤, 무현은 별채를 빠져나가기 위해 바삐 걸음을 옮겼다.

"후……."

발등이 깨질새라, 땅이 꺼질새라 무거운 한숨이 떨어졌다. 여인을 품었는데, 어느새 제 마음을 온통 차지하고 만 여인을 품었는데, 무현은 입맛이 쓰기만 했다.

그 방에 들어선 순간부터 그랬다. 임진사에게서 이 밤의 계획에 대해 진작 들어 알고 있었지만, 직접 보게 된 은호의 모습은, 눈을 가린 채 다른 사내를 제 서방으로 맞이하려 하고 있는 그녀의 모습은 애처롭기 그지없었다. 저를 죽이려고 제 목에 칼을 들이댄 자객 앞에서도 흔들림 없는 눈동자로, 담담하기 짝이 없는 말투로 스스로 장도로 죽게 해달라던 은호였었다.

병을 고칠 수 있을지도 모른다는데도, 차라리 양반가의 아녀자로 죽을 것을 각오한 여인이었다. 누구보다 고집 세고, 누구보다 꼿꼿한, 사대부 아녀자라는 자존심 하나에 제 온 생명을 걸고 살아온 은호가, 비천한 씨받이나 다름없이 눈을 가리고 대추를 물고 저를 기다리고 있었다.

은호를 그리 만든 이들이 역겨웠다. 서방도 아닌 다른 사내에게 오직 씨를 받기 위해서만 안기도록 그리 꾸민 양반이란 작자들이 환멸스러워 견딜 수가 없었다.

만약, 방문을 열고 들어선 이가 자신이 아니었다면, 임진사가 이 비밀스러운 음모의 실행자로 택한 게 자신이 아니었다면, 은호가 어떤 꼴을 당했을지 생각하는 것만으로도 뱃속의 모든 장기(臟器)가 목구멍을 통해 밖으로 쏟아져 나올 것만 같았다.

안으면 한줌밖에 되지 않을 것 같은 야윈 몸으로, 제가 당할 수모와 능욕을 알지 못한 채 눈이 가려져 앉아 있는 그 여인이 딱하고, 가련하고 또한 미웠다.

그러기에 그녀를 안는 동안 그리고 안고 나서도 무현은 일부러 저를 드러낼 수 있는 아무 말도 하지 않았다. 원래의 계획대로라면 그녀를 안은 후, 그녀에게 제 정체를 밝혔어야만 했다.

그녀에게 조금 잔인한 방법일지라도, 그렇게 해서라도 은호에게 자신의 어리석음을 깨닫게 해줄 생각이었다. 제 시부모가 꾸민 짓을 알면, 자신이 무슨 꼴을 당할 뻔했는지를 알면, 은호도 어쩌면 더는 제 가문이나 양반이라는 허망한 껍데기에 연연해 하지 않을지도 모른다는 기대심이 있었다. 그리만 된다면 이번에야말로 은호를 설득해 함께 도망칠 수 있을 것도 같았다.

은호의 마음을, 발걸음을 좀 더 가볍게 해줄 계책도 있었다.

이날 밤의 일을 기회로 삼아 임진사를 겁박하여, 임진사 내외가 꾸민 일들이 세상에 드러나기를 바라지 않는다면 세상에다 그리고 은호의 집안에다 불의의 사고로 은호가 죽었다, 그리 공표하라 시킬 생각이었다. 가문, 재산을 위해 죽어가는 아들조차 기만하는 임진사니 또한 가문을 위해 그 정도 거짓말쯤은 능히 해내고도 남을 것이라는 계산이 있었다.

혼례 날 밤 힘들게 보쌈까지 했으면서도 순순히 은호를 되돌려보낸 것도 그래서였다. 결국은, 종당에는 모든 일이 제 뜻대로 되어나갈 것을 알기에 완강히 자신을 거부하는 고집 센 여인의 뜻에 한 번은 꺾여주리라, 그리 마음먹었던 것이었다.

하지만 은호의 모습을 보고 나서는 그 모든 계책과 방법과 계산이 무의미하다는 것을 깨달았다.

'이 멍청한 여자야, 도대체 이 꼴이 뭐야! 그리 잘난 척하더니, 그리 고고한 척하더니, 이 꼴이 다 뭐냐고!'

무현은 마음을 바꾸었다.

훗날 다시 설득해 도망치는 한이 있더라도, 다시 보쌈을 하여 억지로 데려가는 한이 있더라도 은호에게는 이 밤의 진실을 알리지 않겠노라 마음먹었다. 시부모에게 속아 씨받이가 되어 서방도 아닌 다른 사내에게 안겼다는 사실을 그녀가 알게 되면, 비록 꺾이고 말지언정 결코 휘려하지 않는 꼿꼿한 성정의 그녀가 자신이 그리 능욕당했다는 사실을 알게 된다면, 또다시 제 스스로 목에 은장도를 들이밀지도 모르는 일이었으니까.

다음 날도 사정은 크게 다르지 않았다.

아침, 점심, 저녁상을 좌방에서 홀로 받은 은호는 밤이 되어 다시 눈이 가려졌다.

그리고 얼마 안 돼 다시 제 방을 찾은 서방의 품에 안겼다. 이틀째 밤인 까닭에 전날 밤보다 긴장은 훨씬 덜했다. 무슨 일이 일어날지 모르는 상태보다 무슨 일이 일어날지 아는 상태에서는 몸도 마음도 훨씬 편안했다.

옷을 벗기는 걸 제 손으로 돕기도 하였고, 조심스레 서방의 등에 손을 두르기도 하였다. 그러다 말고 은호는 멈칫 고개를 갸웃거렸다. 어제는 경황이 없어 미처 눈치채지 못하였지만 제 손에서 느껴지는 사내의 몸은 진철의 몸이라기에는 훨씬 단단한 듯싶었다. 전날 진철이 발작을 일으켰을 때 문질러주었던 등의 느낌과도 사뭇 달랐다. 그보다는 오히려…… 오히려…… 혼례 날 밤, 저를 보쌈해갔던 무현의 몸과 더 닮은 느낌이었다. 그때, 제 품을 파고들던 무현의 등에 팔을 둘렀을 때의 느낌이랑 비슷한 듯도 싶었다.

'설마…….'

은호가 손을 들어 제 눈에 감긴 천을 위로 올리려 하였다. 하지만 저를 안고 있던, 저를 쓰다듬고 있던 사내의 손이 그런 은호의 손을 잡았다.

"누ㄱ……?"

두려움에 떨며, 주저하며 간신히 입을 뗀 은호의 입을 사내의 다부진 손바닥이 얼른 가로막았다. 그리고선 지금까지와는 전혀 다른 움직임으로 은호의 머릿속에 파고든 의혹들을 몰아내었다. 전날보다 훨씬 빨리 옷들을 벗겨낸 후 전날보다 더욱 성급한 손길로 은호의 속살을 더듬어 왔다.

"……아!"

사내가 은호의 가슴을 한 입 크게 베어 물자, 은호는 기꺼이 등을 휘어 사내가 제 가슴을 희롱하는 것을 도왔다.

하아, 하아, 하아.

방 안에 여인과 사내의 신음이 넘쳐났다. 그리고 그 신음들은 방문을 넘어 마루에까지 가 닿았다.

"쯧쯧쯧……."

이날 밤도 임진사 내외는 마루에서 나란히 우방 쪽을 향해 앉아 있었다. 전날 밤처럼 내외는 그저 빨리 합방의 순간이 끝나기를 기다리는 중이었다.

하지만 내외의 표정은 둘 다 편치 못했다. 별다른 기척이나 소리가 들리지 않던 전날 밤과 달리 이날 밤에는 좌방 안에서 누가 들어도 수상쩍게 들릴 만한 소리가 새어 나오고 있는 탓이었다.

'음탕한 것들 같으니!'

모두 저희가 꾸민 짓이면서도 오씨 부인은 방 안의 며느리를 향해 이를 갈았다. 그리고 제 곁에서 근엄한 얼굴로 수염만 연신 만지작거리고 있는 남편을 깊고 깊은 원망을 담아 흘겨보았다.

그때.

"여기서 무얼 하고 계시는 겁니까?"

우방의 문이 열리고 진철이 아직 잠에서 완전히 깨지 못한 것마냥 몽롱한 눈으로 제 방을 향해 앉아 있는 부모에게 물었다.

"밤이 깊었는데 왜……"

순식간에 하얗게 질린 부모의 얼굴을 이상하다는 듯 내려다보던 진철의 시선이 맞은편 좌방 쪽으로 향했다.

"하아, 하아……."

"헉, 헉……."

누가 들어도 남녀의 합방 소리임을 짐작할 만한 은밀한 신음들이 새어 나오고 있는 방이었다. 방문에 한몸이 되어 얽혀 움직이는 사내와 여인의 그림자가 비치는 방이었다.

멍하니 그 방을 보는 진철의 표정이 마치 종잇장이 구겨지듯 급격히 일그러지기 시작하였다. 그리고는 성난 기색으로 제 부모를 본 후, 좌방을 뚫어져라 노려보며 제 방에서 비척비척 걸어나오기 시작했다.

.

.

.

"……세요!"

"……철아. ……거라!!"

서로의 몸을 겹쳐 격렬히 움직이던 남녀가 동시에 움직임을 멈췄다.

방문 바깥에서 심상치 않은 소리가 들려온 까닭이었다. 무현은 아직 열기를 잃지 않고 있는 제 몸을 은호의 몸에서 떨어뜨렸다. 그리고는 벗은 몸 그대로 일어나 방문 앞으로 다가가 밖의 소리에 온 신경을 곤두세웠다. 만약 이대로 진철이 방문을 열고 들어선다면 어찌 맞서야할지, 아니 무엇보다도 은호에게 분풀이로 해코지를 하려 한다면 어찌해야 할지 생각하느라 머릿속이 분주했다. 그러느라 은호가 많이 헐거워진 눈가리개를 풀고 제 눈을 의심하며 저를 살피는 것을 미처 깨닫지 못했다.

"헉……!"

은호가 급히 숨을 들이마시는 소리를 듣고서야 무현이 은호를 돌아보았다. 화사한 모란 자수가 놓인 모시 여름이불을 들어 제 벗은 몸을 가린 은호가 주춤주춤, 뒤로 물러앉고 있었다.

"……왜? ……왜, 네가?!"

무현이 은호에게 다가서려는데, 문밖에선 진철의 소리가 점점 가까이 들려오고 있었다.

"비키라고 하지 않았습니까? 비키세요!"

"어허! 네 부모에게 이 무슨 행패더냐? 진정하고 물러나거라!"

언성을 높인 임진사의 목소리도 들려왔다.

방문 앞에서 부자가 말다툼을 하고 있는 듯했다. 무현은 얼른 방 안에 흩어진 제 옷들을 찾아 입기 시작했다. 그리곤 촛불을 불어 끈 다음, 방문의 양쪽 미닫이 손잡이 부분을 부여잡아 혹시나 모를 만약의 일에 대비했다. 아니나 다를까 바깥에서 문을 열려 하는지 문이 덜컹거리기 시작했다. 무현은 더욱 힘을 주어 문을 부여잡았다.

"부인, 문 여시오. 문 좀 여시오."

진철의 애원이 들려왔다.

그 목소리에 벽 쪽으로 물러나 앉은 은호의 맨어깨가 움찔거렸다.

"부인……, 부인……. 어서 이 문 좀 열어주시오. 부이인……."

덜커덕덜커덕! 문이 금세라도 열릴 듯 흔들거렸다. 그리고 이제는 울음기가 가득 섞인 진철의 애절한 탄원 소리가 계속되었다.

"진철아……"

연신 아들을 말리는 임진사 내외의 목소리도 들렸다.

"이러실 수는 없습니다. 이러실 수는 없잖습니까!!!"

제 부모에게 하는 소리인지, 은호에게 하는 소리인지 몰랐지만 진철의 넋두리가 울음과 함께 이어졌다. 가슴을 후벼파는 그 소리들을 피하기 위해 은호는 제 두 손으로 양쪽 귀를 틀어막은 채 무릎 위에 고개를 숙였다.

놀라움과 두려움, 당혹스러움 그리고 죄책감과 자기혐오.

하나로 단정 지을 수 없는 감정들이 모두 뭉쳐 하나의 큰 덩어리가 되어 은호를 괴롭혔다.

여전히 문을 꼭 부여잡으면서, 문의 흔들림에 같이 흔들리면서 무현은 아픈 눈으로 어둠 속에 웅크리고 앉아 있는 은호를 보았다. 가장 안좋은 형태로 은호에게 굴욕감과 수치심을 안겨준 지금의 상황이 마음 아프긴 무현 역시 마찬가지였다.

그렇게 얼마쯤 지났을까?

방문을 흔드는 움직임이 멈췄다.

"진철아!"

억눌린 임진사 내외의 비명도 들렸다. 진철이 다시 혼절한 듯하였다. 이어 "흐흐흑" 하는 오씨 부인의 울음소리와 두 내외가 진철을 끌고 우방으로 들어가는 소리도 들렸다.

잠시 후.

방문이 열리고 닫히는 소리가 다시 희미하게 들렸고, 울음 섞인 여인의 무겁고 침통한 말소리가 넌지시 들려왔다.

"아들아이가 다시 깨기 전에 자리를 비켜주오."

오씨 부인이었다.

무현은 그제야 문을 잡고 있던 손을 놓고 일어나 바닥에 흩어진 은호의 옷들을 집어 여전히 무릎에 고개를 박고 있는 은호의 어깨 위에 걸쳐주었다.

"다시 올게. 꼭 데리러 올게!"

밖에 들리지 않도록 아주 작은 소리로 속삭인 무현이 얼른 문가로 향했다. 그리고는 기척을 살핀 후 재빨리 문을 열고 밖으로 나갔다.

무현이 나간 후, 은호는 덜덜 떨리는 손으로 옷을 주워 입기 시작했다. 대충 속저고리와 속치마를 걸친 뒤, 치마를 덧입고, 막 겉저고리에 팔을 끼려는데, 덜커덕 문이 열렸다.

놀라 가슴께를 거머쥔 채 돌아본 은호의 눈에 달빛을 등지고 선, 얼굴 표정을 알 수 없는 오씨 부인의 모습이 보였다.

"불을 켜라."

차갑기 그지없는 오씨 부인의 말이었다. 저고리를 마저 여민 은호가 떨리는 손으로 촛불에 불을 붙였다. 방문을 닫고 오씨 부인이 헝클어진 은호의 머리와 옷매무새, 그리고 요란하게 흐트러져 있는 이부자리를 혐오스럽게 내려다보더니, 마치 더러운 무엇이라도 되는 양 발끝으로 밀어내고 그 자리에 앉았다.

"진철이는 탕제를 먹여 다시 재웠다."

제 시어미에게서 반쯤 돌아앉은 은호는 아무 말도 하지 않았다. 그저 떨리는 손으로 이마 위에 내려온 머리카락들을 쓸어넘길 뿐이었다.

"혹시…… 알고 있었니?"

오씨 부인이 물었다.

"······무, 무엇을요?"

"어제와 오늘, 이 방에 든 사내가 네 서방이 아니라는 사실을 알고 있었는지를 묻는 것이야."

"그, 그런······. 어, 어찌 그, 그런······."

"쯧쯧쯧. 저를 품는 자가 제 서방인지 다른 사내인지 구분도 못 하고, 여인이 되어 어찌 그리 둔할 수가 있단 말이더냐?"

'어머님! 이게 다 무슨 일입니까? 왜 그자가, 왜 그자가 이 방에······. 왜 나를······?'

은호는 차마 소리 내어 묻지 못했다. 그저 답답하고 괴로운 마음에 큰 눈에 눈물만 가득 채웠을 뿐이었다. 왜 진철이 아닌 무현이 저를 안았는지, 왜 그것을 시부모가 묵인한 것인지, 왜 모른 척 내버려두었는지, 그리고 아까는 왜 진철을 그리 말렸던 것인지, 은호의 머리로는 어느 것 하나 이해가 가지 않았다.

"······아가."

여전히 아무 말도 못하고, 그저 두 팔로 제 어깨를 감싸 안으며 부들부들 떨고만 있는 은호를 오씨 부인이 불렀다. 은호가 주저주저하며 한참 만에 오씨 부인을 쳐다보자 오씨 부인은 감정이 하나도 느껴지지 않는 창백한 낯을 하고선 말을 꺼냈다.

"너는 더 이상 백대감 집 여식이 아니다. 우리 임씨 가문의 며느리지. 그러기에 너는 어디까지나 우리 임씨 가문을 위해 살아야 하고 우리 임씨 가문을 위해 죽어야 하는 몸이다. 알겠니?"

그러더니 문득 무엇인가에 생각이 미친 듯, 당황한 오씨 부인이 말했다.

"이런, 경황중에 깜빡 잊고 말았구나. 어서 누워라. 얘, 어서 누워!"

영문을 몰라 저를 쳐다보는 은호를 오씨 부인이 강제로 바닥에 눕히고선 왼편 벽을 향해 돌아눕게 하였다. 그리고 그 등을 보며 오씨 부인이 물었다.

"오늘의 그……일은 제대로 마쳤더냐?"

이 와중에도 수태를 위해 밤일이 무사히 마무리되었는지 묻는 오씨 부인의 말에 은호는 바들바들 떠는 손으로 제 몸을 감싸안았다.

은호의 침묵을 제멋대로 긍정으로 해석했던지, "휴우" 하며 한숨을 내쉰 오씨 부인이 다시 무뚝뚝한 말투로 이 밤의 진실을 털어놓기 시작했다.

"그 상태로 잘 들어라. 어제와 오늘 밤의 일은 죽는 날까지 절대 입 밖에 내어서는 아니 될 것이야. 알겠니?"

그러나 아무 말도 없이 떨고만 있는 은호를 오씨 부인은 못마땅하게 바라보았다.

"이제는 너도 눈치챘겠지만, 네 서방의 여명이 그리 많지 않았다. 혼사를 급히 서두른 이유도 바로 그래서였지. 그 아이가 죽기 전에……"

메마른 오씨 부인의 목소리에 조금씩 흐느낌이 섞이기 시작했다.

"우린 집안의 반석이 될 손자를 얻어야 해. 허나 너도 이미 겪어서 알다시피 그 아이에겐…… 이젠 그럴 만한 기력도 없다. 그래서 이 수를 쓸 수밖에 없었어. 새아기 네가 우리를 잔인하다 원망해도 좋고 금수(禽獸)만도 못하다 원망해도 좋다. 하지만 이건 가문을 위한 일이야. 가문을 위해 못할 일이 뭐가 있겠니? 허니, 너는 지금까지처럼 그저 수태를 하는 일에만 신경을 쓰길 바란다. 하룻밤, 단 하룻밤만 더 참아주면 돼, 알겠……?"

그때, 쿵 쿵 무언가 절구를 찧는 것마냥 커다란 소리가 들려왔다.

"그만두지 못하겠느냐!!"

소리 지르는 임진사의 목소리도 들려왔다.

"이게 무슨……?"

궁금해 하던 오씨 부인이 이내 놀란 낯빛으로 후다닥 뛰쳐나갔다.

그리고 이내 "진철아아아악!" 하는 오씨 부인의 처절한 비명이 들려왔다.

불길한 기분에 은호가 스르륵 몸을 일으켜 방을 나갔다. 오씨 부인이 주저앉아 있는 우방 쪽을 향해 비틀거리며 걸어갔다. 그리고 제 눈앞에 보이는 광경에 놀라 떨리는 손을 들어 입을 가렸다. 그러지 않았으면 제게서도, 제 안에서도 경악스러운 비명이 터져 나올 것 같았다. 그런 은호의 곁을 우방에 있던 임진사가 빠르게 지나쳤다. 임진사는 마당에 내려선 후, 멀리 떨어져 있는 본채 쪽을 향해 달려가며 고래고래 고함을 질렀다!

"거기 아무도 없느냐?! 어서 의원을 불러오너라! 의원을!"

"진철아……진철아? 진철아?!"

오씨 부인이 다리 힘이 풀려 일어나지 못하겠는지, 방문가에서부터 통곡을 하며 엉금엉금 기어 이미 의식을 잃고 쓰러진 제 아들에게로 다가갔다.

진철은 우방 안에서 이마가 짓이겨진 채 검붉은 피를 철철 흘리며 쓰러져 있었다. 그리고 그 앞의 벽에는 핏자국들이 잔뜩 묻어져 있었다. 한눈에 보아도, 그 벽에 진철이 머리를 부딪혀 짓이겼음을 알 수 있는 형상들이었다.

"어미가 잘못했다. 다 어미가 잘못했어. 정신 차리거라……. 제발 좀 정신 좀 차려봐. 으흐흑!"

오씨 부인이 아들의 몸을 무릎 위로 끌어올리고 연신 흔들었다. 떨리는 손으로 아들의 뺨도 연신 문질렀다. 그 덕분인지 흐음, 작은 신음과 함께 진철이 힘겹게 눈꺼풀을 들어 올렸다.

"진철아! 무슨 짓을…… 무슨 짓을 한 거니? 흐흐흑…… 어쩌자고 이런 짓을 한 거야?"

오씨 부인이 원망을 담아 아들의 어깨를 흔들었다.

"잠이…… 자꾸 와서요. 깨어나 있어야 하는데 제 사람 곁에 있어줘야 하는데, 자꾸만 잠이…… 와서요."

진철은 세상에서 가장 무거운 것이라도 되는 양 힘겹게 들어올리려다 말고 다시 눈꺼풀을 내려뜨렸다.

"나쁜 꿈을 꾸었어요. 소름 끼치게 나쁜 꿈을……. 제 아내를 다른 사내가 안고 있는 지독히도 끔찍한……."

"흐흐흑! 진철아!"

오씨 부인의 통곡 속에 다시 진철이 혼절하였다.

방문가에 서서 차마 방 안에 들어서지 못하고 눈물을 철철 흘리던 은호는 비틀비틀대며 마루 아래로 내려섰다.

어디론가 가버리고 싶었다.

어디론가 숨어버리고 싶었다.

아무 데나 이 끔찍한 현실을 외면할 수 있는 공간이 있다면 그곳으로 가고 싶었다.

하지만 버선도 당혜도 꿰어 신지 않은 맨발로 마당을 가로질러 문으로 향하던 은호는 더는 아무 데도 갈 수가 없었다. 한 무리의 종들과 함께 들이닥친 임진사에 의해 가로막혔기 때문이었다.

"어딜 가느냐?"

은호는 답도 아니 한 채 흐느적거리는 발걸음으로 사람들을 뚫고 지나가려 하였다.

"어멈! 며늘아기가 몸이 안 좋은 것 같네. 별당으로 데려가 쉬게 하게. 따로 명이 있을 때까지는 한 걸음도 움직이지 못하도록 하고, 무슨 말인지 알겠느냐?!"

"네, 영감마님. 아씨, 쇤네에게 기대십시오."

행랑어멈이 지엄한 임진사의 명에 따라 은호를 붙잡듯이 부축을 하고선 제가 왔던 길로 되돌아갔다. 은호가 몇 번이나 앙팡지게 그 손을 뿌리치려 했지만, 다부진 중년의 행랑어멈 힘을 당해낼 재간이 없었다.

"의원을 데리러 간 남서방은 아직 멀었느냐?!"

임진사가 다시 고함을 친 뒤 다른 종들과 함께 서둘러 우방 쪽을 향해 뛰어들어갔다.

"그래서? 어찌 되었다고 하더냐?"

안가로 돌아온 무현이 성용에게 물었다. 그날 밤으로부터 이틀이 더 지나간 날이었다. 무현은 성용을 시켜 진작 포섭하였던 임진사네 종복에게 집안의 사정을 알아보고 오라 시켰던 참이었다.

"별채에서 별당으로 옮겨져 거의 감금되다시피 하였답니다. 별당에서 안채로 향하는 문을 굳게 닫아걸고, 하루 세 번 밥상만 들여보내고 있다는데요? 행랑어멈 말고는 아무도 못 드나든대요. 아랫것들도 도대체 무슨 일인지 몰라 지들끼리 쑥덕거리고 있다고."

"뭐라고 쑥덕거리는데?"

"그게⋯⋯."

성용이 무현의 눈치를 살피더니 어렵게 입을 떼었다.

"소문에 의하면 그 댁 새아씨가 밤중에 몰래 샛서방을 불러들였다가 들켰다고도 하고, 새아씨와 젊은 서방님이 밤일을 하던 중 무슨 일인가로 뜻이 어그러져 대판 싸웠다가 홧김에 젊은 서방님이 벽에 제 머리를 찧었다고도 하고. 하여간 집안이 지금 온통 뒤숭숭하다네요."

"벽에 제 머리를 찧었다고?!"

"그렇답니다. 밤중에 동네 의원이 불려갔는데, 젊은 서방님의 이마가 다 짓이겨져 온통 피칠갑에 난리도 난리도 그런 난리가 없었다는대요?"

무현의 낯빛이 어두워졌다. 필경 무슨 사단이 벌어지리라 짐작은 하였지만, 사태가 그리되었을 줄은 예상 못했다.

"그래서 상태는?"

"의식이 간간이 돌아오고 있긴 하지만 고만고만하다고."

"……그 외에 다른 일은? 누구를 찾는다는 이야기는 없더냐?"

"못 들었는데요?"

임진사는 일을 마칠 사흘 동안은 자기 집에서 그리 멀지 않은 주막에 방을 얻어, 묵고 있으라 했었다. 그러니 그 밤 이후 온다간다 소리도 없이 감쪽같이 주막에서 사라진 임생원에 대해 임진사가 어찌 나올지 무현은 궁금했다. 혹시나 그 일로 은호가 더욱 난처한 지경에 처하게 되는 건 아닌지 걱정도 하였다.

.

.

.

무현의 예상대로였다.

임진사는 진철이 의식을 찾지 못하고 있는 동안 아랫것을 시켜 도성 어딘가에 있을 임생원을 찾으라는 명을 내렸다.

그로부터 며칠 후, 임진사의 명을 받은 자들이 어느 주막에 묵고 있는 개성 양반 임생원을 찾았다는 소식을 전해왔다. 소식을 들은 바로 그날, 임진사는 밤이 깊어지기를 기다려 주막으로 임생원을 찾아갔다. 애초의 예정대로라면 다시 그를 만날 필요도 없었다. 그저 약속한 사례를 보내주고, 개성으로 돌아가 있으라고 한 다음 은밀히 사람을 보내 길 중에 임생원을 죽여 입막음을 하면 될 일이었다.

하지만 임생원이 길을 떠나기 전에 확인해야 할 일이 있었다. 그간 누구에게라도 실수로 입을 열지 않았는지 필히 확인해야만 했다. 만약 실수로 누군가에게 '그 일'에 대해 귀띔이라도 했다면 그 누군가의 입까지 막아야만 했기 때문이었다.

하지만 임생원을 찾아 주막으로 간 임진사는 그곳에 있는 임생원을 보고 기함을 할 수밖에 없었다. 개성에서 온 임생원이라는 자는 제가 알고 있는 임생원이 아니었기 때문이었다.

"자, 자네가 정말 개성에서 온 임생원이란 말인가?"

주막 마당에서 떨떠름한 표정으로 제게 인사를 건네는 임생원을 보고 임진사가 물었다. 제가 무얼 잘못 보고 있는 건 아닌지 눈까지 연신 비비는 임진사였다.

"맞습니다만?"

"자, 자네가 정말 을숙 아저씨의 아들 되는 임생원이 맞단 말인가?"

"예. 맞습니다."

진철의 혼례 전에 인사차 갔을 때는 얼굴 한 번 안 보여주고 내친 주제에 이제 와 저를 찾아온 임진사의 속내를 알 수 없어, 임생원은 그저 얼떨떨하기만 할 뿐이었다.

"그, 그럼 혼례 날 온 그 임생원은?"

"예? 무슨 말씀이시온지……."

"우리 아들 혼례 날 말일세. 자네는 그때 어디 있었나?"

"아, 그때요. 도성에서 친해진 아우 집에서 술이 떡이 되어 널브러져 있었지요. 그 바람에 혼례 때 찾아뵙지도 못하고 송구합니다."

이제 와 인사를 찾아먹고자 여기까지 온 건가 싶어, 임생원은 영 기분이 좋지 않았지만 그래도 상대가 상대인 만큼 예의를 차리려고 애썼다.

"그런……. 그런……."

'그럼, 그자는 누구란 말인가?! 임생원을 자처하여 그 일을 한 그놈은 어디의 누구란 말인가? 설마……?!'

다리에 힘이 풀려 당장이라도 주저앉을 것만 같았지만, 임진사는 애써 평정을 유지하며 제 앞에 선 사내에게 급히 물었다.

"그 아우란 사람 말일세. 어디에 사는 누군가? 어떻게 생긴 작자인가?"

"문서방이요? 그야…… 잘생겼지요. 저보다 키는 머리 하나쯤 더 크고, 어깨도 사내답게 떡 벌어진데다, 눈매며 입매가 시원시원하게 생긴 사내지요."

임생원의 설명을 들으며, 임진사는 그 문서방이란 자야말로 자기가 찾는 가짜 임생원임을 깨달았다.

"지금 그자 어디 있는가? 아니, 그자 있는 데로 나를 안내하게!"

"어찌 그러십니까? 문서방은 이미 이틀 전에 진주에 계신 아버지가 편찮으시다며 먼저 길을 떠났습니다만……?"

"아, 아이고!"

임진사는 양반 체면에 부끄러운 줄도 모르고 주막 마당에 털퍼덕 주저앉고 말았다. 다리 힘이 빠져 더는 서 있을 수 없었던 것이었다.

그날 이후, 은호에 대한 집안 내 감시는 더욱 심해졌다. 전에도 그리 자유롭지 못한 신세였던 건 마찬가지였지만 이번에는 아예 방문 밖으로 한 발자국도 못 디디게 하였다. 하인들에게 무어라 명해두었던 것인지 은호가 방을 나서려 하면 하인들이 도끼눈을 뜨고 그 앞을 막아섰다. 심지어 측간에 가려는 걸음조차 막고 방 안의 요강을 사용하라 무례히 이를 정도였다. 몸종 사월이조차 부러 바깥 밭일을 시켜 은호와는 얼굴 한 번 마주치지 못하게 하였다. 때마침 별당 초가 떨어졌는데도, 다른 초조차 주려 하지 않아 은호는 날이 저물면 어둠컴컴한 방에 그대로 앉아 옥살이 아닌 옥살이를 견뎌야만 했다.

혹시나 은호가 가짜 임생원과 미리 무슨 연통을 하여 일을 꾸민 것은 아닌지 의심한 때문이었다. 그것이 아니라면 적어도 가짜 임생원이 은호를 아는 처지일지 모른다고 임진사는 의심하고 있었다. 가짜 임생원에게 씨내리를 제의한 건 자신의 잘못이라 하더라도 군이 혼례 날에 가짜가 진짜로 위장하여, 그것도 임진사의 친척으로 위장하여 혼례에 참석한 이유는 따로 있을 것이라 생각한 때문이었다.

하지만 그렇다고 해도 그것을 내색하여 은호를 추궁할 수는 없는 노릇이었다. 만약 바깥에 이 일이 소문이 나기라도 한다면 다시없을 집안 망신이 될 것이 아닌가 하여 임진사는 그저 은호를 별당에 유폐하고 친정에서 데려온 몸종과 떨어뜨리고, 불조차 켜지 못하게 함으로써 가짜 임생원과의 연통을 경계하였다.

"아직도? 벌써 보름째야. 그런데 아직도 방 안에서 한 발자국도 못

나서게 한단 말이야?!"

"그러게 말이어요. 처음에는 시키는 대로 하던 임진사네 하인들도 이제는 좀 너무한 거 아니냐고 쑥덕이고 있대요. 도대체 별채에서 무슨 일이 있었기에 그리 새 며느님께 모질게 구는지 모르겠다고, 저러다 사람 잡는 거 아니냐며 다들 한걱정을 한다더라고요."

"젠장!"

성용의 보고를 들은 무현이 분노를 참지 못하고 주먹으로 방바닥을 내리쳤다. 틈을 봐서 은호를 데리러 가려던 계획이 어그러진 것도 화가 났지만 무엇보다 은호가 그리 학대당하고 있다는 것이 견딜 수가 없었다.

"무슨 수를 내야 하는 거 아니에요? 어떻게 그분을 다시 훔치든 꾀든 하셔서 도성을 빨리 떠야 하는데, 어떡해요? 언제 금부 놈들이 쳐들어올지 모르는 마당에, 형님도 마냥 때를 기다리실 수만은 없는 노릇인…… 형님?"

홍민이 걱정을 늘어놓다, 무엇인가를 결심한 듯 턱을 단단히 굳히고 자리에서 벌떡 일어나는 무현을 보았다.

"내 잠시 다녀오마."

무현이 벽에서 삿갓을 내려 머리에 뒤집어썼다.

"어딜 가시려고요? 변장이라도 좀 하지. 그냥 그대로 나가려고요?"

홍민과 성용이 걱정스레 쳐다보는 것에도 아랑곳하지 않고 무현은 총총히 밖으로 향했다. 이제 더는 지체할 수가 없어진 것이었다. 더는 참을 수가 없어진 것이었다.

하여 무현은 자신을 도와줄 수 있는, 지금으로서는 유일한 구원의 동아줄이 될 사람에게로 갈 생각이었다. 아주 어려운 청이 되겠지만 그이라면, 그분이라면 분명 자기를 도와줄 수 있을 터였다.

제
6
장

선택 혹은 갈등

'날이 저무는 건가?'

은호는 다시 조금씩 어두워져가는 별당 방 안에서 물끄러미 방바닥을 내려다보고 있었다. 낮부터 계속 보고 있던 것들이었다. 방바닥에는 어머니가 주신 비단 주머니와 약낭, 은장도가 은호의 무릎 앞에 나란히 놓여 있었다. 몸에 지니고 있던 것을 바닥에 늘어놓은 것들이었다. 하나하나가 제게는 특별한 의미를 지니고 있었다.

은호는 그것들을 차례대로 천천히, 시간을 들여 정성스레 쓰다듬었다.

'집으로 돌아갈까? 아님, 시부모님께 내 병증을 알릴까? 아니면…….'

어느 것이든 선택할 수 있다. 어느 길로든 갈 수 있다.

하지만 은호의 손길과 눈길이 가장 오래 멈춘 것은 은장도였다.

"알겠니? 이건 바로 열녀문을 하사받은 네 고모의 은장도란다. 이 은장도는 너의 정절을 지켜줄 뿐 아니라, 네 아비의 명예를 지키고 우리 가문을 지켜주는 칼이 될 것이다. 이 칼 앞에 부끄럽지 않은 여인이 되어라."

열 살 생일을 맞아 아버지 백대감에게서 처음 은장도를 받았을 때,

설렘에 가슴이 달음박질치던 기억이 났다. 은장도를 쓰다듬고 또 쓰다듬느라 밤새 잠을 못 이뤘던 기억이 났다.

제가 처음 은장도를 꺼내 들었던 그날 밤의 일도 생각났다.

"나는 말이요, 옛날 옛적부터 제일 싫은 게 바로 그놈의 양반들의 명예 어쩌고 하는 소리였거든. 하물며 제 한 몸 바쳐서 열녀가문으로 집안의 번영 어쩌고? 하! 너무 아둔하고 바보 같아서 상대할 가치도 없소. 낭자의 멍청함이 낭자의 목숨을 살렸구려. 그저 나쁜 꿈 꿨다 치고 다시 주무시구려."

제 목숨을 노리고 들어와선, 그리 말하고 바람처럼 사라졌던 사내가 생각났다.

무슨 기이한 인연인지 다시 나타나 제 마음을 흔들고, 이틀 밤이나 거짓 신랑 흉내를 내어 기어이 자신을 훔치고 만 그 사내가 떠올랐다. 자신에게 도망치자고 하고선, 자신의 뜻을 받아들여 돌려보내놓고, 기어이 자신을 훔치고 만 그 사내가 떠올랐다.

'또 아둔하고 바보 같다, 그리 욕하겠지?'

그 사내는, 무현은, 은호의 선택을 알고 나면 멍청한 계집이라 또 그리 욕할 것만 같았다.

"……."

크게 침을 한 번 삼킨 후, 은호는 은장도의 칼집에서 살며시 칼을 꺼내 보았다. 손가락으로 스윽, 칼날을 문질러도 보았다. 작은 피가 맺히는 것이 장도는 다행히 아직 날카로움을 유지하고 있었다. 이 정도면 언제고 스스로 저를 베기에 충분할 것 같았다.

'아직은 아니다. 아직은…… 견딜 수 있어. 아직은 조금 더 견딜 수 있어.'

어쩌면 내일, 아니면 모레. 언제고 인내심이 바닥이 나면, 더는 버티고 싶은 마음이 사라지면 은장도는 그때 비로소 제 쓸모를 찾을 것이었다.

"아씨!"

은호가 은장도의 칼을 보며 제 각오를 곱씹고 있을 때, 밖에서 행랑어멈의 조심스러운 소리가 들려왔다.

"무슨 일인가?"

허둥지둥 장도를 칼집에 넣으며 은호가 물었다.

"손님이 드셨습니다. 마님께서 나와 맞으라고 하십니다."

'손님이라니? 누가?'

저를 찾아올 이가 없음을 잘 아는 은호가 고개를 갸웃거렸다. 그리곤 은장도를 다시 품에 넣고, 바닥에 놓인 주머니들은 대강 제가 앉은 보료 밑으로 감추고 일어섰다. 하지만 은호가 채 방에서 나가기도 전에 방주인의 허락도 없이 벌컥 방문이 열렸다.

"부인, 접니다. 제가 왔어요."

갑작스레 나타난 이를 보고 은호는 제 눈을 의심하였다.

방문 앞에 선 이는, 한눈에 보기에도 아주 값비싼 비단 옷으로 성장(盛裝, 화려하게 차려입음)을 한 벗이었다. 신분을 속이고 아파로 일하였던, 그리고 제 명예를 되찾는 데 도움을 주었던 서경이었다. 서경이 본시

반가의 여식임은 알고 있었지만 그간 서경이 주상 전하의 사촌 아우인 현무군과 혼인하여 군부인이 된 사실은 미처 몰랐었기에 서경의 화려한 모습은 은호를 어안이 벙벙하게 만들었다.

"왜 그렇게 놀라세요. 소식 한 자 없이 갑자기 들이닥쳐서 그러십니까? 내 반가운 마음에 그만 이리 한달음에 달려왔지 뭡니까? 미처 전갈을 드릴 틈이 없었어요."

웬만한 사대부 부인은 상대도 되지 않을 정도로 높게 가체를 드리운 서경은 성큼성큼 방 안으로 들어와 은호의 손을 덥석 잡고선 요란스레 흔들며 반가움을 표시했다. 그 뒤를 이어 방에 들어선 오씨 부인이 조심스러운 기색으로 서경과 은호를 번갈아 보았다.

"군부인 마님과 친분이 있다는 소리는 왜 하지 않았니?"

군부인이라는 소리에 은호가 서경을 보자 서경이 환한 미소와 함께 고개를 끄덕여 보였다.

"군부인 마님……, 이제야 인사 여쭙는 걸 용서해주십시오."

뜻밖의 해후에, 예상치 못한 반가운 이의 등장에 은호가 눈물을 글썽이자, 시어머니 오씨 부인보다 훨씬 더 값나가 보이는 가락지들을 몇 개씩이나 낀 손으로 서경이 은호의 손등을 토닥토닥 다정히 두드렸다.

"그간 격조하였습니다. 이것이 얼마 만입니까? 도성으로 오셨으면 진작 전갈을 하시지 않고요. 내 오늘에서야 낭자가 이 댁 며느님이 되셨다는 이야기를 들었지 뭡니까?"

저답지 않게 목소리까지 높여가며 야단스레 반가움을 표하던 서경이 제 등 뒤의 오씨 부인을 향해 환하게 웃어 보였다.

"무례하다 나무라지 마셔요. 며느님과는 친자매나 다름없는 사이라 반가워 이리합니다."

"아, 아닙니다. 나무라다니요. 천만의 말씀이십니다. 서서 이러시지 마시고 이리 내려앉으시지요."

오씨 부인이 서경 못지않게 한껏 미소를 지으며 방의 상석인 보료 위에 앉을 것을 권했다. 그러면서도 시선은 내내 서경에게서 떼지 못하는 상태였다.

'이분이 소문의 바로 그분인가?'

바로 얼마 전에 혼례를 올린 현무군과 그 군부인에 대한 이야기는 도성 안에 모르는 이가 없었다. 주상 전하의 사촌 아우이신 현무군이 꼼짝 못한다는 소문이 파다하였다. 심지어 주상 전하조차 이 사촌제수를 특별히 귀히 여기신다는 것도 익히 알려진 사실이었다.

그러기에 그 소문의 군부인 마님이 제 집 앞에 찾아와 은호를 찾는다는 행랑어멈의 전갈을 받자마자 오씨 부인은 여전히 앓고 있는 아들을 간호하다 말고 한달음에 문밖까지 뛰쳐나가 맞았었다.

"헌데, 군부인 마님께서는 저희 아이와는 어떤 인연이 있으신 것인지?"

행랑어멈에게 얼른 다과상을 차려오라 시키고 나서, 오씨 부인이 슬그머니 은호의 곁에 제 엉덩이를 내려놓았다.

"제가 어릴 때부터 몸이 좋지 않아 시골로 오랫동안 피접을 가 있었습니다. 여기 낭자, 아니 부인은 그 이웃에 사셨던 분이지요. 서로 나이도 맞고 취향도 맞아 벗처럼, 자매처럼 그리 허물 없이 지냈습니다."

"아, 그런 인연이 있으셨습니까?"

"헌데 부인!"

서경이 오씨 부인을 위엄 있는 목소리로 불렀다. 내내 웃고 있는 얼굴도 어딘가 달라져 있었다. 짐짓 미소를 짓고 있긴 하지만 어딘가 깔보는 듯한 느낌이 스며들어 있었다.

"네, 군부인 마님."

제 며느리뻘의 젊은 부인이지만 '마님' 소리를 붙일 수밖에 없는 지위의 차이, 그 차이를 통감하는 오씨 부인이었다.

"그간의 격조함을 풀기 위해 동무끼리 오붓한 시간을 보내고 싶습니다. 허해주시겠습니까?"

말인즉슨, 둘이서 오붓하게 이야기할 수 있게 방해꾼은 자리를 비켜 달라는 뜻이었다.

"그, 그럼요. 그리하겠습니다."

오씨 부인이 민망함에 웃으며 답하고서는 서둘러 일어나 방문을 향했다. 그 등을 향해 서경의 차가운 목소리가 덧붙여졌다.

"여인네끼리의 정담을 나누려 하니, 다과상만 들여주시곤 주변을 모두 물려주셨으면 합니다만."

"네. 그러시겠지요. 그리하겠습니다."

오씨 부인이 싹싹하게 답을 올렸다.

그로부터 반 식경이 안 돼, 하인들의 손에 들려 잔칫상에 가까운 다과상이 방에 들어왔다. 행랑어멈은 행주치마 아래에 새 초를 숨겨 가져와 슬그머니 빈 촛대에 끼워넣었다.

그 모든 이들을 물린 후, 서경은 벌떡 일어나 방문가로 가선 지금까지의 낯빛과는 다른 심각한 얼굴이 되어 바깥을 살폈다.

"모두 물러간 것 같네요."

서경이 은호에게 다가와 앉고선, 다시 한번 덥석 은호의 두 손을 잡았다.

"많이 놀라셨지요?"

"혼인을…… 하신지 몰랐습니다. 군부인 마님이시라고요?"

"훗……, 어쩌다 보니 그리되었습니다."

쑥스럽게 웃다 말고 서경이 문득 찬찬히 은호의 얼굴을 살폈다.

"전보다 한참 더 여위셨습니다."

"그렇습니까?"

은호가 눈을 내리깔며 쓸쓸히 웃었다. 자신은 매일 면경을 통해 제 얼굴을 보느라 예전에 비해 제 얼굴이, 제 몸이 얼마나 축났는지는 알 수 없었다. 하지만 오래간만에 본 서경이 그리 말하는 걸 보면 이젠 보기 흉할 정도로 여위었나보다 싶었다.

"하지만 또한 전보다 한참 더 고와지셨습니다."

뜻밖의 이야기에 놀라 은호가 고개를 들자, 서경이 좀 전까지 오씨 부인을 향해 보여줬던 과장된 웃음이 아닌, 다정함이 깃든 미소를 보여주었다.

"전과 달리 작은 몸짓 하나에도 부쩍 여인다운 태가 나십니다."

서경이 그냥 예의상 하는 칭찬이라고 생각하면서도 은호는 괜히 혼자 찔리는 게 있어 볼을 붉혔다. 그리곤 부끄러움을 떨치려 칭찬을 돌려주었다.

"군부인 마님께서야말로 부쩍 더 고와지셨습니다. 하마터면 몰라볼 뻔하였습니다. 전의 모습이라곤 조금도 찾아볼 수 없지 않습니까?"

그랬다. 은호 눈앞의 귀부인은 예전 허름한 행색의 아파 시절과는 전혀 다른 모습이었다. 항상 맨얼굴이었던 그때와 달리 조금은 진한 화장을 한 때문인지, 초승달처럼 가는 눈썹과 붉고 도톰한 입술이 돋보이는, 훨씬 더 화려한 미모를 지닌 여인이 되어 있었다.

"호호호. 오늘은 부러 좀 더 치장하여 보았습니다. 실은…… 이 가체나 가락지들도 전부 아는 이들에게서 빌려온 것이지요. 이쯤 꾸며야 부인의 시어머님께서 저를 좀 더 대단한 여인으로 봐주지 않겠습니까?"

그리 말하고선 서경이 바깥을 경계해 한껏 목소리를 낮춰 속삭였다.

"부인이 겪으신 일에 대해서는 대충 전해들었습니다."

"무엇을……?"

묻던 은호는 서경의, 모든 것을 이해한다는 눈빛에 고개를 숙였다.

"……뉘에게 전해들으셨습니까?"

"우리 두 사람이 모두 알고 있는 분이겠지요."

"조 매파……입니까?"

서경이 가만히 고개를 저었다.

"그럼……?"

'설마, 그자를 말하시는 건가?'

은호가 놀란 눈으로 서경을 보자, 서경이 이번에는 가만히 고개를 끄덕였다.

"……어찌 아시는 사이십니까?"

"이야기가 깁니다. 나중에 따로 말씀드릴 때가 올 겁니다. 참, 보내드린 환약은 몸에 좀 받으시더이까?"

"많은 도움이 되었습니다. 항시 복용한 덕분에 요즘은 숨찬 증세가 아주 덜한 것 같더군요."

"임시방편임은 아시고 계시지요?"

서경의 걱정에 은호가 희미하게 웃으며 고개를 끄덕였다.

"되었습니다. 곧 다시 의원을 만나 환약을 받도록 하지요. 그보다 부인, 내가 오늘 부인을 찾아온 것은 긴히 여쭐 것이 있어서입니다."

"무엇인지요?"

"……정녕 중국에 가실 생각은 없으신 겁니까?"

서경이 한층 깊어진 눈빛으로 물었다. 그 모습에 은호는 다시 제 볼이 붉게 달아오르는 것을 느꼈다. 서경이 진정 자신과 그 사내 사이의 일을 모두 알고 있음을 깨달았기 때문이었다.

"정녕 그이를 따라 나서실 생각은 없으십니까?"

"나는……, 나는……"

은호가 말을 잇지 못했다.

없다고, 자신은 양반으로서 가문 앞에 떳떳하게 죽을 거라고, 그 사내와 자신에게 말했던 것과는 달리 서경에게는 제 뜻을 밝히지 못했다. 서경이 양반의 신분을 숨기고 아파가 되어 살아온 것을 아는 만큼,

서경의 앞에서 양반이니 가문이니 하는 핑계를 대기가 어려웠다. 자신의 속내를 그대로 꿰뚫어보는 것 같은 서경의 올곧은 눈빛 앞에 거짓을 말하기 힘들었다.

"되었습니다."

흔들리는 은호의 마음을 짚은 듯 서경이 다시 은호의 손등을 토닥토닥 두드려주었다.

"알았습니다. 이후는 제게 맡기시지요."

그날, 서경은 돌아가기 전에 안채 오씨 부인의 방에 들러 은근한 부탁을 하였다. 오씨 부인이 거절하고 싶어도 쉬 거절할 수 없는 부탁이었다.

"실은 모레쯤 저희 어머니를 모시고 가까운 온천에 가려 합니다. 그때 부인과 며느님과 함께 동행하고자 합니다만, 허락해주시겠습니까?"

"부, 부부인 마님이랑요? 제가요?"

오씨 부인이 감격하여 말까지 더듬었다. 진사 부인의 처지에서 보자면 눈앞의 화려한 꾸밈새의 젊은 군부인과 부부인은 어떻게든 연을 맺어두면 손해날 일 없는 귀한 신분들이었다. 그런 분들과 함께하는 온천 나들이라니, 광영도 이만한 광영이 없을 성싶었다.

"실은 부인께만 넌지시 말씀드리는 것입니다만……."

서경이 괜히 밖의 눈치를 살피는 척하며 오씨 부인에게 은밀히 일렀다.

"단순히 온천을 즐기러 가는 것만은 아니랍니다."

"온천이 목적이 아니라시면?"

"잠시만 이리 가까이……."

서경은 가까이 다가온 오씨 부인에게 비밀스러운 목소리로 여행의 목적을 일러주었다.

"실은 중국에서 건너온 고급 비단이며 특상질의 금은 보석들이 온천 객주에서 은밀히 거래되곤 하지요."

서경이 보란 듯이 제 열 손가락을 펴 보이며, 손가락 가득한 가락지들의 출처가 그곳임을 넌지시 암시하였다.

"그, 그럼?"

제 손의 것들보다 훨씬 더 화려하고 값나가 보이는 가락지들에서 시선을 떼지 못하고 오씨 부인이 물었다.

"쉿!!"

손가락을 입에 가져다 대며 조심스러움을 피력한 서경이 다시 말을 이었다.

"나라에서 사치를 금하는 통에 저희 궁방에는 아파들의 출입조차 쉽지 않답니다. 종친된 처지다 보니 이래저래 눈치가 많이 보이지요. 하여 이번 참에 어머니와 함께 좋은 물건으로 눈호강이나 시켜볼까 해서 온천에 가려 하는 겁니다. 부인은 어쩌시겠습니까?"

"저, 저야 당연히……."

서경의 제안을 넙죽 받아들이려던 오씨 부인이었지만 뜻밖에도 금세 주저하는 모습을 보였다.

"왜요? 아니 동하십니까?"

"그것이 아니오라, 집안에 환자가 있는지라……."

"고작 하룻밤 하루 나절이면 되는데, 그조차 여의치 않습니까?"

오씨 부인은 잠시 병석에 누운 아들을 머릿속에 떠올려보았다. 하지만 이내 제가 거절하면 군부인과 부부인의 마음이 상할지도 모른다는 생각이 들었다. 그럴 수는 없었다. 이렇게 좋은 기회가 언제 또 올지 모르는데 놓칠 수는 없었다.

아들 수발이야 하루 이틀쯤 아랫것들에게 부탁하면 어떠랴 싶었다. 아직도 깨어 있는 시간보다 누워 있는 시간이 더 많은 진철이지만, 어차피 제 손을 많이 필요로 하지 않는다는 점이 오씨 부인이 결심을 하게 만들었다.

마치 저를 현혹하듯 눈앞에서 번쩍이는 서경의 화려한 패물들이, 서경의 온몸을 휘감고 있는 상질의 비단 옷감들이 오씨 부인의 시샘과 탐욕을 부추겼기 때문인지도 몰랐다.

"그럼, 그리할까요?"

오씨 부인이 제 앞에서 방긋 웃고 있는 젊고 아름다운 군부인을 향해 선선히 답을 내놓았다.

제

7

장

탕치

"마님, 이리로 오셔서 이것 한번 걸쳐보시어요. 이틀 전에야 겨우 조선으로 건너온 고급 비단입니다. 이 섬세하고 화려한 빛깔을 좀 보세요. 이건 도성의 육의전에서도 구할 수 없는 특상질의 상품이랍니다!"

오씨 부인이 저를 잡아끄는 상인의 손에 이끌려 못 이기는 척, 상인이 내어놓은 비단 천을 척하니 어깨에 걸쳐보았다. 그 모습을 본, 다른 상인이 얼른 끼어들어 제가 들고 있는 화려한 상아 비녀며 칠보 노리개 등의 장신구들을 오씨 부인의 눈앞에 들이밀었다.

"아유, 마님, 일단 이것부터 보셔야지요. 이 비녀 좀 보세요. 멀리 천축(天竺, 인도)에서 들여온 상아를 깎아 만든 것이랍니다. 이 옥으로 만든 머리꽂이는 어떻고요. 이리 세밀하게 장식된 것을 보신 적이 있으십니까?"

오씨 부인은 마치 구름 위를 걷는 듯 정신을 차릴 수 없었다. 연신 저를 부르는 상인들에 둘러싸여 생전 한 번도 보지 못한 화려한 천들과 장신구들, 금은보화들을 걸치고, 끼고, 만지고 하다보니 여기가 바로 지상낙원인가 싶을 정도였다.

"어쩌실 작정이십니까?"

오씨 부인에게서 여남은 발자국 떨어진 곳에서 쓰개치마로 단단히 얼굴을 가리고 선 은호가 걱정스러운 눈빛으로 제 곁의 서경에게 물었다.

"걱정하지 마셔요. 어느 누구도 화를 입지는 않을 것입니다."

저 역시 쓰개치마로 단단히 얼굴을 가린 서경이 다정한 눈빛으로 은호에게 일렀다. 그리고선 벌써 서너 시간째 지친 기색 하나 없이 사치스러운 장신구들과 옷감들에 둘러싸여 탐욕에 눈을 빛내고 있는 오씨 부인을 쳐다보았다. 함께 오겠다고 한 부부인이 동행하지 않았음에도 달리 의심하지도 않고 있는 은호의 시어머니를……

사실 이날 아침, 연이어 가마를 타고 현무군의 궁방 앞에 당도한 오씨 부인과 은호를 맞은 것은 군부인인 서경뿐이었다. 함께 온천에 가겠다고 한 부부인의 모습이 보이지 않아 실망한 오씨 부인에게 서경이 댄 핑계는 이랬다.

"어젯밤 늦게 궐에서 전갈이 왔지 뭡니까? 대왕대비 마마께서 급히 찾으신다고요. 주상 전하의 재간택에 관해 의논하실 게 있으시다는 것 같아요. 하여 아무래도 이번 온천 나들이는 저희끼리 하여야 할 것 같습니다."

다른 사정도 아니고, 대왕대비 마마가 찾으셨다 하니 오씨 부인도 그대로 믿고 따를 수밖에 없었다. 그리하여 세 여인의 가마가 나란히 줄을 지어 한참을 달려 당도한 곳은 이천 근처 어느 산기슭에 있는 객주 앞이었다. 하늘을 찌를 듯 높게 솟은 객주 문 한가운데에는 영복(永

福) 객주라는, 은호에게는 어쩐지 낯익은 이름이 적혀 있었다.

"여기서부터는 걸어야 합니다."

앞서 도착하자마자 먼저 가마에서 내린 서경이 오씨 부인에게 다가왔다.

"교자꾼들과 아랫것들은 근처 다른 주막에 가 쉬도록 하시지요. 이 안의 일은 아는 자가 적으면 적을수록 좋습니다. 저희 어머님조차도 여기에 들어가실 땐 항시 그리하시거든요."

오씨 부인이 그마 하고 교자꾼들과 저를 시중들러 따라나선 계집 종들을 모두 근처 다른 주막으로 보내었다. 다음 날 미시(未時, 오후 1시) 정각에 객주 문 앞으로 와 대기하라는 명을 내리고서였다.

"자, 이제 저를 따라오시어요."

서경이 쓰개치마를 굳게 여민 채 객주 문을 지키고 선 커다란 덩치의 사내들에게 고개를 끄덕여 보였다.

"세상에……, 세상에…… 이런 광경은 난생처음 봅니다."

사내들이 문을 열자마자, 오씨 부인의 눈이 휘둥그레지더니 입이 떡하니 벌어졌다.

그도 그럴 것이 문 저편의 광경은 문 이편의 광경과 천양지차였던 것이었다. 눈을 사로잡는 현란한 빛깔의 비단이 지천으로 널려 있었고, 여태 어디서도 보도 듣도 못한 기기묘묘한 물건들이 좌판에 펼쳐져 사람들의 눈을 유혹하고 있었다. 특히 더욱 눈길을 끄는 것은 물건을 팔고자 하는 이들이, 남자건 여자건 모두 한 인물씩들 하고 있다는 점이었다. 상인의 행색을 하였으나 마치 신선과 선녀인 양 외양이 고운 이

들이기에, 그들이 팔고자 하여 들고 있는 물건들 또한 마치 선계에서 흘러나온 비밀스러운 보화들인 양 눈을 어지럽히고 있었다.

"저 앞에 지나가는 저 낭자 보이시지요? 영의정 영감의 조카딸이랍니다. 여기 객주에 이리 장이 설 때마다 와서는 매번 기와집 서너 채 정도의 값을 내어 물건들을 사간다더군요."

객주 안으로 채 들어서기도 전에 이미 얼이 빠진 것 같은 오씨 부인을 안으로 인도하며, 서경은 객주 골목을 누비는 다른 양반가의 여인들에 대해 일러주기 시작했다. 모두 한다 하는 사대부 가문의 아녀자들이었다.

"저쪽에서 비녀를 고르고 있는 저분은 누군지 아십니까? 동현군 마마의 부인 되시는 분입니다."

"군부인 마님의 사촌 동서 되시는? 허면 얼른 가서 인사를 여쭙지 않으......"

"쉿! 여기서는 동행이 아니면 달리 아는 척을 해서는 아니 된답니다. 누가 여기서 무엇을 하고 무엇을 사든 못 본 척하는 것, 그것이 이 객주가 지금껏 금부에 발각되지 않고 문전성시를 이루는 비결이랍니다."

서경의 설명에 오씨 부인은 제가 지금껏 참 멍청하게 살았구나, 한탄하였다. 이런 좋은 곳을 저만 모른 채, 다른 사대부 여인들은 다 알음알음 누리며 살아왔다는 사실에 새삼 우물 안 개구리 같았던 제 신세를 한탄하였다.

또한, 동시에 제게 이런 귀한 경험을 하게 해준 젊은 군부인 마님과 앞으로도 더욱 돈독한 사이를 유지해야겠다는 각오를 다졌다. 그리고는 제법 쓸 만한 물건이 있으면 두엇 정도만 사야겠다는 애초의 결심을 까맣게 잊은 채, 지니고 있는 돈을 모두 털어 욕심껏 물건들을 사들이기 시작하였다. 시어미가 그리 정신없는 동안 은호는 객주 한쪽에서 몰래, 미리 서경이 대기시켜 둔 의원을 만나 진맥을 받고, 어느새 바닥을 비워가는 약낭에 다시 가득 환약을 채울 수 있었다.

그날 저녁.

객주 안에 위치한 여각에서 서경과 제 며느리와 함께 저녁상을 마주한 오씨 부인은 어딘가 반쯤 정신이 팔린 기색이었다. 그 바람에 서경이 무엇인가를 한참 이야기하는데도 숟가락을 든 채 멍하니 있는 것이 오씨 부인의 귀에는 아무것도 들리지 않는 것 같았다.

"……하려 합니다. 부인……, 부인?"

"예? 예?"

"무슨 생각을 그리 골똘히 하십니까?"

"아, 아무것도 아닙니다. 무어라 하셨습니까?"

"근처에 탕치(湯治, 온천에서 목욕하여 병을 고침)로 유명한 좋은 온천이 있답니다. 식사 후에 며느님과 함께 가고자 합니다만, 부인은 어찌하시겠습니까?"

"저는…… 별로 생각이 없습니다."

오씨 부인은 낮에 보았던 삼작노리개 생각에 온천이고 자시고 별로 갈 생각도 나지 않았다. 상질의 비취와 옥, 호박이 섬세한 진홍과 남빛의 매듭으로 연결된 투호삼작노리개는 지금껏 단 한 번도 보지 못한 진

기한 물건이었다. 그것만 제 가슴에 매달면 아무리 고관대작 부인들의 앞에 나서도 꿀릴 것 하나 없을 것만 같았다. 하지만 이미 가진 돈을 모두 털어 비단과 머리꽂이들을 산 까닭에 침만 삼키며 물러설 수밖에 없었던 것이 내내 아쉽기만 하였다.

"하아……."

제가 놓친 삼작노리개를 떠올리며 다시 한번 아쉬움의 한숨을 흘리는 오씨 부인이었다.

"그러시겠습니까? 하면 저희끼리 다녀올 터이니, 부인은 객주 구경이나 한 번 더 하고 계시지요. 이곳 객주의 참맛은 낮이 아니라 밤에 있다 할 정도로 야시장의 풍광이 제법 쏠쏠하답니다."

"……아니오. 괜찮습니다. 저는 그저 안에서 쉬겠습니다."

"그리 피곤하십니까? 그리고 보니 안색도 별로 좋지 않으신 것 같고. 어디가 편찮으십니까?"

"아, 아닙니다."

그리 말하면서도 오씨 부인은 또 한 번 한숨을 길게 내쉬었다. 가지고 싶으나 가질 수 없는 것에 대한 안타까움에 속이 바짝바짝 타는 것 같았기 때문이었다.

"부인께서는 온천에 먼저 가 계시겠습니까? 밖의 객주 사람에게 물으면 어딘지 알려줄 것입니다."

오씨 부인의 상태를 본 서경이 은호에게 넌지시 먼저 갈 것을 권했다.

"아닙니다. 저도 조금 피곤하여 온천은 별로……."

은호가 주저하며 서경을 향해 난감한 눈빛을 보냈다. 제 몸의 상태를 잘 알지 않느냐는 물음이 담긴 눈빛이었다. 심장에 병이 든 제가 뜨거운 온천욕을 즐길 수 있을 리 만무하다는 걸 깜빡 잊은 건가 싶었나 보다.

"그러지 말고 한번 가보셔요. 이곳의 온천은 심장천(心腸泉)이라 하여 심장통이나 피로회복 등에 제법 탕치 효과가 큰 곳이랍니다."

은근한 눈빛으로 한 번 더 적극 권하는 서경의 말에 은호는 하는 수 없이 먼저 일어나 밖으로 향했다. 은호가 방에서 나가자마자 서경은 여전히 제 생각에 잠겨 있는 오씨 부인 곁으로 다가와 넌지시 말을 붙였다.

"어찌 그리 편치 않으십니까? 혹시…… 사고 싶으신 물건이 있는데 못 사서서 그러신 겁니까?"

"아, 아닙니다."

오씨 부인이 황급히 손을 절레절레 젓는다. 괜히 제 분수에 넘는 탐욕을 책잡힐까 걱정한 때문이었다.

"부인의 심정, 다 압니다. 저도 혼례 전 사가의 어머니께서 처음 영복 객주에 데려와주셨을 때 그러했는걸요? 훗……. 가지고 싶은 게 바로 지척에 있는데도 수중에 지닌 돈이 없어 그냥 손가락 물고 보고만 있자니 그야말로 생병이 나는 것 같았지요. 아무 때나 올 수 있는 곳도 아니고, 올 때마다 볼 수 있는 물건들도 아니니 눈에 띄었을 때 바로 사들일 수밖에 없는데 그만한 사정이 안 되니, 어찌나 애가 타던지. 결국, 그날 밤은 뜬눈으로 지샐 수밖에 없었다니까요!"

서경의 말에 오씨 부인이 수긍의 뜻으로 고개를 주억거렸다. 자신의 심정 역시 그러한 까닭이었다. 분명 자신도 오늘 밤 내내, 아니 도성으로 돌아간 이후에도 한동안 잠을 못 이룰 것이 분명했다.

"다행히 저는 그 다음 날 급전을 빌려 기어이 갖고 싶은 걸 손에 넣을 수 있었지만, 그러지 못했다면 아마 지금까지도 생병을 앓았을 것입니다."

"급전을요……?"

뜻밖의 소리에 오씨 부인이 솔깃한 듯 서경에게 바짝 다가앉았다.

"여기서 급전을 빌릴 수 있단 말입니까?"

"그럼요. 여기 객주의 물건들이 모두 특별한지라, 그 값이 이만저만하지 않은데, 정작 물건을 사려는 이들은 대부분 그만한 현금을 갖고 오진 못하니까요. 집 한 채, 두 채 값을 한 번에 들고 오려면 그 또한 여간 성가신 일이 아니지 않습니까?"

"그럼요, 그렇고말고요."

"그러다 보니 객주에 있는 각 상단의 대방과 도방들은 장사 편의를 위해서 급전을 놓고 있지요. 부인도 정 갖고 싶은 게 있다면 그리 해보세요. 믿을 만한 자를 소개해드릴까요?"

"아, 아니요. 저야 뭐……. 그 정도로 갖고 싶은 건 없어서……."

"그럼, 그냥 두시든가요."

자신의 은밀한 제의를 애써 마다하는 오씨 부인을 보고 서경이 가벼운 몸놀림으로 벌떡 일어나 방을 나서려는데, "저기……" 하며 오씨 부인이 서경의 걸음을 붙잡았다.

"저기, 만약 그럴 마음이 들면 누구에게……?"

제 눈을 피하며 묻는 오씨 부인을 보며 서경이 그럴 줄 알았다는 듯 빙긋, 미소를 지었다.

✿

"하아…………"

뜨거운 김이 모락모락 피어오르는 온천탕에 얇은 치마, 저고리 차림으로 몸을 담근 은호는 가볍게 한숨을 내쉬었다.

피곤하였다. 서경은 믿으라 하였지만, 영문을 모른 채 휘둘리는 입장에서는 여간 피곤한 것이 아니었다.

도대체 서경과 그 사내는 어찌 아는 사이인지. 군부인 마님이 된 서경이 왜 그런 사내를 도우려 하는 것인지. 그리고 도대체 자신을 어떻게 돕겠다는 것인지, 이해가 가지 않는 일투성이였다.

첨벙.

복잡한 생각을 정리하려 은호는 온천탕 속에 머리끝까지 담갔다 다시 수면 위로 얼굴을 내밀었다. 그리고선 이젠 탕 밖으로 나가야겠다는 생각에 머리에서부터 흘러내리는 물기를 이마 위로 쓸어올렸다. 아무리 심장천이라 하지만 뜨거운 열기에 오래 잠겨 있을 만한 자신이 없었다.

하여 막 몸을 일으킬 때였다.

"그간 별일 없었소?"

은호 등 뒤에서 갑자기 귀에 익은 사내의 목소리가 들려왔다. 놀란 은호는 얼른 제 몸을 물속 깊이 가라앉혔다.

'왜……?'

두근두근 떨리는 마음을 진정시키려 애쓰며 얼굴만을 물 위로 내놓은 채 은호는 소리가 들려온 방향을 돌아보았다. 시야를 가린 온천탕의 뜨거운 김 사이로 희미한 사내의 형체가 보였다. 그 형체는 점점 더 가깝게, 뚜렷하게 보이기 시작했다. 사내가 온천탕 주변의 바위들을 긴 다리로 훌쩍 뛰어넘어 점점 더 다가오고 있었기 때문이었다.

점점 또렷해지는 사내의 모습에 당황한 은호가 얼른 뒤로 돌았다. 물속에서 두 손을 교차하여 어깨를 잡으면서 혹시 드러나 보일지 모를 제 몸을 가리며 외쳤다.

"더 이상 다가오지 마라."

"그리 큰 소리를 내면 바깥에 지키고 선 사람들이 수상하게 생각하지 않겠소?"

무현의 지적에 은호가 얼른 합, 하며 입술을 오므렸다.

이 온천탕은 영복객주에서 걸어서 한 다경(15분) 정도에 있는 곳으로, 계곡 입구에 세워진 여인들 전용의 탕이었다. 겉보기에는 작은 기와집같이 보이는 온천탕의 주변은 키 높은 싸리울이 빙 둘러져 있고 그 곁을 다시 우거진 풀숲들과 울창한 나무들로 메워져 있어 혹시 있을지도 모를 구경꾼들의 시선을 철저히 차단하고 있었다. 또한 그 입구에는 사내들만큼 건장한 체구의 여인들이 몇 명이나 서서 잡인들의 출입을 경계하며 단단히 경비를 서고 있었다. 그러니 온천탕에 홀로 든 은호가 큰 소리를 낸다면, 또 그 소리가 바깥의 문지기들에게 들린다면 분명 수상히 생각하고 둘러보러 들어올 것이 분명했다.

"……썩 물러가지 않으면 사람들을 부르겠다."

말의 내용과 달리 은호의 목소리는 좀 전보다 확연히 작아져 있었다. 그 소리의 크기에 힘을 얻은 까닭인지 무현은 이제 온천 속에까지 들어왔다.

첨벙 첨벙,

물을 가르고 제게 다가오는 무현을 피해, 은호는 반대쪽을 향해 서둘러 걸어가기 시작했다. 하지만 물속 걸음 역시 무현의 상대가 되지 않았다. 무현과 은호의 사이는 점점 좁혀지기 시작하더니 결국, 몇 발자국 지나지 않아 은호는 무현에게 따라잡히고 말았다.

"그대는 참으로 짜증 나는 여인이야. 몇 번이나 잡았다 생각해도 결국 놓쳐버리고 말거든."

무현이 은호의 등 뒤에서 은호의 허리를 감싸 안았다. 물에 젖은 얇은 치맛자락 느낌은 맨살의 느낌 못지않게 사내의 마음을 묘하게 자극하고 있었다. 무현은 물속에서 살에 찰싹 달라붙는 옷자락의 느낌을 만끽하며, 은호의 작고 둥근 어깨에 제 고개를 얹었다. 그러다 보니 나직한 무현의 말은 속삭임으로 변모하여 은호의 귓전에 가 닿았다.

"쫓고, 쫓기고. 언제까지 이런 바보 같은 짓을 되풀이해야 하지? 이제 그만 내게 잡혀주면 안될까?"

온천의 열기 때문인지 아니면 무현의 등장 때문인지 빨갛게 볼이 달아오른 은호가 무현이 속삭이는 반대편으로 고개를 돌린 채 들릴 듯 말 듯 작은 소리로 제 뜻을 전했다.

"……나는 무섭다."

"뭐가?"

"너도. 세상도. 그리고…… 나도."

따뜻한 온천물과 달리 밤 공기에 드러난 은호의 어깨는 금세 차게 식어가고 있었다. 그 작고 마른 어깨를 떨며 은호가 말을 이었다.

"나는 너에 대해 아직 아무것도 모른다. 네 정체가 뭔지, 네가 하는 일이 뭔지, 심지어 너의 이름조차도……."

무현이 은호를 돌려세웠다. 그리고 긴장으로 파르르 떠는 은호를 다정한 눈빛으로 바라보았다.

"그리고?"

"너와 함께 가버리고 나면 내 부모님은, 우리 집안은……."

"그 이야긴 이미 지난번에 했고. 또?"

변변한 답도 없이 자신의 말을 잘라먹은 무현을 원망스레 보며 은호가 질책하였다.

"너는 나를 속였어."

"……."

"나도 모르는 사이에 너는, 내가 내 서방님을, 내 집안을 그리고 나를 배신하게 한 것이야!"

"……."

"그런데, 그런데……."

자신이 해대는 원망을 묵묵히 따뜻한 눈으로 받아주는 무현에게서 시선을 돌린 은호가 한참을 망설이다 진짜 제 속내를 털어놓았다.

"그런데도 네가 싫지 않은 내가, 네가 밉지 않은 내가, 뻔뻔스럽고 수치스러워 견딜 수가 없다. 나를 나로 있게 하지 않은 네가 원망스러운데도, 달리 거부하지 못하는 나의 이 나약함이 미치게 싫다."

어느새 은호의 눈에는 찰랑찰랑 눈물이 차오르고 있었다. 목소리에는 울음기가 담뿍 담기고 있었다.

"나는 군부인 마님처럼 용감한 여인이 아니다. 나는 그분처럼 현명한 여인도 아니다. 나는 네 말대로 비겁하고 멍청한 여인일 뿐이야. 그러니…… 이대로 나를 버려다오."

"…… 당신 말대로야."

무현이 은호의 뺨에 두 손을 가져갔다. 은호의 뺨을 사뿐히 감싸고 저와 눈이 마주할 수 있도록 그 고개를 들어 올렸다.

"당신은 정말 비겁한 여인이야. 자신이 선택할 용기가 없으니, 나더러 버려달라고? 그럼 나는? 나는 어떻게 해야 하지? 홀로 이 땅을 떠나면 이국땅에서 조선을 오가는 사람들에게 매번 당신의 안부를 물으며 살까? 그리하여, 언젠가 바람결에 당신이 죽었다는 소식을 전해 들으면? 당신 시집 앞에 열녀문이 세워졌다는 소식을 전해 들으면? 나는 어떤 표정을 지어야 하지?"

계속되는 무현의 물음에도 은호는 입술을 굳게 다물고 눈을 내리깔아 무현의 시선을 피하고 있을 뿐이었다.

"미안하지만 난 안 그럴 거야. 당신을 버리지도, 겁먹어 지레 포기하지도 않아. 세상에 보란 듯이 당신을 빼앗고 말겠어! 훔치고 말겠어! 그러니 당신은 실컷 고민하고 괴로워해. 당신 의지 따위와는 상관없이 나는 강제로 당신을 뺏으면 그만이니까!"

말이 끝나기가 무섭게 무현이 은호의 입술을 빼앗았다. 감미로움 따위와는 거리가 먼, 오직 '뺏는다'는 의미를 보여주기 위한 입맞춤인 듯, 강렬한 입맞춤이었다. 그 뜨거운 입술이 민망하고 두려워 고개를 틀어 피하려는 은호의 머리통을 힘주어 잡고선 한참을 더 은호의 입안을 탐하더니 일부러 '쪽' 하는 소리까지 내어가며 입술을 떼었다.

무현의 품에서 비로소 해방된 은호는 원망스럽다는 듯 다시 눈물을 글썽이며 그를 본 후 제 손등을 들어 입술을 쓱쓱 거칠게 닦았다. 그리곤 온 힘을 다해 무현의 가슴을 밀어버리고 온천물을 가르며 반대편을 향해 걸음을 빨리하였다.

찰방, 찰방⋯⋯

은호의 등 뒤에서 물소리가 들렸다. 무현이 뒤를 쫓는 소리였다. 은호는 좀 더 걸음을 빨리했다. 이번에 잡히면 더한 짓을 당할 것 같은 예감에 걸음을 서둘렀다. 하지만 채 두어 걸음을 더 내딛기도 전에 은호는 비틀, 몸의 균형을 잃고 말았다. 온천 바닥을 서둘러 디디던 발이 미끄러진 것이었다. 결국, 첨벙 하는 소리와 함께 은호는 온천물 속으로 가라앉고 말았다.

온천탕은 원래 목 아랫부분 정도밖에 차지 않는 물높이였지만, 바닥을 디디려는 은호의 다리를 속치마자락이 휘감아 방해하다보니, 제대로 몸을 일으킬 수가 없었다. 그 때문에 물 밖으로 얼굴도 내밀지 못하고 허우적대고 있자니, 문득 단단한 사내의 팔이 은호의 몸통을 잡아주는 것이 느껴졌다.

그 팔에 매달려 물 밖으로 고개를 내밀 수 있게 된 은호는, 자신도 모르게 살고 싶다는 몸의 본능에 따라 사내의 목에 두 손을 감고 매달렸다. 그리곤 사내의 어깨에 제 고개를 걸치곤 헉, 헉 가쁜 숨을 몰아쉬었다. 또다시 발작이라도 일으킬 것처럼, 숨을 쉴 때마다 은호의 가슴이 격하게 오르내렸다.

"괜찮아. 무서워하지 마. 이젠 안전해."

무현이 제 목과 제 어깨에 매달려 숨을 몰아쉬는 여인의 뒤통수를 다정히 어루만져주었다.

"하아……, 하아……."

서서히 숨이 진정되어감에 따라 은호도 본래의 제정신으로 돌아왔다. 순간, 은호는 제가 누구의 어깨에 매달려 있는지를 깨닫고는 무현의 어깨에서 빠져나오려 바르작대며 몸을 비틀었다.

"아무 데도 가지 마."

무현이 더 힘주어 은호의 젖은 몸을 감싸 안았다. 철썩! 은호가 원망을 담아 무현의 사내다운 넓은 어깨를 때렸다. 단단한 등을 때렸다. 무현의 어깨에 매달리는 바람에 온천탕 바닥에서 들어올려진 발을 허우적대며 무현의 정강이도 찼다. 여인의 힘이라지만 그래도 제법 아플 법도 하련만, 무현은 꿈쩍도 하지 않았다.

철썩!

"날더러 이제 어찌하라고……."

철썩! 철썩!

"왜 나를……! 왜 나를……!!"

"연모해!"

마침내 터져나온 무현의 고백에 은호의 손이 멈췄다.

"멍청하고 바보 같고 질기게도 고집 센 당신이란 여자를 연모해!"

무현이 다시 한번 뜨거운 고백을 전했다.

"남의 아내가 된 당신이라도 훔치지 않고선 견딜 수가 없을……."

무현의 말이 끝나기도 전에 와락 은호가 무현의 목을 끌어안았다. 이번에는 확고한 제 의지로 무현의 품에 안겼다.

"당신은…… 누구죠?"

은호가 물었다.

"감. 무. 현. 그게 내 이름이야."

무현이 답했다.

"……감. 무. 현."

은호는 사내의 어깨에서 고개를 들어 처음 이름을 알게 된 사내의 얼굴을 쳐다보았다.

"무현……."

은호의 입술 사이에서 다시 한번 제 이름이 나오는 것을 들은 무현이 은호에게 조금 더 깊이 다가섰다.

"무현."

은호가 저와 딱 맞아떨어진 남자와 시선을 맞추며 마치 특별한 주문이라도 되는 양 다시 한번 이름을 되뇌었다. 그리고선 고개를 뒤로 젖힌 채 작은 한숨을 쉬었다.

하늘을 향한 은호의 시선에 금세라도 쏟아질 듯 밤하늘을 가득 메

우고 있는 별들이 현란한 빛의 윤무(輪舞)를 그리고 있는 모습이 들어
왔다.

"웃……."

무현이 은호의 젖은 치맛자락을 헤쳐 단 하나의 속옷을 빼어내어 던
져버렸다. 은호는 온천물 위에 둥둥 떠가는 제 다리속곳을 보며 부끄
러워 다시 밤하늘로 시선을 돌렸다.

"하아……."

무현의 뜨거운 손이 성급하게 은호의 몸 사이로 파고들어왔다. 그
거친 움직임과 함께 아까와는 다른 의미로 제 몸을 휘감는 온천물의
생경한 느낌에 은호는 저도 모르게 무현의 어깨에 손톱을 세웠다.

"당신을 갖고 싶어."

무현의 뜨거운 속삭임에 은호가 보일 듯 말 듯 작게 고개를 끄덕였
다. 그 순간, 무현이 은호의 두 허벅지를 힘주어 들어 올리고는 제 허리
에 감도록 하였다. 살갗에 달라붙은 젖은 치맛자락 아래 새하얀 은호
의 허벅지가 단단한 무현의 허리에 감겼다. 무현이 그 상태로 은호를
안고서는 자신의 입 앞에 와 닿은 은호의 가슴을 코끝으로 문질렀다.

"웃!"

은호가 길게 몸을 펴, 무현이 든 것보다 한층 더 높이 치솟았다. 무
현은 은호가 저를 내버려두고 하늘로 날아갈 것만 같아, 서둘러 은호
를 잡아 제게로 이끌었다.

"당신은 자꾸 나를 미치게 만들어."

무현이 격하게 제 감정을 토로한 후, 은호의 부풀어 오른 입술에 다시 진한 제 입술 인장을 찍어 넣었다. 그러다 마침내 더는 참지 못하겠다는 듯, 은호를 안아 올리고는 물 밖으로 걸어 나갔다. 은호는 무현의 목에 얼굴을 묻고, 제 안에서 피어오르는 급격한 욕망에 바들바들 몸을 떨었다.

"후훗."

은호의 떨림을 눈치챈 무현이 슬며시 웃었다.

그 웃음에 약이 오른 은호가 괜히 그의 어깨를 찰싹 소리 나게 때렸다. 이윽고 무현이 온천탕 옆 정자에 가 앉자, 이제는 제 몸을 가려줄 물이 없음을 깨달은 은호는 참을 수 없는 부끄러움에 두 손을 들어 얼굴을 가렸다.

무현은 달빛의 도움을 받아 비로소 온전히 제 품에 안긴 여인을 내려다보았다.

내내 뜨거운 물속에 있다가 차가운 밤공기를 접한 은호의 살결은 물기를 담아 한층 더 어여삐 반짝이고 있었다. 물에 젖어 달라붙은 속치마와 속저고리는 몸을 가리는 기능을 잊은 채 여인이 가진 곡선을 한층 더 관능적으로 보이게 하고 있었다.

눈을 미혹하는 그 아름다움에 참을 수 없어진 무현이 몸을 굴려, 은호를 제 아래에 두고 엎드렸다. 은호는 얼굴을 가렸던 두 손을 살짝 내려 눈만을 드러내놓고선 그 물기 어린 눈으로 정인(情人)을 올려다보았다. 무현은 그 진한 눈빛에서 저와 같은 욕망을 읽고, 기쁘게 몸을 떨었다.

"나를 원해줘."

사내다운 큰 손으로 은호의 뺨을 감싼 채 무현이 속삭였다.

"당신이 나를 원해줘. 내 지긋지긋한 운명에서 나를 뺏어줘."

뜨겁게 또한 아프게 저를 내려다보는 무현을 보고서, 은호는 그 말에 대한 답인 양 천천히 두어 번 눈을 깜빡였다. 그리곤 제 뺨을 감싼 무현의 손을 들어 그 손바닥에, 굳은살이 단단히 박인 그 넓은 손바닥에 쪽, 입을 맞췄다.

"은호……."

무현이 감격에 떨며 은호의 이름을 불렀다. 그 부름에 화답하듯, 은호가 무현의 등에 손을 감아, 제게로 좀 더 가까이 이끌었다. 제 희고 날씬한 다리로 무현의 단단한 허벅지를 감았다. 제 쪽에서 손을 움직여 넓은 무현의 가슴팍을, 그 아래 여러 겹으로 갈라진 탄탄한 복근을 쓰다듬었다.

그것을 신호로 더는 무현도 은호도 부끄러움을 남기지 않았다.

사내도, 여인도 오직 달빛 아래 서로만을 눈에 가득 채운 채 숨 가쁘게 욕망을 좇았다.

은호의 물에 젖은 옷들은 성급히 몸에서 사라져갔고, 무현의 옷들도 모두 공중을 향해 던져졌다.

부끄러움도, 민망함도, 조심스러움도 모두 잊었다. 손끝에서 발끝까지 어느 것 하나 욕망에 충실하지 않은 게 없었다. 누가 더도 없었고, 누가 덜도 없었다.

무현이 조심스러워하면 대담해진 은호가 무현의 손을 이끌었고, 은호가 주저하면 성급한 무현이 재촉하였다.

무현은 은호를, 은호는 무현을, 사내와 여인이 서로를 마음껏 누렸다.

그로부터 잠시 후.

"하앗!"

별빛이 요동치는 온천장의 하늘에 사내와 여인의 신음소리가 길게 꼬리를 빼며 울려 퍼졌다.

✻

그 시간, 객주의 점포 안에서는 오씨 부인이 그토록 갖고 싶어 했던 투호삼작노리개를 손에 들고 이리 보고, 저리 보며 흐뭇해 하고 있었다.

"오호, 이것을 사셨습니까? 영롱한 비취의 빛이며 크기며, 흠결 하나 없는 옥까지, 참으로 여간해서는 쉽게 구하기 어려운 노리개이군요. 매듭이며 염색까지 그야말로 상질(上質, 품질이 좋음) 중의 상질이 아닙니까? 부인의 물건 보시는 안목이 상당하십니다."

서경이 오씨 부인의 곁에서 노리개를 들여다보며 입에 발린 말로 오씨 부인을 칭찬하였다.

"호호호. 칭찬이 과하니 몸 둘 바를 모르겠습니다. 안목이랄 것까지야 있나요? 그저 귀한 물건이 귀히 보일 뿐이지요."

그리 말하며 오씨 부인은 다시 한번 막 제가 사들인 투호삼작노리개를 기쁨에 겨워 두근거리는 마음으로 쓰다듬었다.

이것이 너무 갖고 싶어 기어이 서경이 소개해준 상인 두 명에게 급전까지 빌린 터였다. 거의 이천 냥에 근접하는 돈이었다. 과하다면 충분히 과한 돈이었다. 임진사가 알면 대로할 일이기도 했다. 하지만 갚지 못할 정도의 돈은 아니었다. 은호네 집에서 해온 혼수가 썩 마음에 들 정도는 아니었지만 그래도 얼추 집 한 채 값은 될 정도이니, 그것에다가 제가 이제껏 남편 임진사 몰래 따로 꿍쳐뒀던 쌈짓돈을 더하면 그것만으로도 충분히 충당하고도 남을 돈이었다.

'도성에 올라가는 대로, 영감 모르게 몇 가지들만 처분하면 그뿐이야. 어차피 생색용 혼수 정도에 지나지 않는, 그저 그만한 것들뿐이었으니, 그것들을 내다 판들 무슨 흠이 되겠는가?'

자신들이 며느리에게 어떤 잔인한 짓을 했는지 알면서, 또 그리 넉넉지 못한 은호의 집에서 그만한 혼수를 해오기 위해서 적지 않은 무리를 했다는 걸 능히 짐작하고 있으면서도 오씨 부인은 그저 욕심에 취해 그 모든 것들을 모르는 척 외면하였다.

"마님, 이걸 한번 보시겠습니까?"

그렇게 오씨 부인이 드디어 제 손에 넣은 투호삼작노리개의 아름다움에 흠뻑 빠져 있을 때, 노리개를 판 상인이 짐짓 문 쪽의 눈치를 살피더니 서경에게 말을 붙여왔다. 이어 제 뒤편에서 포목 꾸러미를 가져와 끌르곤 그 안에서 현란한 문양의 비단 한 필을 꺼내 서경의 어깨에 걸쳐주었다.

"오늘에서야 제 손에 들어온 아주 귀한 것입니다. 중국에서부터 들여온 것이지요. 아무 분들에게나 보여주는 그런 흔한 물건이 아니지요. 마님 정도 되시는 분들에게만 은밀히 권하는 특상질의 비단이옵니다."

"이것은…… 그 귀하다는 문주(紋紬 : 무늬를 놓은 비단)가 아니던가?"

서경이 호들갑스럽게 놀라는 척을 하며 제 어깨에 걸친 비단을 쓰다듬었다. 괜히 저들 말고는 아무도 없는 빈 점포를 두리번거린 후 목소리를 낮춰 상인에게 은밀히 물었다.

"이것을 어찌 손에 넣었는가? 주상 전하께서 부인네들의 사치를 우려하시어 금문(禁紋, 문주무역 금지)의 전교를 내리셨거늘. 어찌 자네가 손에 넣을 수 있었단 말인가?"

서경의 호들갑에 내내 노리개만 보고 있던 오씨 부인이 눈을 들어 서경의 어깨에 걸쳐진 비단을 보았다. 이내 오씨 부인의 눈이 화등잔만하게 커졌다.

"이게 다 뭐, 뭡니까?"

마치 홀린 듯이 오씨 부인이 서경의 곁으로 다가와 떨리는 손을 들어 비단을 어루만졌다. 손이 언제 닿았는지도 모르게 미끄러지는 화사한 붉은 비단이었다. 전체 천에 새겨진 칠보(七寶) 문양은 너무 과하지도, 부족하지도 않게 그 화사함을 돋보이게 하고 있었다.

분명 눈 달린 여인이라면 나이와 관계없이 누구라도 빠져버릴 것 같은 아리따운 비단이었다. 이 비단의 아름다움에 비하면, 좀 전까지 제가 그리 빠져있던 노리개의 화사함 따위는 아무것도 아니었다. 잘 세공된 보석 앞에 굴러다니는 울퉁불퉁한 자갈에 지나지 않는 정도일 것이었다.

"소인이 장담합지요. 이 조선 팔도에 이만한 문주는 채 다섯 필도 되지 않을 것입니다."

"자네는 어, 얼마나 지니고 있는 것인가?"

상인은 서경에게 이야기하는데 묻는 건 오씨 부인이었다.

"이것 딱 한 필뿐이옵니다. 실은 어떤 정승댁 마님께서 미리 주문하셔서 몇 달 동안 공을 들여 어렵게 들여왔습니다만, 안타깝게도 그 댁 영감마님이 얼마 전 좌천이 되신지라 이렇게 임자 없는 물건이 되고 말았지 뭡니까?"

'허면, 전 좌상댁 마님이 주문하셨던 거란 말인가?'

오씨 부인은 여전히 비단에서 손과 눈을 떼지 못한 채 생각을 거듭하였다.

'갖고 싶구나. 참으로 갖고 싶어. 허나 군부인 마님이 사겠다고 하면 달리 살 도리가 없지 않은가? 저놈은 왜 내게 먼저 권하지 않고. 쯧쯧.'

아쉬움에 괜히 제 앞의 상인을 찌릿 노려보고 있자니, 문득 서경에게서 작은 한숨 소리가 들려왔다.

"휴우!"

"어찌…… 그러십니까?"

오씨 부인이 물었다.

"참으로 좋은 물건에 좋은 기회이긴 합니다만, 제가 가질 수 없는 물건인지라 이리 속이 상합니다."

서경이 아쉬운 듯 몇 번 입맛을 다시더니 이내 제 어깨에 걸쳐진 비단을 걷어 상인에게 돌려주었다.

"좋은 물건이긴 하나, 나는 되었네."

"아니, 이리 좋은 물건을 왜 그리 쉽게 포기하십니까?"

도통 이해가 가지 않는다는 얼굴로 오씨 부인이 물었다. 젊은 군부인 마님이라면 충분히 사고 남을 정도의 재력이 있을 터였다. 가진 돈이 없다면, 저에게 소개해주었듯이 급전을 빌리면 될 일이었다. 그런데 평생에 한 번, 손에 넣기도 힘든 이리 귀한 물건을 어찌 사지 않는다는 건지 오씨 부인은 도통 알 수가 없었다.

"어찌 그러십니까?"

오씨 부인이 정말 궁금하여 다시 한번 묻자니, 서경이 그런 오씨 부인을 구석으로 끌고 가 이유를 들려주었다.

"저도 갖고 싶지요. 하지만 산다 한들 종친 된 몸으로 제가 어디에서 저것을 입을 수 있겠습니까? 괜히 구설에 오르내리기 딱 좋지요. 생각해보셔요. 주상 전하가 금한 문주비단을 주상 전하의 사촌 아우인 현무군의 부인이 드러내놓고 입고 다닌다는 소문이라도 나면……. 무엇보다도 현무군 마마께서 저를 용서치 않으실 겁니다."

생각만 해도 소름이 끼친다는 듯 서경이 부르르 몸을 떨었다.

"허니 저것은 제게 그림의 떡이자 절벽 위의 꽃이나 다름없지요. 제가 종친 된 몸만 아니라면 금문의 전교가 내려지기 전부터 갖고 있었던 것이라며 핑계나 댈 수 있지만, 종친에게는 그런 핑계조차 허락되질 않으니 속상해 죽겠어요, 정말."

푸념을 늘어놓은 서경이 또 한 번, 길게 한숨을 내쉬었다. 그런 서경에게 오씨 부인이 혹시나 하는 기대감에 눈을 빛내며 물었다.

"미리…… 갖고 있었던 것이라 하면 벌을 피할 수 있는 것입니까?"

"그럼요. 주상 전하께서 친히 금문의 전교를 내리셨다고는 하나, 이미 기존에 갖고 있었던 것들까지 파하라는 영은 아니 내리시지 않으셨습니까? 그래서 전의 좌상댁 부인도 그리 둘러댈 요량으로 주문하셨던 거겠지요. 에휴, 그런데도 저는 그런 핑계조차 댈 수 없으니 이리 안타까울 데가 없습니다."

서경이 짐짓 낙담한 낯빛으로 흘깃 좀 전의 문주를 보자, 오씨 부인의 시선도 함께 문주에게로 향했다.

평생 단 한 번, 지금이 아니면 가질 수 없는, 제 곁의 귀부인조차 가지고 싶어 할 정도의 특별한, 마치 자신을 위해 준비된 것마냥 절호의 기회로 제 앞에 나타난, 마땅히 제 것이 되어야 할 비단이었다.

'저것이 얼마건 나는 사고야 말리라.'

탐욕에 번들거리는 오씨 부인의 눈은 오래도록 문주에서 떨어질 줄을 몰랐다.

✤

그로부터 얼마 후, 서경은 대낮처럼 밝은 객주의 밤거리를 홀로 걷고 있었다. 어찌 보면, 그저 흔연히 야시장의 풍광을 즐기고 있는 듯한 모습이었다.

그런 서경의 뒤로 삿갓을 눌러쓴 키 큰 사내 하나가 따라붙었다. 두

세 걸음 떨어진 상태에서 사내는 서경에게 은밀히 말을 붙여왔다.

"어찌 되셨습니까?"

서경이 답 대신, 흔연히 야시장을 둘러보는 척하면서 소매에서 몇 장의 종이를 꺼내어 뒤로 내밀었다. 삿갓의 사내가 얼른 종이를 받아 제품속에 감췄다. 서경이 오씨 부인의 탐욕을 부채질하여 빌리게 한 급전의 차용장들이었다.

처음에는 급전을 빌리는 것에 그리 주저하더니, 한 번 물꼬를 트고나니 그다음에는 서슴없이 급전을 빌리기 시작한 오씨 부인은 종당에는 거의 만 냥에 가까운 거금을 빌렸다. 그 돈들을 갚으려면 은호네 집에서 보내온 혼수품들뿐만 아니라 집안 전답의 상당 부분을 내놓아야 할 정도였지만, 물욕에 눈이 멀기 시작한 오씨 부인은 거침이 없었다.

고심하여 산 투호삼작노리개와 문주 외에도 섬세한 세공이 돋보이는 비녀며 흑담비 가죽으로 만든 당혜에 이르기까지 눈에 띄는 대로 사들였던 것이다.

"괜찮습니다. 워낙 귀한 물건들이니 사두면 값이 뛰면 뛰었지 절대 내려갈 리 없는 물건들인 것을요. 일단은 눈에 띄는 물건들을 모두 사둔 후, 도성에 올라가는 대로 주변의 부인네들에게 팔 생각입니다. 장사치들처럼 거한 이문은 안 남기더라도 손해는 보지 않을 정도의 값으로만 팔면 급전이야 금방 갚고도 남을 거예요."

서경이 넌지시 급전을 너무 많이 쓰는 거 아니냐고 주의를 주어도, 오씨 부인은 마치 제가 능숙한 장사치라도 된 양 그리 말하며 거침없이 돈을 빌리고, 물건을 사들였다.

그런 오씨 부인의 모습은 서경이 아파 노릇을 하며 봐왔던 탐욕에 절어 제 눈앞의 일조차 제대로 보지 못하던 몇몇 사대부 여인네들의 모습과 별반 다르지 않았다.

"……도와주셔서 감사합니다. 그리고 죄송합니다."

무현이 제 예상 이상의 몫을 톡톡히 해준 서경에게 다시 한번 감탄하며, 고마움과 미안함의 인사를 전했다.

"되었습니다. 인사라면 이미 충분히 들었지 않습니까?"

그랬다.

실은 서경이 임진사 댁으로 은호를 찾아오기 전, 윤이 궁방을 비운 틈을 타 서경을 만나러 갔던 무현은 몇 번이고 고마움과 미안함의 인사를 했더랬다.

"……죄송합니다. 부끄러움도 모르는 놈이라 나무라서도 좋습니다. 정히 어려우시다면 도와주지 않으셔도 됩니다."

한때 자신이 연모하였던 여인에게, 한때 자신이 죽이려고 했던 벗의 아내에게, 은호를 가질 수 있게 도와달라는 말을 꺼내는 일은 참으로 민망하고 부끄러운 일이었다. 한때 술기운을 빌려 청혼까지 하였던 여인에게 다른 여인을 연모하고 있다는 이야기를 하자니 볼이 후끈후끈 달아올라 견딜 수가 없었다.

하지만 은호를 둘러싸고 있는 그 모든 벽들-은호의 마음속 벽까지 포함하여-을 깨려면 서경의 힘을 빌리는 수밖에 없었다.

"그리하겠습니다."

무현이 은호와 자신 사이의 일을 힘들게 털어놓고, 은호를 빼내 오기 위한 계획을 들려주자마자, 서경은 단단히 각오를 다진 얼굴을 하며 즉답하였다.

"어려운 일입니다. 위험한 일입니다."

"……그러니 행수께서 이리 힘들게 제게 도움을 청하신 것이 아닙니까?"

서경은 무현을 똑바로 바라보았다.

자신이 이 사내를 도와야 할 이유는 많았다. 무현이 비록 지금은 관에 쫓기는 몸이라고는 하나, 무현은 엄연히 서경의 은인이었다. 무현이 행수로 있던 사문객주에서는 아파로서 적지 않은 도움을 받았고, 현무군을 죽이라고 명을 내린 좌의정 일파에 맞서 현무군과 제 목숨을 살려준 이기도 하였다. 훗날 무현을 도운 일이 들통 나게 되면, 나라의 죄인을 도왔다는 명목으로 자신 역시 크나큰 위험에 처하게 될 터이지만, 무현을 위해서라면 그 정도는 감수할 수 있었다. 거기다 은호낭자가 그리 잘못된 혼인을 한 것에는 자신의 책임도 큰 것 같아 그냥 외면할 수만은 없었다.

"전부 제 불찰입니다. 제가 괜히 서둘러 매파를 시켜 혼처를 구하도록 하지만 않았다면, 이런 일들이 없었을 것을요. 제가 낭자에게 저지른 죄가 너무 큽니다."

"아닙니다. 그 내외가 그런 짓들을 꾸밀 줄을 누가 상상이나 했겠습니까? 군부인 마님의 잘못이 아닙니다."

무현이 그리 말하는데도, 서경은 사죄의 뜻을 담아 두 손을 가지런히 모으고 허리를 숙여 반절을 했다.

"이, 이러시지 마십시오. 군부인 마님이 어찌 천한 제게 절을 하십니까?"

무현이 당황하여 저 역시 얼른 반절로 답했다.

"제 지아비의 벗이자, 제 사형(師兄, 한 스승 밑에서 먼저 제자가 된 이)이시고, 또한 저희 부부의 생명의 은인이시니 백 번 절을 해도 모자라지요."

엎드린 채 다시 한번 감사의 말을 전하는 서경이었다. 그런 서경에게 무현 역시 깊은 고마움을 느끼며 오랫동안 엎드려 고마움의 뜻을 전했다.

"그분은 지금 어디 계십니까?"

서경이 제 뒤를 따르는 무현에게 은호의 행방을 물었다. 혹시 온천에서 돌아온 것인지 묻는 것이었다.

"아직 그곳에서 군부인 마님을 기다리고 있습니다."

"걸음을 서둘러야겠군요. 헌데, 온천은 잘 즐기셨습니까?"

앞서 걸어가던 서경이 웃음기 가득한 목소리로 뒤에 따르는 무현에게 물었다. 답이 없음에 돌아보고서는 슬쩍 미소도 지었다. 비록 무현이 삿갓을 내려 얼굴을 가린 상태였지만 벌겋게 달아오른 목까지는 감추지 못한 때문이었다.

"두 분이 말씀만 나누라 자리를 마련하여준 것인데, 행수께서도 온천을 즐기신 듯합니다."

"아니, 저. 저는……."

말을 얼버무리며 삿갓을 더욱 깊이 내리는 무현을 보고, 다시 앞을 향한 서경이 시침을 뚝 떼고 다시 한번 무현을 놀렸다.

"행수의 옷에 아직 물기가 가득하지 않습니까? 하긴, 탕치 효과가 좋은 온천이니 행수도 그간 고단하셨던 심신의 피로를 푸시고 싶으셨겠지요."

"……저, 저는 이만 내일 일을 준비하기 위해 가봐야 할 것 같습니다."

민망함에 서둘러 제게 작별 인사를 고하고 성큼성큼 걸어가는 무현의 뒷모습을 보며 서경은 다정한 미소를 머금었다. 그리곤 온천장에서 아직 자신을 기다리고 있을 은호를 위해 걸음을 서두르기 시작하였다. 그런 서경의 뒤에 어느새 상인과 아파의 차림을 한 무현의 사람들이 따라붙었다. 밤길의 위험을 걱정한 무현의 배려였다.

"무얼 그리 생각하고 계십니까?"

서경이 온천장에 도착했을 때, 은호는 마른 옷차림으로 탕 옆의 정자에 앉아 물끄러미 하늘만 바라보고 있는 중이었다.

"……오셨습니까?"

"제가 많이 늦었지요? 홀로 기다리시느라 적적하진 않으셨는지 모르겠습니다."

서경이 다 안다는 듯 눈웃음을 지으며 말하자 은호의 얼굴에 갑작스레 열기가 확 치달았다.

"……괘, 괜찮았습니다."

서경은 그런 은호의 곁에 앉아 모락모락 김이 피어오르는 온천탕으로 시선을 돌렸다.

"온천은 어떠셨습니까? 제법 즐기실 만하시던가요?"

"마님께서는 아니 들어가십니까?"

속치마, 저고리 차림이 아니라 평상복 그대로인 서경을 보고 물은 것이었다.

"저는 원래 뜨거운 것을 좋아하지 않는답니다. 심지어 뜨거운 국도 잘 못 먹을 정도지요. 그러니 아무리 탕치에 좋다고는 하나 저 뜨거운 물에 들어가기는 좀……."

서경이 몸까지 떨어가며 고개를 설레설레 저었다.

"그런데 왜 온천으로 오자고……."

"글쎄요, 왜일까요?"

자신에게 물으며 장난기로 눈을 빛내는 서경을 보며 은호는 쥐구멍이라도 있으면 당장 숨고 싶은 심정이었다. 하여, 부러 화제를 서경에게로 돌렸다.

"구, 군부인 마님께서는 처음 뵈었을 때와 인상이 전혀 달라지셨습니다."

"그런가요? 어찌 달라졌는데요?"

"그때에 비해 한결 더 여유롭고 넉넉해 보이십니다. 얼굴에 드러나는 표정들과 눈빛들도 전에 비해 한층 더 다정하고 다감해지신 듯하고요. 정말, 좋아 보이십니다."

"후후, 그런가요?"

은호는 따뜻함이 느껴지는 서경의 눈빛을 보며 처음 서경을 만났을 때를 되돌아보았다. 겨우 몇 달여 전의 일인데도 까마득한 옛일처럼 느껴지는 것은 그 사이에 제게 일어난 일들이 너무 많아서였는지도 몰랐다. 혼인, 보쌈, 예상치 못한 상대와의 첫날밤 그리고 무현……. 모든 게 한꺼번에 제게 닥친 일들이었다.

"실은."

서경의 말이 은호의 상념을 깼다.

"부인을 이리로 모신 것은 두 분을 은밀히 만나게 해드리고 싶어서였기도 하지만……."

은밀한 만남. 그 말에 불현듯 좀 전에 이곳에서 무현과 자신의 사이에 있었던 그 모든 행위들이 떠오른 은호는 후끈 달아오른 볼을 두 손으로 감싸, 붉은기를 숨기려 하였다. 그 모습에 서경이 다시 눈웃음을 지었다. 잠시 전, 제 앞에서 달아오른 볼을 숨기려 삿갓을 내리던 사내의 모습이 눈앞의 여인과 겹쳐 보였기 때문이었다.

"벗으로서 부인께 들려드리고 싶은 이야기가 있어서였지요."

서경은 서두르지 않고 조분조분한 어조로 제게 있었던 일을 이야기하였다.

"사실 혼인하기 전 저는 현무군 마마, 지금의 제 서방님을 피해 도망친 적이 있었습니다."

"도망을……요? 아니 왜……."

"그분의 청혼을 받아들일 자신이 없어서였지요. 차마 세상에 밝힐 수 없는 비밀을 가진 저로서는 도저히 그분과의 혼인이 불가한 일이었거든요. 그래서 그분 몰래 멀리 이국땅에 가 숨어 살 요량으로 자취를 감추었던 적이 있습니다."

서경이 그때의 자신을 떠올리며 쓴웃음을 지었다.

"그분을 연모하였지만, 세상 사람들을 속여가며 아파로 살아온 제가 그분 곁에 머물 수는 없다 생각하였습니다. 우리는 절대 이어질 수 없는 사이다. 결코 용납받을 수 없는 사이다. 그분과 나의 관계가 드러나면 나뿐만 아니라 내 집안, 내 가족 역시 씻을 수 없는 수치를 안고 살아가야 할지도 모른다. 그리 생각한 끝에 연(緣)을 부정하고, 있는 힘껏 그분을 피해 도망을 치고 말았지요."

"……!"

은호는 소스라치게 놀랐다. 놀랄 수밖에 없었다. 서경이 들려준 이야기는 자신의 이야기나 다름없었다. 당시 서경의 심정은, 기가 막힐 정도로, 지금 은호의 심정 그대로였다. 마치 제 속을 들여다본 것마냥 너무나 흡사했다.

"……그래서요?"

"헌데 쫓아와주시더군요. 도망친 내가 원망스럽다, 밉다 하면서도 잡아주시더군요. 인연이 되려고 그랬는지, 우연히 뵙게 된 시어머님 역시 그리 부족한 저를 내 며느리다 하고 품어주셨고요. 그리 고마운 분들을 제 두려움 때문에, 제 겁 때문에 마다할 수가 없었습니다. 아니, 솔직히 말하면 그리 그분 곁에 주저앉을 기회가 생긴 것이 너무나 고맙고 또 고마워서 다시 고집을 피우고 싶지 않았습니다. 그래서 결심했지요. 연모하고 또 연모하는 그분 곁에서, 나를 사랑해주는 이들과 함께 모든 것을 겪어내겠다고요."

은호는 서경의 말을 들으며, 몇 번이나 뿌리쳐도 제게 다가오던 사내를 떠올렸다. 자신을 훔치겠노라고 단언했던 사내를 떠올렸다. 자신에게 이만 붙잡혀달라던 무현을……

사실 조금 전, 무현이 달콤한 여운을 남기고 쉬 떨어지지 않는 걸음을 재촉하여 떠나간 뒤에도 은호는 완전히 결심을 하지 못한 상태였다. 비록 무현과 이제 더는 남남이 될 수 없는 사이가 되긴 하였지만, 무현의 마음을 받고 제 마음을 주긴 하였지만, 자신이 무현을 따라나서는 것은 또 다른 문제였다. 현실적 이유들이 제 결심을 막고 나섰다. 부모님, 가문, 진철, 건강…….

그렇다고 그 이유들에 발목이 잡히자니 무현에 대한 마음이 막아지지 않을 것 같았다. 무현의 품이, 그가 자신에게 준 그 모든 느낌과 기억들이 평생-그래 봐야 그리 길지는 않겠지만-저를 괴롭힐 것이 틀림없었다. 망설임과 결심 그리고 번복. 제 마음이 저도 종잡을 수 없는 방향으로 이리저리 왔다 갔다 하길 반복하였다.

그런데 제 눈앞의 여인이, 제가 마음속으로 아끼고 존경하는 이 현명한 여인이 자신도 그러했다고 했다. 지금은 세상에서 가장 행복해 보이는 이 여인이 저와 같은 고민을 하였다고 한 것이다.

"……저도 그럴 수 있을까요?"

조심스럽게, 입술을 떨며 은호는 마침내 제 결심을 드러내 보였다. 그런 은호를 서경이 지금까지 보여주었던 웃음 중 가장 환한 웃음을 보이며 다정히 안아주었다.

그리고 두 사람은 아주 오랜 시간 동안, 진짜 죽마고우이기라도 한 것처럼 그간 자신들에게 있었던 일들로 수다를 떨었다. 물론, 이야기의 주인공으로 가장 많이 언급된 이들은, 자신들처럼 벗인 두 사내, 현무군 이윤과 도망자 감무현이었다.

제

8

장

거
래

꼭끼오!

생각이 많아 잠을 깊이 못 든 은호의 귀에 새벽녘, 멀리서 수탉이 해를 치며 우는 소리가 어렴풋이 들릴 즈음이었다. 은호와 오씨 부인이 함께 묵고 있는 객방 문을 누군가가 거칠게 두드려댔다.

"부인, 부인! 기침하셨습니까?! 어서 문을 여세요, 어서요!"

소리의 주인공은 어젯밤 늦게까지 온천장에서 저와 한담을 나누었던 서경이었다. 화급한 부름에 은호는 건성 잠을 깨고 자리에서 일어나 앉았다. 오씨 부인 역시 마찬가지였다. 잠이 쉽게 깨지 않아 거슴츠레한 얼굴을 하고서는 잠자리에서 일어나 앉았다.

"군부인 마님 목소리가 아니냐? 아침 일찍부터 무슨 일이시지? 어서 문을 열어보아라."

은호가 방문을 열자 서경이 뛰어들다시피 방 안으로 들어와 앉았다. 어제의 화려한 차림과는 달리 평범하기 그지없는 무명 치마저고리 차림에, 전날에 높게 드리웠던 가체 역시 온데간데 없이 그저 얌전히 쪽을 찐 모습이었다.

"무슨 일이 있으셨습니까?"

은호의 조심스러운 물음에 답하는 대신, 서경은 오씨 부인을 향해 다급하게 일렀다.

"부인, 어서 짐을 꾸리세요. 어서요!"

"무, 무슨 일이십니까?"

영문을 알 수 없어 멀뚱멀뚱 저만 바라보는 오씨 부인에게 서경이 다시 한번 목소리를 높였다.

"곧 수검소(搜檢所)의 기찰단이 뜬다 합니다. 그자들이 당도하기 전에 우리도 여길 떠야 합니다. 어서요!"

"수검소라면 무역 지대 인근에서 밀무역을 단속하는 곳이 아닙니까? 그들이 어찌 이곳 도성 인근까지 기찰단을 보낸단 말입니까?"

"지금 이러고 있을 때가 아니라니까요! 어서 짐을 싸세요, 어서요."

서경의 재촉에 오씨 부인과 은호는 얼떨떨해 하며 방 안 가득한 짐들을 꾸리기 시작했다. 모두 지난밤 오씨 부인이 거금을 들여 사들인 물건들이었다.

오씨 부인이 밤 동안 내내 설레어 하며 이리 살펴보고 저리 쓰다듬어보느라 몇몇 물건들은 채 정돈이 되지도 못한 상태였다.

"쯧!"

비싸디비싼 물건이다 보니 경황이 없는 와중에도 조심조심 짐을 싸는 오씨 부인의 느린 손길을 보던 서경이 짜증이 나는 듯 혀를 찼다.

"이리 능장을 피우실 때가 아니라니까요? 조금 전 이곳에 당도한 보부상 하나가 이르기를, 며칠 전 늘상 이곳에 물건을 대던 무역상 중 한 놈이 왜관 수검소의 기찰단에게 그만 들키고 말았다 합니다. 그 어리

석은 자가 저 혼자 벌을 받으면 될 것을 이 영복객주에 대한 일들까지 모두 자백했다지 뭡니까? 그 때문에 수검소의 기찰단들이 이곳을 향한 지 오래되었다 합니다!"

서경의 이야기에 오씨 부인의 얼굴이 하얗게 질렸다. 비록 바깥소식에 어두운 반가의 아녀자라고는 하나, 저 역시 집에 오가던 아파들과 매파들을 통해 수검소 기찰에 대한 이야기를 들은 바 있었다. 밀무역은 직접 물건을 들여오고 내가는 당사자들뿐 아니라 그들에게서 물건을 산 자들까지 처벌받는 무거운 중죄라 하였다.

"아무래도 안되겠습니다. 저라도 먼저 이곳을 떠야 할 것 같습니다."

재게 움직이지 못하는 오씨 부인을 한 번 더 짜증스럽게 본 후, 서경이 벌떡 자리에서 일어났다.

"구, 군부인 마님?"

"죄송하지만 두 분이 이해를 좀 해주세요. 종친 되는 몸으로, 이곳에 비밀리에 출입한 것이 알려지면 큰 사달이 날 것입니다. 저 혼자 벌을 받는 것에서 그치면 다행이겠지만 일이 그리될 리 만무하지 않겠습니까. 하여튼 저는 이대로 먼저 도성으로 향할 터이니, 두 분도 어서 짐을 꾸려 이곳을 떠나도록 하세요."

이야기를 마치고 방을 나서다 말고 서경이 문득 다시 뒤를 돌아보았다. 그리고는 여태까지와 달리 차갑기 그지없는 표정으로 오씨 부인에게 경고하였다.

"혹시…… 만에 하나 기찰단에게 걸리게 되더라도 저의 이름을 밝혀서는 아니 될 것입니다. 아시겠습니까? 만약의 경우 부인들이 걸리면 제가 의금부에 힘을 써줄 수 있으나, 저까지 사건에 함께 연루시키면 부인들을 빼낼 방도가 없음을 명심하세요. 아시겠습니까?"

차갑고 날카롭게 전해진 서경의 경고에 오씨 부인은 얼떨결에 꾸벅 고개를 끄덕이고 말았다. 서경의 말이 맞음은 두말할 필요도 없었다. 만약 제가 금부에 끌려가게 되면 저를 도와줄 사람은 젊은 군부인 마님밖에 없음이었다.

"우, 우리도 얼른 서두르자꾸나. 어서!"

서경이 나가자마자 오씨 부인은 은호를 재촉하고 나섰다. 그리곤 저 자신도 조금 전과는 확연히 달라진 빠른 손놀림으로 짐들을 챙기기 시작하였다.

"이, 이게 다 무슨 일이야?"

서경이 떠나고 한 다경의 시간이 흐른 후, 대충 쓰개치마를 뒤집어 쓴 후 각자 짐들을 가득 부여안고 객방 밖으로 나온 오씨 부인과 은호는 아연실색하였다. 전날 밤까지도 객주를 가득 채웠던 좌판들과 상인들이 온데간데 없이 사라졌기 때문이었다. 그뿐만이 아니었다. 거리 양끝에 나란히 늘어서, 온갖 진귀한 물건들로 가득 차 있던 점포들 역시 언제 그랬었느냐는 듯, 휑하니 비어 있기는 마찬가지였다. 객주 안에는 은호와 오씨 부인을 비롯해 지게 위에 짐을 얹고 서둘러 뛰어가는 두어 명의 장사치밖에 없었다.

"벌써 다들 몸을 숨긴 듯합니다. 저희도 얼른 이곳을 떠야 할 것 같아요."

놀라 다리가 후들거리는지, 한 발자국도 꼼짝하지 못하는 오씨 부인을 이끌고 은호가 객주 입구 쪽으로 걸어가기 시작했다. 하지만 각자가 든 짐이 많은 까닭에 걸음은 쉬 빨라지지가 않았다.

"얘, 이러다가는 해가 중천에 뜨도록 객주를 못 벗어나겠구나. 차라리 네가 아랫것들 묵고 있는 주막으로 가서 애들을 좀 불러⋯⋯."

꽤나 많은 짐이 힘에 부쳤던지 오씨 부인이 바로 곁의 텅 빈 가게 안으로 들어가 쉬려던 바로 그 순간, 대여섯 필의 말들이 거친 먼지 바람을 일으키며 객주 안으로 뛰어들어왔다.

"워워!!"

"아이구머니!"

오씨 부인과 은호가 놀라 서로 껴안듯이 하여 한길 옆으로 비켜섰다. 그 바로 곁에 말들이 와서 서고, 말 등에서 뛰어내린 기찰관원 차림의 사내들이 허리춤에서 육모 방망이를 꺼내 든 뒤 객주 이곳저곳으로 뛰어들어갔다.

그중 가장 나이가 많아 보이는 이가 길가에 물러나 있는 은호와 오씨 부인을 보더니 눈을 부라리며 다가왔다.

"별장(別將, 조선시대 무관) 어른! 아무도 없습니다!"

"여기도 텅 비었습니다!"

객주 여기저기에서 관원들의 고함이 들려왔다.

별장이라 불린 사내가 텅 빈 객주를 휘 둘러보고는 오들오들 떨고 있는 오씨 부인과 은호를 향해 물었다.

"여인들은 답하라. 어찌 이 객주에 아무도 없는 것인가?"

"우, 우리는 아무것도 모르오."

"이 객주에서 밀무역한 상품들이 공공연히 거래되고 있다는 이야기를 듣고 왔다! 허니, 너희는 아는 대로 상세히 고하라!"

별장이 다시 한번 눈을 부라리며 오씨 부인을 윽박질렀다. 오씨 부인은 난생처음 당하는 일에 어디가 하늘이요, 어디가 땅인지 구분도 못한 채 그저 어깨를 움츠리고 두려움에 떨고만 있을 뿐이었다. 결국, 은호가 보다 못해 시어머니 앞에 나서 별장과 맞섰다.

"어디의 뉘신 줄 모르오나, 어찌 반가의 아녀자들에게 함부로 하대를 하시는 것이오?!"

"반가의 아녀자라? 진정 그대들이 사대부집 부인들이 맞는다는 건가? 그저 그리 위장한 상인들이 아니고?!"

별장이란 사내가 의심스럽다는 듯 한쪽 눈썹을 치켜세우며 따지고 들었다.

"그렇소. 우리는 도성 임진사 댁 사람들이오."

"흐음, 헌데 어찌하여 사대부 아녀자들이 수상한 객주 안을 배회하고 계신 것이오? 그것도 시비(侍婢, 곁에 따르는 계집종)도 하나 없이?"

별장이란 사내가 여전히 제 의심을 거두지 않고 은호에게 물었다.

"⋯⋯하인들은 모두 이 옆 주막에 따로 묵고 있소. 이곳에 묵을 곳이 부족하여 그리하였소. 내 말을 정 못 믿겠다면 옆의 주막에 우리 집 하인들이 묵고 있으니 사람을 보내 하인들을 불러오면 될 것이 아니오?"

은호의 말에 별장이 어느새 근처 가게들의 수색을 마치고 온 관원에게 고개를 끄덕였다. 명을 받은 관원이 말에 뛰어올라 객주 밖으로 향했다.

"그럼, 신분은 차차 확인키로 하고. 일단 젊은 부인께서 말씀해보시오. 어찌하여 객주가 이리 텅 빈 것이오?"

"모릅니다. 우리는 어제 이곳 인근의 온천을 즐기러 온 김에 이곳의 객방을 빌려 들었을 뿐 자세한 객주의 사정에 대해 아는 것이 없소."

두려운 기색이나 떠는 기색 하나 없이 침착하게 답을 전하는 은호의 모습에 별장이 다시 한번 쓰윽 눈썹을 치켜세우더니, 은호와 오씨 부인이 안고 있는 짐들로 시선을 돌렸다.

"그것은 무엇이오?"

"여행짐일 뿐이오."

"온천을 즐기러 오셨다는 분들 짐이 그리 많단 말이오? ……잠시 안을 보아도 되겠소?"

"어, 어찌 사대부 아녀자의 속짐을 보자고 하시는 겁니까? 그, 그럴 수는 없소이다."

은호의 등 뒤에서 오씨 부인이 제 짐보퉁이를 더 꼭 껴안으며 말했다.

"어허! 그리 내외를 하실 작정이었다면 어찌 아녀자들께서만 이리 수상한 객주에 드셨단 말이요?!"

별장이 버럭 소리를 지르자, 오씨 부인은 기겁할 듯이 놀라 은호의 치맛자락을 붙잡고 달달달 떨었다.

"어머님, 지금 이리 거부한다 하여도 어차피 뒤짐을 당하게 될지 모릅니다."

은호가 제 시어머니를 돌아보며 짐을 보여주자고 하였지만, 오씨 부인은 더욱 단호하게 고개를 흔들 뿐이었다.

"안 된다. 안 돼. 절대로 안 돼……."

"거기! 며느님인지, 따님인지 모르겠소만 젊은 부인의 말씀이 옳소. 여기서 아니 보여주신다고 하면, 인근 관아로 가 다모에게 짐을 뒤지도록 하겠소. 단, 그때는 만약 짐 속에서 수상한 물건이 나왔을 경우 바로 옥에 갇히는 걸 각오하셔야 할 것이오."

별장이 그리 을러대며 손을 내밀자, 마침내 오씨 부인은 떨리는 손으로 제 짐보퉁이를 별장에게 건네줄 수밖에 없었다. 별장은 건네받은 짐을 곁의 관원에게 넘기고, 다시 은호를 향해서도 손을 내밀었다. 은호 역시 제가 들고 있던 짐보퉁이들을 별장에게 건네주었다.

별장과 관원이 각기 보퉁이들의 매듭을 풀기 시작했다. 보퉁이들 안에서는 조금 전 은호와 오씨 부인이 급하게 채워 넣은 옥잠(玉簪 옥비녀), 황옥 노리개, 삼작노리개, 용벼루 등의 진귀한 물건들이 쏟아져 나왔다. 물건들 하나하나가 그 모습을 드러낼 때마다 별장은 못마땅한 기색이 역력한 얼굴로 오씨 부인을 보았고, 그때마다 오씨 부인은 흠칫거리며 별장의 시선을 피하기에 바빴다.

"별장 어른! 이것은 문주이옵니다!"

별장 곁의 관원이 보퉁이의 맨 밑 목면 천 아래 숨겨져 있던 문주를 발견했다. 오씨 부인이 만약의 일을 대비해 목면으로 겉을 둘러 숨겨두었던 것이었다.

"이 문주의 주인이 누구요!"

노한 별장의 목소리가 텅 빈 객주에 울려 퍼졌다.

"이미 오래전 금문의 전교가 내려졌음을 잘 알고 있을 부인들이 감히 문주를 사들이다니!"

별장이 두 여인의 눈앞에 번갈아 문주를 들이대었다. 그저 시선을 고요히 아래로 향한 은호와 달리 눈에 띄게 초조한 기색을 보이며 어쩔 줄을 몰라 하는 오씨 부인을 보고서 별장이 으르렁거리듯 물어왔다.

"뉘에게서 이 문주를 사들이셨소?"

별장이 이제는 얼굴이 창백해진 오씨 부인에게 물었다.

"다시 한번 묻겠소. 부인! 뉘에게서 이 문주를 사들였느냐는 말이오!"

"모, 모릅니다. 어제 이곳 객주에서 처음 만난 상인이었습니다."

"관과 기찰단의 눈을 피해 은밀히 거래되는 문주를 처음 만난 상인이 팔았다……. 나더러 지금 그 말을 믿으라는 소리요?! 그자들은 비밀을 지키기 위해 전부터 거래를 해오던 자들이 아니면 절대 물건을 내어보이지 않는다고 들었거늘!"

"참입니다. 정말로 참입니다."

"정 그리 나온다면 어쩔 수가 없구려. 의금부로 가서 일의 전말을 상세히 들어봅시다!"

별장이 곁의 관원들을 향해 소리쳤다.

"인근 관아에 가서 다모들을 데려오너라! 여기 부인들을 의금부로 압송할 것이니라!"

"아, 아이고! 별장 나리, 잠시만요!, 잠시만요!"

돌아서는 별장의 소매를, 오씨 부인이 잡고 늘어졌다. 일이 급박하다 보니 예의고 법도고 따질 계제가 아니었던 것이다.

"한, 한 번만 봐주십시오. 내게 죄가 있다면 나라에서 엄히 금한 줄 모르고 권한다고 덥석 사들인 죄밖에 없거늘 금부라니요! 너무하십니다!"

"자세한 사정은 금부에 가서 이야기하시오. 너희는 이것들을 갖고 따라오너라!"

별장이 오씨 부인의 손을 떨치고 옆의 관원들에게 짐을 챙기라 이른 뒤 제 말을 세워둔 쪽으로 걸음을 옮기려는데, 그 무정한 모습에 오씨 부인이 눈물까지 글썽이며 다시 하소연을 늘어놓았다.

"그저 실수라 하지 않습니까?! 거기다 그쪽들은 왜관의 수검소에서 오신 분들이니 문주와는 딱히 아무 상관이 없을 텐데, 어찌 이리 무섭게 구시는 겁니까? 흐흐흑!"

순간, 별장의 걸음이 멈췄다. 그리곤 천천히 뒤를 돌아보았다.

"…… 우리가 왜관에서 온 건 어찌 알았소?"

가뜩이나 파리해져 있던 오씨 부인의 안색이 한층 더 하얗게 질렸다. 자신이 안 해도 될 말을 해버렸다는 것을 깨달았기 때문이었다.

"어찌 알았느냐고 묻질 않는가!"

이번에야말로 단단히 노한 별장의 고함이 하늘을 찔렀다. 그 사나운 기세에 오씨 부인은 흐물흐물 제자리에 주저앉고 말았다. 더는 서 있을 수 없을 정도로 다리의 힘이 풀렸기 때문이었다.

"아흐…… 아흐……"

그날 밤. 도성 제집으로 돌아온 오씨 부인은 제 방에서 시름시름 앓고 있었다. 임진사에게는 먼 길을 다녀오느라 몸살이 났다는 핑계를 대고서, 이제는 조금 기력을 회복하였다는 아들 진철의 얼굴도 보지 않고 집에 당도하자마자 안채에 들어 머리까지 싸매고 몸져누운 것이었다.

"이 일을 어쩌나. 아이고오, 아이고……"

혹여 바깥에 소리가 들릴까 곡소리까지 숨을 죽여 내었다. 하긴 오씨 부인이 생병이 날 만도 했다. 어마어마한 급전까지 빌려 사들인 물건들을 모두 기찰단에게 압수당했을 뿐 아니라, 얼마 후면 저를 잡아들이려 의금부 관원들이 올 예정이기 때문이었다.

낮에 객주에서 맞닥뜨린 별장은 근처 주막에서 불러온 임진사네 하인들을 통해 은호와 오씨 부인의 신원을 확인한 후에도 금부로 압송하겠다는 뜻을 굽히지 않았다.

하지만 은호가 자신들의 신원도 확실하고 도망칠 우려도, 더는 숨겨야 할 증좌도 없으니 바로 금부로 압송하는 일만은 하지 말아 달라며 통사정을 한 끝에 별장에게서 집으로 돌아가도 좋다는 승낙을 받을 수 있었다. 무턱대고 반가의 아녀자들을 금부로 압송하기에는 별장도 약간은 부담감을 느낀 듯하였다.

"수일 내로 부인 댁으로 금부의 관원들이 모시러 갈 터이니 충분히 자중하고 근신하고 계시오!"

'수일이라면 언제지? 내일인가? 모레인가? 아니면 사흘 후?'

오씨 부인은 기찰단 별장의 마지막 말을 떠올리며, 또 다시 으깨지듯이 아파오는 머리를 감쌌다. 임진사에게 무어라 말해야 할지도 가늠이 안 섰고, 의금부로 잡혀갈 일도 두려웠다. 거기다 한 달 안에 갚기로 한, 이만 냥에 달하는 급전은 또 어찌할지 걱정이 태산과 같았다.

"그 군부인인지 뭔지 하는 계집이 온천에 가자고 꾀지만 않았다면 좋았을 것을. 괜히 급전을 쓸 수 있다는 이야기까지 해서 내 팔자를 이리……"

꿍얼꿍얼 혼자 앓는 소리인 양 넋두리를 늘어놓고 있던 오씨 부인이 문득 말을 멈췄다. 문득 좋은 묘안이 떠올랐던 것이다.

"잠깐? 군부인이라……?"

몇 번 제 생각을 곱씹어 정리하던 오씨 부인이 자리에서 벌떡 일어났다. 그리곤 급히 방을 나섰다.

"너, 얼른 서찰 한 장을 쓰거라."

득달같이 은호가 있는 별당으로 찾아온 오씨 부인은 앉기가 무섭게 은호를 윽박질렀다.

"무슨 말씀이신지……?"

"군부인 마님께 내일 오전 중에 나랑 함께 찾아뵙겠노라고 그리 서찰을 쓰란 말이다. 마음 같아서는 당장이라도 쳐들어가고 싶지만, 궁방에 그리 함부로 드나들 순 없으니, 내일 뵙자는 전갈을 보내야 할 것이 아니냐?"

"……군부인 마님은 왜 뵙자고 하시는 겁니까?"

"이런 아둔한 것을 봤나?! 왜긴 왜야! 결자해지를 해달라, 그리 청하기 위해서지!"

오씨 부인이 버럭 소리를 지르고는 머리를 손으로 감싸며 끙 하고 앓는 소리를 내었다. 제가 지른 소리에 머리가 울린 탓이었다. 하여 오씨 부인은 언성을 낮춰 다시 이르기 시작했다.

"그 객주에 가자고 꼬인 사람이 누구더냐? 바로 군부인 마님이 아니더냐? 내게 급전을 빌릴 수 있다고 꼬인 사람은 또 누구더냐? 바로 군부인 마님이시다. 즉, 이 모든 사달을 일으킨 건 결국 군부인 마님이란 말이다. 허니 책임을 져주십사 청해야지. 군부인 마님이 나서주시면 설마 우리가 금부로 끌려가기까지 하겠느냐? 군부인 마님도 그래 주시겠노라고 하셨으니 의당 도와주실 거다. 거기다 이 일이 드러나면 곤란해지는 건 군부인 마님이 더하실 터, 그러니 내가 쓴 급전에 대해서도 상당 부분 책임을 지셔야 하지 않겠느냐?"

오씨 부인은 자신이 아주 좋은 계책을 떠올리기라도 한 것처럼 득의양양하게 미소 지었다. 그리고는 자꾸만 주저하는 은호를 몇 번이고 윽박질러 기어이 궁방으로 갈 서찰을 쓰게끔 만들고 말았다.

그로부터 반 시진 후.

서경은 제 방에서 임진사 집에서 보내온 서찰을 들여다보고 있었다. 그런 서경의 앞에는 임진사 집 계집종이 공손히 머리를 조아리고 앉아 있었다.

"내일 오시(午時, 오전 11시)에 오시라고 전하여라."

"네, 군부인 마님."

계집종이 물러간 후, 서경은 다시 한번 서찰을 들여다보며 슬며시 입꼬리를 올렸다. 서찰에는 그저 "어머님과 함께 내일 뵙고 싶습니다"라는 몇 글자만이 적혀 있을 뿐이었지만, 그 글이 뜻하는 것이 무엇인지, 서경은 잘 알고 있었다.

"또, 또. 무슨 흉계를 꾸미고 있는 것이오?"

어느새 방문 앞에 선 관복 차림의 현무군이 서경을 놀리듯 물었다.

"오셨습니까? 퇴궐하신 줄 몰랐습니다."

서경이 얼른 서찰을 접어 소매 안으로 집어넣은 후 일어서 제 연모하는 지아비, 윤을 맞았다.

"뭐가 그리 재미있어 낭군이 온 줄도 모르고 방에만 계셨단 말이오? 서운하구려, 부인. 혼례를 올린 지 얼마나 되었다고, 벌써 애정이 식으셨소?"

윤이 짐짓 토라진 듯 입술을 삐죽거렸다. 언제나 자신만 보면 농을 거는 낭군이기에 서경은 그에 아랑곳하지 않고 그저 비밀스럽게 웃어 보일 뿐이었다.

"또, 또. 그런 웃음. 부인이 그리 웃을 때면 분명 무언가 감추는 일이 있단 말이지. 갑작스레 온천 나들이를 갔다 오질 않나. 도대체 뭐요? 이번엔 또 무슨 일을 꾸미는 것이오?"

"아니 가르쳐 드리겠습니다. 여인네들의 일일 뿐이니 신경 쓰지 마시어요."

"그리 말하니 더욱 수상한걸?"

윤이 서경의 허리를 덥석 끌어안고서는 수만 번을 보아도 질리지 않는 제 사랑하는 여인의 고운 얼굴을 내려다보았다.

"설마 또다시 내게서 도망칠 궁리를 하는 건가? 왜 혼인을 하고 나니 이 사내 참 별 볼일 없다 싶어서?"

"글쎄요. 그럴지도. 훗……."

서경이 제가 온 마음으로 사랑하는 사내를 도발하듯 은근히 웃어 보였다.

"그럼, 내 이대로 잠자코 있을 순 없겠구려."

윤이 서경의 도발에 응답하듯, 서경의 허리를 안고 있던 제 손들을 거두어 자신의 관복을 훌훌 벗기 시작하였다. 두 눈은 서경의 눈에 붙박이처럼 고정시킨 채.

"뭐하시려고요?"

"부인이 다시는 도망갈 생각을 못 하게, 오늘은 제대로 해보려 하오 만……?"

"후훗…… 무엇을요?"

빤히 답을 알고 있지만 새삼스레 서경이 물었다. 어느새 대충 제 겉옷만 벗어던진 윤이 서경을 덥석 안아 들며 몸으로, 진한 움직임으로 제 답을 알려주어 나갔다.

·

·

다음 날, 오시가 되자마자 오씨 부인이 내키지 않아 하는 은호를 데리고 궁방을 찾아왔다.

"부부인 마님께 인사를 여쭙고 싶습니다만……."

서경의 처소에 들어선 오씨 부인은 자리에 앉기 전에 서경의 시어머니인 부부인 홍씨부터 찾았다.

"어머님은 출타 중이시니, 따로 인사를 하지 않으셔도 좋습니다. 어서 이리 와 앉으세요."

서경이 오씨 부인과 은호의 손을 다정히 잡아 이끌었다. 방 한가운데에는 이미 정갈한 다과상이 마련되어 있었다.

"두 분이 오신다 하여 미리 마련해둔 것이랍니다. 저희 집 부엌어멈이 제법 손맛이 있는 자이니, 드시기에 불편하진 않을 것입니다."

하지만 서경이 거푸 권하는데도 오씨 부인은 입맛을 다실 생각도 안 하고, 낯빛을 굳힌 채 제 본론부터 꺼냈다.

"실은…… 오늘 뵙자고 청한 것은 드릴 말씀이 있어서입니다."

"그래요? 그럼 기탄없이 말씀해보세요."

서경이 한껏 다정한 미소를 지으며 오씨 부인을 바라보았다.

"그러고 보니, 어제는 저 먼저 와서 참으로 죄송스러웠습니다. 귀가하시는 데 큰 어려움은 없었는지요?"

서경이 먼저 어제의 안부를 묻자, 오씨 부인이 마침 잘 되었다는 듯 성큼 서경의 앞으로 다가앉아 제 불만을 늘어놓았다.

"말씀 잘 하셨습니다. 오늘 제가 뵙자 한 것도 어제 일에 대해 상의

드릴 것이 있어서입니다."

"상의라니요?"

"어제, 군부인 마님께서 저희만 그리 버려두고 먼저 가시는 바람에 저희가 큰 곤경에 처하지 않았습니까. 너무하셨습니다."

"곤경이라니요? 설마……?"

"네. 예상하신 그대로입니다. 어제 그리 마님이 가시고 난 후 저희도 서둘러 뒤를 따르려 하였으나 때를 놓친 까닭에, 객주를 덮친 기찰단에게 덜미를 잡혔지 뭡니까?"

"세상에! 그러기에 진작 서두르라 하지 않았습니까? 어쩌다가 그런……."

고운 얼굴을 찌푸리며 넌지시 과실을 제 탓으로 돌리는 서경의 말에 오씨 부인은 잠시 기가 막힌 듯 멍한 얼굴을 하였지만 이내 정신을 가다듬고 다음 말을 이었다.

"흠흠, 하여간 그 때문에 애써 손에 넣은 문주는 물론이요, 벼루며 옥잠들까지 그곳에서 산 모든 것들을 압수당하고 말았지 뭡니까? 거기다 기찰단의 별장이라는 작자가 저와 이 아이를 수일 내에 의금부로 부를 것이라 하였습니다."

"오호, 그런 일이 있으셨습니까?"

이번에도 서경은 저와는 전혀 상관없는 남의 일인 양 무심히 받았다. 그 태도가 오씨 부인의 분통을 터뜨렸다. 미간에는 내천(川) 자의 깊은 주름이 졌고, 눈꼬리도 사납게 치켜 올라갔다.

"부인! 이러는 게 아니지요!"

오씨 부인이 탁! 다과상을 내리치며 서경에게 소리쳤다.

"어머님. 군부인 마님께 이 무슨……"

"됐어요. 어디 말씀이나 들어봅시다."

서경이 제 시어머니의 무례한 언동에 놀란 은호를 다독이며, 오씨 부인을 향해 다소곳한 웃음을 지어 보였다.

"부인께서 제게 단단히 서운한 게 있으신 모양입니다."

"서운이요? 하다마다요. 네, 그렇고 말고요. 왜 안 그렇겠습니까?"

서경의 말이 떨어지자마자 오씨 부인이 숨도 쉬지 않고 다다다, 제 원망을 늘어놓았다.

"따지고 보면 이게 다 부인이 저희를 꾀어 벌어진 사단이 아닙니까? 괜히 온천을 가자, 급전을 빌려라, 이번이 아니면 다시는 못 살 물건이다, 하며 이런저런 소리를 하여 꾀는 바람에 결국 저희만 곤경에 빠지게 된 것이 아닙니까?"

"그래서요?"

"그러니 의당 부인께서 도와주셔야지요."

"흐음? 뭘 어찌 도우면 될까요?"

서경의 물음에 오씨 부인의 표정이 달라졌다.

'그래. 이쯤 되면 너도 더 이상 모른 척할 수만은 없는 노릇이겠지. 이제야 이 문제에 칼자루를 누가 쥐고 있는지 똑똑히 보이는 모양이구나.'

오씨 부인은 흠흠 하며 잠시 목소리를 고른 다음에 드디어 제가 이 궁방에 온 목적을, 서경에게 원하는 것을 내어놓았다.

"일단 부인께서는 의금부에 줄을 대어 저희를 소환하는 일이 없도록 하여 주시지요. 하고, 부인의 중재로 빌린 이만 냥도 갚아주셔야겠습니다."

"어머님?!"

너무도 과한 요구에 놀라 내내 곁에 앉아 고개만 숙이고 있던 은호가 오씨 부인을 보았다.

"내가 뭐, 모두가 여기 계신 부인 때문에 생긴 일이니 당연히 부인이 책임져야 할 것이 아니더냐?! 아니 그렇습니까? 부인!"

어느새 웃음이 사라진 서경의 얼굴을 보며 오씨 부인은 더욱 의기양양하게 서경을 몰아붙였다.

"종친의 안사람 되시는 분으로서 몰래 비밀 객주에 드나들고, 엄히 금지된 밀무역 상품들을 사들이며 사치를 일삼으시고……. 이런 일들이 바깥에 알려진다고 생각해보세요. 주상 전하는 물론 종친 웃어른들께 큰 꾸지람을 받으실 뿐 아니라, 군마마 또한 적지 않은 고초를 겪게 되실 것입니다. 일이 그렇게까지 번지지 않게 하려면 부인이 나서주셔야 하지 않겠습니까?"

"지금 나를…… 겁박하시는 겁니까?"

서경이 굳은 낯빛으로 물었다. 드디어 자신이 기대한 모습이 나온 것에 만족해 하며, 오씨 부인은 손을 들어 입을 가리며 작게 웃었다.

"겁박이라니요. 당연한 청을 드리는 것뿐입니다."

"당연한 청이라……."

서경이 오씨 부인이 내뱉은 말을 한번 곱씹더니 고개를 갸웃거렸다.

"그런데 이를 어쩌지요? 저는 부인이 무슨 말씀을 하시는 것인지 도통 알아들을 수가 없으니 말입니다."

"……아니, 그게 무슨 말씀이십니까?"

제 예상과는 전혀 다른 반응에 오씨 부인이 정색을 하고 되물었다.

"말 그대로입니다. 방금 부인이 내게 한 말씀을 도통 모르겠어요. 밀무역 상품에 급전이라……? 이게 전부 다 무슨 말씀이십니까?"

서경이 다시 한번 고개를 갸웃하더니 은호를 향해 물었다.

"부인은 부인의 시어머님이 무슨 말씀을 하시는 건지 알고 계십니까?"

"그것이……."

은호가 채 답하기도 전에 오씨 부인이 서둘러 끼어들었다.

"모, 모른 척하시려는 겁니까? 비밀 객주가 있다며 온천 나들이를 가자고 꾀어놓고, 영복객주에서 제게 급전까지 빌리도록 꾀지 않았습니까!"

"제가요? 그럴 리가요. 부인이 무얼 착각하고 계신 게 아닙니까?"

"오, 오, 온천에 간 적조차 없다 그 말이시오? 우리랑 같이 영복객주에 간 적이 없다고요?! 하!"

서경의 딴청에 기가 막힌다는 듯 코웃음을 친 오씨 부인이 다시 따지고 들었다.

"그리 딴청 한다고 될 일이라 보십니까? 우리 집 하인들과 교자꾼들이 부인과의 동행을 똑똑히 기억하고 있는데도요?!!"

"그래요. 객주까지 동행한 적은 있지요."

"그, 그렇지요?! 그럼……."

"하지만 두 분과 저는 영복객주 앞에서 헤어지지 않았습니까?"

"예에? 그게 무슨!"

"전날 부인 댁에 들렀다가 은호낭자, 아니 부인의 며느님이 너무 몸이 축나셨기에 제가 잘 가는 온천이 있으니, 그곳에 가서 탕치를 하라 권해드렸지요. 헌데 두 분께서 그곳까지 가는 길을 모른다 하셔서, 제가 오랜 벗인 며느님의 면목을 봐서, 또 인근에 마침 제 오랜 지인이 살고 있어 겸사겸사 함께 온천 인근의 객주까지 두 분과 동행해드린 적은 있지요."

"그, 그런!"

시침을 뚝 떼고 보란 듯이 거짓을 읊던 서경은 목이 마른 양 다과상의 감주 그릇을 들어 단숨에 바닥이 보이도록 비웠다.

"어유, 맛나다. 두 분도 좀 드셔보시라니깐요?"

약을 올리듯 아리따운 미소로 재차 다과를 권한 후, 그래도 영 감주 그릇을 들 생각을 안 하는 오씨 부인을 보고선 어쩔 수 없다는 듯 서경이 다시 말을 이었다.

"하여간 두 분이 가마를 물리고 객주 안으로 들어간 후 저는 바로 돌아 나왔습니다. 저희 집 하인들과 제 교자꾼들이 그것을 증명해줄 것입니다. 헌데 제가 부인과 객주에서 함께 물건을 샀다는 것은 누가 증명할 수 있습니까? 제가 부인에게 급전을 빌리기를 권했다는 것은 또 누가 증명하고요?"

"제, 제가 돈을 꾼 장사치들이 있지 않습니까?! 그들이 증명하여 줄 것이외다. 그들이 제 곁에 부인이 있었던 것을 뻔히 보았는데……."

오씨 부인이 마지막으로 제 안에 남은 모든 허세를 끌어모아 센 척을 해 보였다. 하지만 그리 말하면서도 그 시선은 불안으로 흔들리고 있었고, 목도 바짝바짝 타는 것인지, 연신 마른 침을 삼켜댔다.

"과연 그럴까요?"

서경이 손으로 바닥을 짚고는 몸을 당겨, 오씨 부인에게 가까이 다가앉았다. 그리고선 오씨 부인의 두 눈을 정면으로 마주한 다음 느릿느릿한 말투로 이야기하였다.

"그들이 과연 제가 그곳에 있었노라 말을 할까요? 정말 그리 생각하십니까?"

"그, 그야……."

"아니면 어쩌시려고요? 그들이 나를 못 보았다 하면 어쩌시려고요? 그리하여 종친의 안사람을 무고한 죄까지 더하시려고요?"

분명한 겁박이었다. 협잡이었다. 그런데도 서경의 말대로 될 것임을 알기에, 오씨 부인은 달리 따지고 들 말을 찾지 못했다.

"앞으로 부인이 겪을 일에 대해선 참으로 동정을 금치 못하겠습니다만 이리 생떼를 쓰시면 곤란하지요."

말을 마친 서경은 벌떡 일어나더니 방문을 활짝 열어젖혔다.

"더는 부인과 나눌 이야기가 없는 것 같습니다. 이만 돌아가주시지요."

그리곤 밖을 향해 크게 외쳤다.

"진사 부인 가신단다. 차비하여라!"

"네이!"

아랫것의 답이 들려옴과 동시에 서경이 팔을 뻗어 방문 밖을 향해 보였다. 얼른 나가달라는 뜻이었다.

"어서요?"

나가라는데도 나가지 아니하고 창백한 얼굴로 굳은 듯 앉아 있는 오씨 부인에게 서경이 다시 말했다.

"나가시라는 말씀, 아니 들리십니까?"

정중한 그러나 가시 돋친 말투였다.

그때였다. 오씨 부인이 방문가에 선 서경 쪽을 향해, 앉은자리에서 꼬꾸라지듯 엎드려 방바닥에 이마를 대고 조아렸다.

"군부인 마님!"

"어, 어머님?"

"살려주십시오!"

당황하여 저를 일으키려 하는 며느리의 손을 뿌리치고, 다시 한번 고개를 조아린 후 애걸을 하는 오씨 부인이었다.

"군부인 마님, 살려주십시오. 제발 이년 좀 살려주십시오!"

"돌아가세요."

"이대로 돌아가면 저는 정말 목을 매달고 죽을 길밖에 없습니다. 살려주세요, 도와주세요!"

"돌아가시래도요!"

"이대로 돌아가면 저는 죽습니다. 죽고 맙니다. 흐흐흑!"

차가운 답만이 돌아오자, 오씨 부인은 눈물을 철철 흐리면서 기어와 서경의 발목을 잡고 늘어졌다.

"며칠 후면 급전의 차용증을 들고 상인들이 집에까지 쫓아올 것입니다. 그리되면 저는 바깥양반에게 쫓겨나고 맙니다. 돈이 한 두 푼이어야지요. 이만 냥이면 지금 있는 집안 전답 절반을 팔아야 간신히 마련할까 말까 한 돈입니다. 흐흐흑……! 그뿐입니까? 의금부에 잡혀가서 태형이라도 맞게 되면 저는 살아날 도리가 없습니다. 살려주세요. 제 아들이 아픕니다. 많이 아픕니다. 언제 죽을지 모르는 몸입니다. 그 아들 곁을 어미가 지켜주어야 하지 않겠습니까? 으흐흑. 살려 주세요. 살려만 주시면, 뭐든, 뭐든…… 마님이 시키시는 대로 하겠습니다. 제발, 살려만 주십시오."

"뭐든요? 뭐든, 제 뜻대로 한다 하셨습니까?"

"그, 그럼요."

일말의 기대를 품고 오씨 부인은 눈물범벅이 된 고개를 번쩍 들어 다시 한번 애원하는 눈으로 서경을 보았다. 그 모습에 서경이 무엇인가를 곰곰 생각하는 듯하더니, 오씨 부인의 곁에서 역시 서글픈 시선으로 저를 보고 있는 은호를 보고선 눈을 반짝였다.

"오랜 벗의 면을 보아 부인을 도울 길이 없나 생각은 한번 해보겠습니다."

"마님!"

마치 서경의 발이 제 목숨을 살리는 구명줄이기라도 한 듯, 오씨 부인이 감격에 차 서경의 발 앞에 제 머리를 조아렸다. 그 오씨 부인의 머리 위로 겨울 서리처럼 차갑기 그지없는 서경의 말이 떨어졌다.

"단, 조건이 있습니다."

"……조건이요?"

"일단, 댁에 돌아가시는 대로 바깥어른과 아드님과 함께 이 일에 대해 상의해주십시오. 제가 어떤 요구를 하건 들어주겠다는 그 댁 분들의 확약이 없으면 저도 쉽게 움직일 수가 없답니다."

"그……그것은……."

다시 울상을 짓는 오씨 부인을 향해, 서경이 다시 한번 냉정하게 못박았다.

"모든 가족분들이 뜻을 모아주셔야 합니다. 그리하여 이번 일을 무사히 넘기고자 하는 각오가 서신다면, 그때 며느님과 함께 다시 오세요. 급전 문제는 저도 당장 해결하기는 어려우나, 의금부 문제는 한번 힘써 보겠습니다. 그리고 부인!"

서경이 이번에는 은호를 향해 말했다. 두 여인이 오씨 부인에게 들키지 않도록 의미심장한 눈빛을 주고받았다.

"제가 이리 무리한 청을 들어주는 건 오직 부인 때문임을 다른 가족분들께도 알려주세요. 오랜 벗인 부인에 대한 후의일 뿐이지 부인의 시어머님에 대한 후의가 아니라는 점을요, 아시겠습니까?"

"군부인 마님의 두터운 온정, 잊지 않겠습니다."

"그럼, 이만 가보세요. 큰 소리를 연달아 들었더니 머리가 아파집니다."

그리하여 은호의 부축을 받으며 궁방에서 나온 오씨 부인은 가마에 오를 때까지도 내내 눈물을 그치지 못했다. 군부인을 겁박하여 환난에서 벗어나보고자 하였던 기대가 깨진 것이 분하고 원통했던 탓이었다. 또, 집에 돌아가 남편과 아들 앞에서 제가 저지른 짓을 고해야만 하는 것이 무서워 견딜 수가 없기 때문이기도 하였다.

제
9
장

결
행

은호와 오씨 부인이 탄 가마가 궁방에서 점점 멀어져갈 때, 궁방의 문이 슬며시 열렸다. 그리고 어린 계집종 하나가 나와 궁방을 지키고 선 군사들에게 살갑게 눈인사를 한 후, 대로변으로 쪼르르 달려나갔다. 아이는 궁방 앞 삼거리의 골목을 돌자마자 마주친 소년 갓바치에게 제 소매 속에 감춰 두었던 서찰을 꺼내 건네었다. 저보다 서너 살은 어린 소년에게 따로 갖고 온 약과며 떡들을 쥐어주는 것도 잊지 않았다.

　소년이 귀한 먹을거리를 받아들곤 꾸벅 인사를 한 후, 서찰을 가슴 깊이 넣고 다다다 달려가기 시작했다.

　"형님, 두름이가 왔습니다요."

　안가 제 방에서 몇몇의 사내와 두런두런 이야기를 나누던 무현이 밖에서 들려온 홍민이의 소리에 방문을 열었다. 소년 갓바치가 한참을 달려온 탓인지 하아, 하아, 숨을 몰아쉬다가 품 안에서 서찰을 꺼내 두 손으로 바쳤다.

　"애썼다. 홍민아, 준비한 거 있지? 두름이네 집까지 옮겨다 주어라."

　"예, 형님."

무현이 두름이의 머리를 다정하게 쓰다듬어준 후, 홍민이가 쌀섬을 지고 오는 것을 보고서야 방문을 닫았다.

"무슨 서찰입니까?"

방 안의 사내들이 무현에게 물었다. 그리고선 서찰을 펴보는 무현의 기색을 살폈다.

"으음. 아무것도 아닐세."

무현은 '결행(決行)'이라는 두 글자만이 쓰인 서찰을 접어 제 품에 감췄다. 그리고는 방 안의 사내들에게 흔연한 웃음을 지어 보인 뒤 감사의 인사를 전했다.

"무리한 청을 하여서 미안하였네. 모두가 도와준 덕택에 일이 뜻대로 되어갈 듯하네. 모두에게 진 이 신세, 이 은혜, 절대로 잊지 않음세."

무현이 앉은 자리에서 꾸벅 고개를 숙여 인사를 하였다.

"원, 형님도. 저희랑 형님이 어디 남입니까? 몸속에 흐르는 피만 다를 뿐, 한솥밥 먹고, 한 처마 밑에 잠들고, 함께 진흙탕을 구른 친형제가 아닙니까?!"

"그럼요. 좌상 놈한테 붙잡혀서 꼼짝없이 죽는 줄만 알았을 때 구해준 은혜만 해도 아직 갚으려면 한참인 것을요!!"

사내들이 서둘러 무현에게 인사를 돌려주었다.

"그런데 그리 감쪽같이 속을 줄은 몰랐습니다. 문주도 옥잠도 모두 가짜인 줄도 모르고 덥석덥석 사들이던데요? 아마 이번 일로 다시는 문주의 문자도 입에 올리기 싫을 겁니다. 하하하."

그리 말하며 유쾌한 웃음을 터뜨린 이는 영복객주에서 상인으로 위장해 오씨 부인에게 가짜 문주를 팔았던 이다.

"우리는 또 어떻고요. 말도 마쇼. 관원 옷을 위장하고 육모방망이를 휘둘렀더니 완전히 기찰단원인 줄로만 믿어버리던걸요?"

"특히 석원이 형님이 별장이랍시고 눈을 부라리며 호통을 치니까 주저앉는 꼴이라니. 하하하하."

"내가 좀 근엄해 보이기는 하지 않느냐. 내가 길이 잘못 풀려 용화단이 되고 말았지만, 잘만 풀렸으면 무관 말직 한 자리는 차지하고도 남았을 몸이시다."

"어련하시겠소! 하다못해 원님 말똥 치우는 나리쯤은 되셨겠지요."

실없는 농담에 왁, 웃음소리들이 터졌다.

그 뒤로도 한참을 주거니 받거니 이런저런 이야기들을 늘어놓던 자들이었지만 시간이 지남에 따라 점점 말수가 줄어들어갔다. 밤이 되면 뿔뿔이 헤어져 각자의 길로 떠날 이들이었기 때문이었다. 누군가는 남쪽 지방 어딘가로, 누군가는 북쪽 어딘가로, 또 누군가는 먼 이국땅으로 가기로 했다. 그리되면 아마 몇몇은 살아서는 두 번 다시 만나지 못할 터였다. 가장 나중에 도성을 뜨기로 한 무현도 그중 한 명이었다.

"우리…… 정말…… 다시는 만나지 못하는 거요?"

가장 젊은 축에 속하는 사내가 괜히 눈을 비비며 우는소리를 하였다.

"만나지 못하는 게 아니라, 서로를 위해 만나지 않는 것이다."

별장으로 위장하였던 석원이라는 자가 동무들을 둘러보며 그리 위로하였다. 석원 역시 이 자리가 끝나는 대로 부산포로 내려가 왜로 넘어갈 예정이었다.

"……그래! 누가 막아서 못 만나는 게 아니라 지긋지긋해서 안 만나는 것이야!"

"암! 그렇고 말고! 시커먼 사내자식들 얼굴이 뭐 그리 보고 싶겠어?! 정 못 견디겠으면 찾아보면 될 테고. 안 그래?"

사내들이 저마다 서로를 위로하며 그래, 그래, 하고선 고개들을 끄덕였다. 그리고 석원이 아무 말도 없이 저희를 보고 있는 무현에게 제 나름대로 최고의 덕담을 전했다.

"행수, 아니 형님. 꼭 성공하시오. 사는 게 뭐 별것 있겠소? 사랑하는 여인과 백년해로하면 그거야말로 운수대통인 것이지. 꼭 그 여인과 함께 행복하시오. 형님은 행복하셔도 좋을 분이외다."

"행복하시오!"

"떡두꺼비 같은 아들부터 낳으세요!"

석원의 덕담 끝에 다른 사내들도 모두 일제히 머리를 조아려 무현의 행복을 빌어주었다.

무현 역시 긴 말 대신, 그저 고개만 끄덕이는 것으로 그들의 축복을 가슴에 담았다. 그들이 빌어주는 행복을 소중히 가슴에 새겼다.

✽

"제정신이오?! 얼마요? 이만 냥? 거기다 의금부 소환이요? 부이인! 실성하신 게요?!"

"제, 제발 어, 언성을 낮추세요. 아랫것들이 듣겠습니다."

그날 밤, 임진사네 가족들이 모두 모인 곳은 진철의 방이었다.

오전 무렵부터 조금씩 기력을 회복하기 시작한 진철은 이부자리에서 몸만 일으켜 벽에 기대앉아 제 부모의 모습을 힘없이 바라보고 있었다. 은호는 그런 진철과 눈을 마주칠 자신이 없어 그저 방바닥만 바라보며 앉아 있을 뿐이었다.

궁방에서 돌아온 후에도 한참을 미적거리던 오씨 부인은 밤이 시작될 무렵, 드디어 임진사와 아들 진철 앞에서 제가 한 일들을 고했다. 처음에는 어이없어 입만 벌리고 있던 임진사는 오씨 부인의 말이 끝나자마자 이마에 핏대를 잔뜩 세우며 제 부인을 거세게 추궁하기 시작했다.

"대단하오. 참으로 대단하오. 도대체 배포가 얼마나 크시기에 겁도 없이 그리 큰돈을 척척 빌리신 게요?! 뭘 얼마나 거한 걸 샀기에 이만 냥이나 빌렸단 말이요?!"

"아, 아주 고운, 조선에서는 다시 보기 힘든 문주였습니다. 삼작노리개나 옥잠 역시 전에 본 적이 없었던 아주 귀한 것이었지요. 난생처음 보는 귀물(貴物 귀하고 드물어서 얻기 어려운 물건)들이다 보니 저도 모르게 그만…… 흑."

오씨 부인이 변명을 하다 말고 제 설움에 겨워 눈물 바람을 하였다.

"눈물을 그치시오. 내 진작부터 경고하지 않았소. 부인의 그 사치와 허영이 언젠가는 큰 화를 불러올 것이라고!"

"예에, 제가 죽일 년입니다. 죽일 년이지요!"

들다 들다 부아가 난 오씨 부인이 지아비 무서운 줄도 모르고 대들었다. 긴 넋두리도 이어졌다.

"제가 요즘 무슨 정신이 있었습니까? 진철이는, 내 자식은 하루가 다르게 시꺼멓게 시들어가는데 어미가 돼선 아무것도 해줄 것도 없고, 당신은 집안을 지키겠다고 얼토당토 않는 일을 꾸미시질 않나……."

오씨 부인이 말하다 말고 은호와 진철을 힐끗 보더니 옷고름으로 눈물을 찍어내며 더 큰 울음소리를 내었다.

"저도 죽을 맛입니다. 저도 딱 죽고 싶은 심정이에요. 그리 비싼 것을 겁도 없이 어찌 샀느냐고요? 어찌 그리 사치스럽냐고요?! 그것들을 들여다보고 있으니 세상 시름을 다 잊겠더이다. 어여쁜 것들을 보고 있자니, 심란한 집안일도, 속상한 진철이 일도 다 잊겠더이다. 그래서 샀습니다. 살려고, 살고 싶어서 샀습니다. 왜요! 으흐흑!"

오씨 부인은 눈물을 흘리다 못해 기어이 두 손으로 입을 틀어막은 채 오열하였다. 그런 어미를 안쓰럽게 쳐다보던 진철이 힘겹게 입을 떼었다.

"이제……와서……어머님을 책해봐야…… 무슨 소용이……있겠습니까?"

"진철아! 불쌍한 내 새끼……, 가엾은 내 아들. 흐흑, 으흐흑!"

오씨 부인이 진철의 무릎을 끌어안으며 꺼이꺼이 목놓아 울었다. 밖에 들리든 말든 이미 상관이 없어진 모양새였다. 그 모습을 못마땅하게 보고 있던 임진사가 쯧쯧, 혀를 차더니 일어나 방을 나가며 은호에게 말했다.

"군부인 마님께 전갈을 드려라. 명하시는 대로 뭐든 하겠다고."

"영가암……."

오씨 부인이 울다 말고, 눈물 콧물로 지저분해진 얼굴을 들어 남편을 보았다.

"쯧쯧쯧. 부인도 이젠 그 울음 좀 그치세요. 이미 벌어진 일 어쩌겠습니까? 정리할 수 있는 방법이 있다면 그리해야지요."

임진사가 방을 나가고 오씨 부인 역시 힘없는 발걸음으로 따라나섰다.

이제 방에는 진철과 은호만이 남았다. 부부이지만, 단 한 번도 부부인 적 없었던, 남보다 못한 부부가 남았다.

"좀……누워……야……겠소."

진철이 희미한 목소리로 말했다. 은호가 얼른 진철을 부축하여, 자리에 눕는 것을 도왔다. 베개 위에 진철의 머리를 눕히고, 홑이불을 들어 가슴 위까지 단정히 덮어주었다. 그러는 동안 내내 진철은 은호와 눈을 마주치려 하였지만, 은호는 진철을 보려 하지 않았다. 차마 아무 일도 없었던 양 그를 볼 자신이 없었던 탓이었다.

"……오랜……만이오."

진철이 다시 가느다란 소리로 은호에게 말을 걸어왔다. 임진사 집에 들어온 이후로 내외가 제대로 얼굴을 맞대기는 이번이 처음인 것만 같았다.

"…… 네."

은호가 쉽게 움직여지지 않는 입술을 달싹거려 짧은 답만 하였다. 하지만 시선은 여전히 다른 데로 향해 있었다.

"미……안하오."

진철이 제 홑이불을 정리해주던 은호의 손을 잡았다. 은호는 저도 모르게 흠칫 놀라 손을 빼었다.

"죄, 죄송합니다. 놀라서 그만."

진철의 손을 무안하게 만든 것에 은호가 사과를 하였다. 그 모습에 진철이 쓰게 웃더니, 다시 한번 조금 더 목소리를 키워 제 뜻을 전했다.

"…… 미안하오."

진철이 제게 무엇을 사과하는 것인지 은호는 금방 알아듣지 못했다.

"내 부모님이 그대에게 몹쓸…… 짓을 하였소. 사람으로 해서는 안 될 짓을 하였소……."

"아니, 아닙니다."

은호가 고개를 돌리며 부인하였다. 진철이 사과를 할 일이 아니었다. 진철은 잘못한 것이 없었다. 나쁜 것은 자신이었다. 배반한 것은 자신이었다. 사과를 해야 할 사람은 자신이었다.

"날…… 좀 봐주지 않으려오?"

은호는 전하지 못한 말을 마음에만 새기며 주춤주춤 눈을 들어 진철을 보았다.

"드디어…… 나를 봐주는구려. 흐."

힘없이 웃는 진철의 모습에 은호의 가슴속에는 가시가 박혔다. 죄책 감이라는 이름의 날카로운 가시였다. 숨을 쉴 때마다 그 날카로운 가시에 찔려 철철, 피가 흐를 것만 같았다.

"몸은 괜찮소? 다행히 온천물이 좋았나보구려. 혈색이 전보다 더 좋아진 것 같소."

"……그렇습니까?"

"내가……조금 더 기력을 찾으면……쿨럭…… 그때는 나와 함께 가시…… 쿨럭, 쿨럭!"

말을 많이 한 탓인지 다시 격한 기침을 뱉는 진철이었다. 은호는 얼른 그런 진철의 윗몸을 받쳐 안아 조금 더 쉽게 기침할 수 있도록 도와주었다.

"괜찮소. 조금 전 탕약을 먹었으니……금세……진정될 것이요. 쿨럭! 쿨럭쿨럭!!"

그렇게 가슴을 부여잡고 연신 고통스럽게 쿨럭이던 진철은 한참 동안 계속되던 기침이 잦아들면서 차차 깊은 잠에 빠졌다.

그제야 은호는 진철의 얼굴을 제대로 들여다볼 수 있었다. 고통의 여운이 가시지 않은 듯 진철의 얼굴은 여전히 진땀을 흘리고 있었다. 진철의 머리맡에 두었던 수건을 들어 정성스러운 손길로 땀을 닦아주려다, 아물어져가는 이마의 상처를 보고서 은호는 두 눈을 질끈 감았다. 자신의 선택이, 자신의 결정이 이 불쌍한 사내를 더욱 고통스럽게 할 것을 알기에 도저히 그의 상처를 정면으로 마주할 수 없었다.

은호가 밤새 지극정성으로 보살핀 덕분인지, 다음 날 서경이 임진사 집을 찾아왔을 때는 진철은 전날보다 더욱 기운을 회복하고 있었다. 임진사 집 사랑채로 들자마자 서경은 상석에 마련된 발 안쪽에 들어가

앉아 임진사 내외와 진철, 은호를 차례대로 둘러보았다.

"모두 모여 달라 청을 드려서 죄송합니다. 하지만 모든 분들의 뜻을 물어야겠기에 이런 실례를 저지릅니다. ······정말 제가 하자 하는 대로 하실 것입니까?"

서경이 다시 한번 임진사 가족들의 의향을 물었다.

"끄응······! 달리 방도가 없으니 하는 수 없지요. 이르시는 대로 하겠습니다."

민망스럽기는 한 건지, 임진사가 차마 서경 쪽을 똑바로 마주 보지 못한 채 수락의 뜻을 전했다.

"그러시다면 의금부 일은 이른 시일 내에 원만히 매듭지어질 수 있도록 해보겠습니다. 빚은······ 이렇게 하지요. 제가 임진사 댁에 직접 돈을 드리는 것도 모양새가 이상하니, 차용증을 들고 찾아오는 이들이 있거든 그들을 제게 보내주시지요."

"굳이······ 그러실 것까지야. 그저 이만 냥을 주시면 저희가 알아서······."

비위를 맞추듯 샐샐대는 낯으로 오씨 부인이 말했다. 혹시나 나중에 서경의 마음이 변할까 걱정한 때문이었다.

"부인이 몰라 이러시는 겁니다. 이만 냥의 빚을 단돈 이만 냥으로 갈음할 수 있을 거라 생각하십니까? 그것은 그자들이 약속된 기한 안에 나타났을 때나 가능한 이야기지요. 만약 그자들이 부러 기한을 한참 어긴 뒤 나타나 차용증에 적힌 대로 원금에 수배에 달하는 고리(高利, 비싼 이자)를 받겠다고 하면 어떡하시려고요? 그 많은 돈을 지급하실 수 있으시겠습니까?"

"서, 설마 그런 짓을 할 리가요. 엄연히 법이 있거늘 그자들이 무도하게 그럴 수는 없지 않습니까?"

오씨 부인의 말에 서경이 어이없다는 듯 피식 웃어버렸다. 그리고는 오씨 부인 곁에서 인상을 찌푸린 채 앉아 있는 임진사에게 말했다.

"만약 그자들이 왈패 몇 놈을 데리고 차용증에 쓰인 기한보다 훨씬 나중에 나타나 원금에 고리까지 물어야 한다며 생떼를 쓰고 집안을 난장판으로 만들면, 진사 나리께서는 그들을 관아나 금부에 발고하실 수 있으시겠습니까? 바깥에 소문이 날 것을 각오하고 다른 왈패들을 불러들여 그들과 맞붙으라 하실 수 있으시겠습니까?"

임진사가 난처한 기색으로 수염만 쓰다듬었다.

"그러실 수 없는 처지임을 아니까, 차라리 그들이 차용장을 들고 오거든 저에게 보내라는 겁니다. 설마 그들이 아무리 방자한들 감히 제 앞에서 무도히 굴기야 하겠습니까? 궁방에서 소란이야 피우겠습니까? 아니 그렇습니까?"

"……지당하십니다."

"그러니 언제가 됐건 그날의 차용증을 들고 이 댁을 찾아오는 이가 있다면 저희 궁방으로 보내세요. 제가 돈을 주어 일을 매듭짓겠습니다."

"이 은혜…… 절대 잊지 않겠습니다."

임진사 내외는 물론이고 진철까지 깊이 허리를 숙여 감사의 인사를 전했다.

"아직 고마워하실 때가 아닙니다. 일단, 제가 어떤 조건을 내거는지 보셔야 하지 않겠습니까?"

"내거실 조건이란 무엇입니까?"

임진사네 가족이 일제히 긴장된 낯빛으로 서경이 들어있는 발을 주시하였었다. 하지만 서경은 바로 답을 하지 않고 다시 한번 발 사이로 천천히 임진사, 오씨 부인, 그리고 진철을 둘러보았다.

"여러분이 제 뜻을 따르겠노라 약조해주셨으니, 저도 제 조건을 말씀드리지요."

그리 말하고서도 한참 동안 뜸들이던 서경은, 모두가 침묵에 지쳐갈 때쯤 되어서야 비로소 제가 원하는 단 하나의 조건을 이야기하였다.

"며느님을 내쫓아주시지요."

"……?"

"……!"

잠시 서경의 말뜻을 이해 못 했던 임진사와 오씨 부인 그리고 진철은 이내 그 뜻을 알아듣고 충격으로 일그러진 얼굴로 서로를 마주 보았다.

"무, 무슨 말씀이시옵니까? 새아기를…… 내쫓아달라니, 이 무슨 말도 안되는……. 노, 농담이시지요?"

그리 말하는 오씨 부인의 볼에는 부르르 경련이 일고 있었다.

"지금 무어라 하셨습니까? 무어라고요?"

임진사가 자신이 무얼 잘못 들은 건 아닌지, 고개를 갸웃하며 다시 물어왔다.

"다시 말씀드릴까요?"

서경은 다시 한번 천천히, 그리고 힘을 주어 자신의 조건을 이야기하기 시작했다.

"내일이라도 당장, 저기 앉아계신 이 댁의 며느님을 내쫓아주십시오. 즉, 이 댁 며느님이 소박(疏薄)을 맞아야만 이 댁의 일을 돕겠다 그 말입니다."

서경의 말이 끝나자마자, 임진사와 오씨 부인 그리고 진철의 시선이 자신들 곁에 앉아 있는 은호에게로 향했다. 은호는 무덤덤한 표정으로 가만히 방바닥을 내려다볼 뿐이었다.

"왜, 왜 제 며느리가 쫓겨나지 않으면 안된다는 것입니까?"

조금 전과는 달리 목소리에 노기를 가득 섞어 임진사가 서경에게 따져물었다.

"아무리 군부인 뜻에 따르겠다고는 하나 이는 너무 무리한 조건이 아니오이까?!"

"그, 그래요. 아무리 뭐든 하겠다고 하였지만 이건 너무하지 않습니까?"

임진사의 말에 힘입어 오씨 부인도 조건의 무리함을 따지고 나섰다.

"그렇습니까? 모두 제 뜻에 따르겠다고 그리 확약하셨기에 걸음한 것이었거늘 제가 괜한 발걸음을 하였나봅니다. 쯧!"

서경이 보란 듯이 치맛자락을 휘날리며 자리에서 일어났다. 그리곤 쓰개치마도 아니 쓴 채 발을 걷고서 성큼성큼 문을 향하여 걸어가는데, 진철의 무뚝뚝한 목소리가 서경의 걸음을 붙잡았다.

"……그리하지요."

"진철아!"

아들의 말에 임진사도 오씨 부인도 경악을 금치 못하며 제 아들을 보았다. 서경 역시 돌아서서 진철을 가만히 내려다보았다.

"단, 제 내자가 쫓겨나야 하는 이유에 대해서는 알려주셔야 하겠습니다. 정당한 이유 없이 소박을 놓는다면 그 역시 우리 집안의 수치가 될 수 있음을 아시지 않습니까?"

"허면 제가 말씀드리는 이유가 정당하다 여겨진다면 내일이라도 당장 소박을 놓아주시겠습니까?"

서경의 물음에 진철이 천천히 고개를 끄덕거렸다.

"그럼 그 이유를 말씀드리지요."

서경이 다시 발 안쪽으로 걸음을 옮겼다.

✻

그로부터 채 이틀이 지나지 않은 새벽이었다.

끼이익!

어둠의 정적을 흩뜨리는 문소리와 함께 임진사 댁 대문이 열렸다. 이어 하얀 소복 차림의 여인 하나가 미색 쓰개치마를 뒤집어쓰고 짐보 퉁이 하나를 끌어안은 채 나왔다. 텅 빈 새벽 거리에 나온 여인은 제 가 나온 문 쪽을 향해 허리를 깊숙이 숙였다. 한참 그리 한 후, 드디어 허리를 편 여인은 망설이는 기색 없이 저벅저벅 새벽 거리를 걸어갔다.

여인의 발길이 향한 곳은 임진사의 집에서 약 한 식경 정도 거리의, 서낭당이 있는 마을 어귀였다. 서낭당에 가까이 다가설수록 여인의 발걸음은 더욱 빨라졌다. 드디어 붉은 띠를 두른 커다란 아름드리 나무에 다다른 여인은 휘휘 사방을 둘러보았다.

아무도 없는 새벽 거리를 그리움에 촉촉이 젖어든 여인의 눈길이 더듬고 있을 때, 나무 뒤에서 갑작스레 웬 사내의 목소리가 들려왔다.

"나비를 갖고 있소?"

사내가 물었다.

나비는 여인네의 옷섶을 세모 모양으로 자른 것으로, 소박을 맞은 여인임을 나타내는 증표라 할 수 있었다. 가문과 남편에게서 내쫓김을 당한 여인이 이 나비를 갖고 서낭당 앞에 서 있으면, 가장 먼저 그녀를 발견하는 사내는 누구라도 그 여인을 아내나 혹은 첩실로 맞아들여야만 했다.

"……지니고 있습니다."

여인의 답이 떨어지자마자, 나무 뒤에서 사내가 제 모습을 드러내었다. 삿갓으로 얼굴을 가린 사내였다. 사내가 삿갓을 벗어 등 뒤로 넘겼다. 여인이 쓰고 있던 쓰개치마를 내려 제 얼굴을 드러내었다.

"드디어 그대를 나의 신부로 맞게 되었구려."

사내가, 무현이 더는 평정을 가장하지 못하고 몇 걸음 안 되는 거리를 단숨에 달려와 와락, 은호를 끌어당겼다. 제 품에 안았다. 떨리는 두 손으로 은호의 고개를 들어 제 눈을 마주 보게 하였다.

"드디어, 그대가 나의 부인이 되었소."

은호가 눈물이 그렁한 눈으로 살며시 웃어 보였다. 어쩐지 조금은 서글퍼 보이기도 하는 아련한 웃음이었다.

"그대는 이젠 정식으로 나의 여인이오. 맞소?"

"……네."

무현의 하나 마나 한 물음에 은호가 선선히 답하였다.

"그대는 이젠 누가 뭐라 해도 내 사람이오. 맞소?"

"네."

무현의 실없이 되풀이되는 물음에 은호가 선선히 답하였다.

"……나를 불러주시겠소?"

마지막 물음에는 은호가 즉답을 하지 못하였다.

"응? 한 번만 불러보시오."

다시 한번 무현이 보챘다.

그제야 은호가 창백한 제 뺨에 붉은 꽃물을 들이더니 입술을 달싹거려, 들릴 듯 말 듯 가느다란 소리로 무현을 불렀다.

"……서방님."

"……!"

제가 너무도 그리던 한 마디를 뱉어낸 그 입술에 대한 상찬(賞讚, 칭찬)이라도 한 양 사내의 입술이 여인의 입술에 주어졌다. 하지만 언제나 제가 먼저 거침없었던 전날의 입맞춤들과 달리 이번에는 여인보다 사내가 더 떨고 있었다. 조금이라도 세게 물면 금세 터져버리고 마는 산머루라도 되는 양, 사내가 여인의 도톰한 아랫입술을 제 아랫입술과 윗입술 사이에 끼워 조심스럽게 더듬었다. 마치 금세 녹아버리는 꿀을 아끼려는 듯 혀끝으로 조심스럽게 여인의 입술을 훑기도 하였다. 그 지나친 조심스러움이 가져다준 안타까움에 초조해진 여인은 두 팔을 들어 방금 제 낭군이 된 사내의 목을 힘주어 끌어당겼다.

"으음……."

방금 막 부부로 맺어진 사내와 여인, 무현과 은호의 입술 사이에서 새어 나온 신음이 부끄러움을 벗어 던진 채 희뿌옇게 동이 터오는 새벽 거리에 울려 퍼졌다.

제

10

장

예정된 결말

"자네들 들었나? 세상에 임진사 댁 며느리가 소박을 맞았다는구먼?"

"아니 왜? 그 댁 며느리라면 열녀 가문의 여식이라고 소문이 자자하지 않았나?"

"그러게 말일세. 혼례를 올린 지 겨우 며칠 만에 소박을 맞았으니, 일도 보통 일이 아닐세."

"그럼, 그 소박맞은 새 각시는 어디로 갔다는가? 그럴 줄 알았으면 새벽에 서낭당 앞에 가서 진이라도 치고 있을걸. 아깝게 되었으이. 쯧쯧."

"그런다고 그 각시가 자네 같은 걸 서방이라고 받들고 살기나 하겠어?"

"안 그러면? 소박데기는 먼저 발견해서 주어가는 놈이 임자인 것을? 아까우이. 참으로 아까우이!"

은호가 임진사 집에서 내쳐진 지 일주일이 안 돼, 도성에는 임진사 댁 며느리가 소박을 맞았다는 소문이 파다하게 퍼졌다. 그 소문의 장본인이 다름 아닌 열녀 가문의 여식이다 보니, 또 혼례를 올린 지 얼마되지 않아 벌어진 일이다 보니 소문은 시간이 갈수록 점점 더 요상한 모양새로 부풀어갔다. 장터며 객주에 서너 명만 모여도 모두 소박맞은 임진사 댁 며느리에 대한 이야기들을 해댔다.

"그 각시가 전부터 통정하는 사내가 있었다 하더라고요."

"에이, 설마? 귀한 양반댁, 그것도 열녀 가문의 양반댁 따님이 그럴 리가?"

"누가 그러는데, 혼례를 올린 지 얼마 안 돼서부터 샛서방을 만난다고 밤마실을 다녔다지 뭡니까? 그러다가 결국은…… 임진사 댁 도련님이 자리를 비운 틈을 타서 방에 샛서방을 끌어들였다가 한참 그 짓을 하는 중에 들켰다지 뭡니까? 그래서 입은 차림 그대로 쫓겨났다 하더라고요?"

"아이, 망측하여라."

처음 며칠은 임진사네 며느리의 샛서방에 대한 소문이 도성을 떠들썩하게 만들었지만 얼마 못 가서 다른 소문들이 소박의 진짜 이유라며 떠돌기 시작했다.

"쯧쯧. 다들 이리도 모르는구먼! 소박맞은 진짜 이유는 그게 아니래! 사내 문제가 아니라 돈 때문이라는데?"

"그건 또 무슨 소리야?"

"그 새아씨가 사치가, 사치가 말도 못했대. 가락지 하나에 기백 냥, 노리개 하나에 기천 냥짜리가 아니면 거들떠보지도 않았다던데? 거기다 제 눈에 드는 물건이 있으면 누가 뭐래건 땡빚을 내서라도 사들이다 보니까, 혼인한 지 며칠도 안 되었는데 시댁 이름으로 빌린 돈이 몇만 냥이나 됐대!"

"하이고! 그러면 소박맞을 만하지. 암, 그렇고 말고! 나 같아도 그런 마누라 그런 며느리는 못 데리고 살지."

그러다가 또 한참이 지나서는 또 다른 소문들이 떠돌기 시작했다.

"실은 그 아씨가 곧 죽을병에 걸렸대요. 그런데 그걸 감쪽같이 숨기고 시집을 왔다지 뭐예요? 그러니 그 댁에서는 소박을 놓을 수밖에요."

"집안을 이을 외아들이 하필 곧 죽을 처자한테 장가를 들었으니 소박을 놓고도 남지, 암!"

그 후에도 임진사네 쫓겨난 며느리에 대한 소문은 몇 번이나 더 도성을 떠들썩하게 만들었다. 하지만 밑도 끝도 없이 새로운 내용으로 계속 이어지는 소문들은 결국 사람들을 지치게 했고, 어느새 그 이야기에 관심조차 보이지 않게 돼버렸다. 임진사 댁 소박맞은 며느리 이야기는 자고 일어나면 생기는 또 다른 흥미진진한 이야깃거리들에 밀려 조금씩 사람들의 입에 회자되는 횟수가 줄어 들어갔다.

그러던 어느 날, 잠잠해진 줄만 알았던 임진사집 이야기가 다시 사람들의 입에 오르내리기 시작하였다. 임진사네 외아들이 죽었다는 이야기가 도성 안에 퍼졌던 것이다. 그 아내 되는 이가 소박을 맞은 지두 달여가 지났을 무렵이었다.

"마음이 편치 않소?"

임진사 아들의 부고(訃告)가 전해진 그날 밤, 윤은 제 팔을 베고 누운 서경의 기색을 살피며 조심스레 물었다. 저녁 내내 이렇다 할 말 한마디 건네지 않은 부인을 걱정한 때문이었다.

"……알고 있었던 일이잖아."

윤이 서경의 어깨를 다정히 끌어안으며 달랬다. 서경은 말없이 윤의 넓은 품에 제 고개를 기대고는 가벼운 한숨을 내쉬었다. 마지막으로 보았던, 왜 은호를 내쫓지 않으면 안되느냐고 묻던 그 사내의 창백한 얼굴이 떠오른 탓이었다.

✿

"말씀해주시지요. 제 내자가 쫓겨나야 할 이유가 무엇입니까?"

"부인께서, 스스로 이 댁 며느님으로서의 자격이 없다 그리 생각하고 계시기 때문입니다."

다시 상석에 내려앉은 서경이 말했다.

"그, 그게 무슨 소립니까?"

이번에는 임진사가 정색하여 물었다. 오씨 부인은 금세 달려들어 머리라도 쥐어뜯을 것 같은 표정으로 은호를 노려보고 있었다.

"그간의 사정에 대해서는 모두 들었습니다. 아드님께서 중병에 들어 계시다는 것도, 만약 이대로 후사를 보지 못한 채 아드님이 돌아가시고 나면, 집안의 모든 재산을 조카님에게 양도해야 될지도 모른다는 것도요. 그 때문에 임진사 내외분께서 며느님과 아드님께 해서는 안 될 일을 하셨다는 것까지도요."

"헉……!"

오씨 부인인지, 임진사인지 누군가가 숨을 거칠게 들이마셨다. 그리고 이번에야말로 방 안 모든 사람의 시선이 일제히 은호를 향했다. 두려워하는 기색 하나 없이 무심한 얼굴로 가만히 눈을 내려깔고 있는 자신들의 며느리와 아내를 보았다.

"며느님을 원망하지 마십시오. 애당초 꾸며서는 안 될 일을 꾸미신건, 영감 내외분이 아니십니까? 이미 연전에 주상 전하께서도 이런 씨내리의 폐단에 대하여 당장 사라져야 할 구습이라고 엄히 나무라셨지요. 그런데도 그런 일을 꾸미셨으니, 특히 당사자에게는 어떤 동의도 구하지 않고 그리 무도한 일을 꾸미셨으니, 이 혼인 파탄의 책임은 결국 영감 내외분께 있지 않습니까?"

"그런 것이라면…… 저희 쪽의 잘못을 물어 정식으로 혼인을…… 파탄시켜달라 하셔야지요. 어찌하여 소박을 놓으라 하십니까?"

진철이 제 여인 하나 지키지 못한 사내의 수치스러움으로 이를 악물며 서경에게 물었다.

"의당 그러해야 하지요. 허나 그리된다면 양가 모두에게 씻을 수 없는 크나큰 수치가 될 터이지요."

서경이 다시 방 안의 사람들을 둘러보며 숨을 고른 후 말을 이어나갔다.

"며느님은 이번 혼인을 깨기를 원하시지만, 그로 인해 친정 가문이나 시댁 가문에 누를 끼치고 싶어 하지 않으십니다. 하여 스스로 칠거지악을 저질렀다는 오명을 쓰고 내쳐지시겠다는 겁니다."

"그렇게까지 하는……이유가 뭐요?"

진철이 은호에게 물었다.

아픈 물음이었다. 서글픈 물음이었다. 그리 누명을 써서라도 제게서 벗어나고 싶은 건지 묻고 있는 것이었다. 내내 바닥을 내려다보고 있던 은호가 천천히 고개를 들어 진철과 마주 보았다. 그리고는 사죄의 뜻을 담아 바닥에 머리를 조아렸다.

"죄송합니다. 서방님의 아내로, 이 집안의 며느리로 살아갈 자신이 없습니다. 하여, 저를 내쫓아주시길 간절히 청합니다."

"……어쩌시려고요? 그리하면 부인의 친정 가문에 크나큰 누가 되지 않겠소?"

"……."

"혹여 누군가 어찌하여 소박을 놓은 것인가 묻거든, 그저 칠거지악을 저질러 그리하였다, 그리만 이야기하여 주십시오. 나머지는 모두 제가 알아서 하겠습니다."

서경이 침착한 어조로 은호를 대신하여 말했다.

방 안에는 한참동안 침묵이 흘렀다. 간간히 "아이고" 하는 오씨 부인의 작은 한숨소리와 "끄응" 하는 임진사의 앓는 소리가 새어 나왔지만, 그것이 전부였다. 어느 누구 하나 먼저 입을 열려 하지 않았다.

억천만겁같이 긴 시간이라 생각될 정도의 오랜 침묵을 깬 건, 어느새 다시 숨이 가빠오고 진땀을 흘리기 시작한 진철이었다.

"……알겠습니다. 뜻에 따르도록 하겠습니다."

"진철아!"

"……군부인 마님의 뜻이, 제 내자의 뜻이 이리도 명확하지 않습니까? 저 사람의 정절을 깨뜨리게 한 책임이 저와 어머님, 그리고 아버님께 있으니 저 사람의 뜻을 꺾을 명분이 없습니다."

진철의 말이 맞는다는 것을 알지만, 이 일로 가문에 어떤 여파가 미칠지 걱정한 임진사와 오씨 부인은 선뜻 그러하겠다는 말을 꺼내지 못했다. 결국 제 부모를 보다 못한 진철이 다시 간절한 어조로 부모에게 청했다.

"제 소원입니다. 죽어가는 아들놈의 마지막 소원이라 그리 여겨주시고, 저 사람을 내쫓아주세요. 저를 더는…… 못난 사내로 만들지 말아주세요. 저 사람에게 한 가지라도……좋은 일을 해주고 싶습니다."

결국 진철의 뜻은 받아들여졌다.

오늘 내일 사이로 은호를 집안에서 내치기로 결정한 것이었다. 그리 의견이 모아지자마자, 진철의 부모는 서둘러 방에서 나갔다. 군부인 서경을 배웅하는 예 따위는 모두 집어치웠다. 하지만 방 안에 남은 사람 누구도 그것에 신경 쓰지 않았다.

"그럼 저는 이만 일어나겠습니다."

발 밖으로 나온 서경은 안도의 마음을 담아 은호의 손을 잡아준 후, 예상보다 선선히 답을 해준 진철에게 고마움을 담아 묵례를 해 보였다.

"한 가지…… 여쭙겠습니다."

생기 없이 허물어지려는 몸을 바닥을 짚은 팔로 지탱한 진철이 서경을 올려다보며 물었다.

"혹, 이 일을 위하여 제 어머님의 일을 꾸미신……겁니까?"

서경은 잠시 은호와 눈을 맞췄다. 그리고 은호가 고개를 끄덕이는 걸 보고 답을 하였다.

"하지만 심려하지 마시지요. 약속드리겠습니다. 그 일로 이 댁을 괴롭혀드리는 일은 없을 것입니다."

"…… 좋은 벗을 두었구려."

진철이 희미하게 웃으며 은호에게 말했다. 그리곤 서경이 방에서 나가기도 전에 다시 의식을 잃고 쓰러졌다. 그 때문에 은호는 예정되었던 날짜보다 하루가 더 지나서야 비로소 소박데기로서 임진사 집을 나설 수 있었다.

✳

"하아, 못할 짓을 하였습니다."

"……달리 방도가 없었잖소."

"안쓰러워 그럽니다. 마음을 다쳐 병이 더해진 게 아닐는지…"

한숨을 내쉬며 자책하는 서경의 어깨를 윤이 더욱 강하게 끌어안았다.

"달리 모두가 평안해질 수 있는 방도가 있었다면 분명 그리했겠지. 하지만 방도가 없었잖소? 그러니 다른 두 사람이 행복해질 수 있었던 걸로 마음의 위안을 삼는 게 어떠시오?"

그래도 다시 한번 포옥 한숨을 내쉬는 서경의 코를 윤이 잡아 비틀었다.

"아!"

"부인, 부인이 내 침소에서 그리 한숨을 내쉬는 걸 아랫것들이 들으면 무어라 생각하겠소."

서경이 얼얼한 제 코를 쥐고 윤을 보자, 윤이 다정한 눈웃음을 지으며 서경을 다시 제 품에 끌어들이곤 은밀히 속삭였다.

"현무군 밤일이 서툴러 군부인이 매일 밤마다 한숨을 내쉬더라, 그런 소문이 나면 곤란하지 않겠소? 하하하."

농담으로 마음을 가볍게 해주고자 한 윤 덕분에, 서경은 조금은 무거운 생각에서 벗어날 수 있게 되었다. 그리고는 더욱 깊이 윤의 품속으로 파고들었다.

　　　．

　　　．

　　　．

"그런데 말이오. 그 차용증은 누구에게 있는 거요?"

불이 꺼진 방 안에서 윤이 나란히 긴 베개를 함께 베고 누운 제 아내에게 물었다.

"아마 감행수의 아우 되는 이가 갖고 있을 것입니다. 임진사 내외가 혹시 그 두 사람의 행적을 캐거나 일의 진위를 떠들고 다닐 것을 대비한 일이지요."

"저자에 떠도는 소문들은 다 뭐요? 왜 소문들이 내용이 다 다른 거지?"

"……소문이 많으면 무엇이 진짜인지 다들 갈피를 잡을 수 없게 되거든요. 거기다 연달아 계속되는 소문은 결국 사람들을 피곤하게 만들고, 결국 싫증을 내게 만들지요. 그럴 때 앞의 소문들을 완전히 뒤엎는 새로운 사실이 밝혀지게 되면, 사람들은 그때야말로 그것이 진짜라고 믿게 되는 법이지요."

"앞의 소문들을 뒤엎는 사실?"

"……얼마 지나지 않아 도성 안에 널리 퍼질 것입니다."

서경은 거기까지만 말하고 더는 자세한 것을 일러주지 않았다.

하지만 그로부터 얼마 지나지 않아 윤은 서경이 말하지 않은 그 일에 대해 알게 되었다. 도성 안의 모든 사람이 새로운 소문에 대해 떠들기 시작했기 때문이었다.

사람들 사이에서 떠도는 소문은 이랬다.

"임진사 댁 아들과 백대감 댁 여식이 혼인을 한 직후, 갑자기 임진사 댁 아들이 쓰러졌다지 뭐요? 그래서 의원에게 보였더니, 남은 목숨이 겨우 두세 달이라고 했대요."

"그래서 임진사 내외가 아직 첫날밤도 치르지 않은 백대감 댁 여식을 딱히 여겨 혼인을 물러줄 터이니, 집으로 돌아가라 그랬다면서?"

"그런데 또 그 며느님 고집이 쇠심줄이라, 죽어도 시부모님 말씀은 아니 듣고 그 댁 며느리로 살겠다고 그리 생떼를 쓰셨다지 뭐예요? 짠하기도 하시지……."

"뭐야. 그럼, 소박을 맞은 이유가……!"

"그렇대요. 그리 나가라 하는데도 말을 듣지 않으니, 그럼 오냐, 내쫓아 줄 터이니 재가하여 살아라, 그런 뜻으로 안 나가려는 며느님을 억지로 쫓아내신 거라고 합디다."

"아이고, 고마우셔라. 암 그러셔야지. 새파란 젊은 여인을 청상으로 살게 할 수야 있나?"

"에이, 그래도. 한 번 혼인을 하였으니 하다못해 서방이 죽을 때까지
는 곁에 있게 해야 하지 않나?"

"이 사람아, 무슨 소리야! 열녀 가문의 여식이신데, 과부가 되었다고
재가를 하려 하셨겠나?"

"하긴 그도 그렇지. 삼년상 치른다, 뭐다 하다가 결국은 자결을 하셨
겠지."

"그래서 부러 아드님 병세가 더 깊어지기 전에 억지로 쫓아내신 것이
라고 하더군."

"일이 그리된 것이었구먼. 임진사 내외의 마음씀도 쫓겨난 며느리의
마음씀도 참으로 가상하네그려."

애초에 서경과 무현이 의도한 대로 사람들은 새로운 소문을 진실이
라고 믿기 시작하였다. 그 덕분에 은호가 소박맞은 후 두어 달 동안 임
진사 댁과 백대감 댁으로 향했던 사람들의 비웃음 섞인 따가운 시선
들은 어느새 감탄에 찬 시선으로 바뀌기 시작했다.

집안의 체면보다 며느리의 장래를 걱정한 자상한 시부모와 소박을
맞으면서까지 남편에 대한 정절을 지키려 한 여인에 대한 찬탄의 시선
들이었다.

"근데 그 소박맞은 며느리는 어디로 갔다 하나?"

"글쎄…… 듣기로는 얼마 전 남편의 장례가 치러지는 동안 몰래 숨
어서 곡을 하는 모습을 누군가 봤다고들 하더군."

"에이, 아니야. 내가 듣기로는 소박맞은 직후에 어느 암자에 가서 비

구니가 되셨다고 하던데?"

"누가 그러던데, 저 북한산 자락에서 소나무에 목을 매어 죽은 여인이 바로 그 며느리라고 하던데?"

"에이, 설마……."

그렇게 다시 은호의 행방에 대해서도 많은 소문이 떠돌았지만, 그역시 얼마 지나지 않아 곧 사람들의 관심에서 밀려나 누구도 이야기하지 않게 되었다.

✳

"나는 겁나."

도성에서 사람들이 한창 사라진 백대감댁 여식에 대해 이런저런 추론들을 늘어놓고 있을 때, 무현은 제 품에 사랑하는 여인을 안고서는 두려움에 떨고 있었다.

"무엇이 그리 겁이 나셔요?"

은호가 제 손을 들어 무현의 뺨을 어루만져주었다.

두 사람은 먼 이국땅에서 자신들이 마련한, 크지도 작지도 않은 작은 보금자리의 마루에 나와 앉아, 막 서산 너머로 지는 해를 보고 있는 중이었다.

"나는…… 죄 없는 사람들을 베었어. 너무 많은 이들을 고통스럽게 했어. 내 손에 목숨을 잃은 규수도 있어. ……그런데 난 그 벌을 아직 받지 않았어. 그래서 그대가 내 품에 안겨 있는, 이 행복이 겁이 나. 두

러워 죽겠어."

무현이 제가 안고 있는 여인의 목에 제 얼굴을 묻었다.

"만약 천지신명께서 나의 죄를 벌하려 그대를 뺏어가면 어떡하지? 내가 무고한 목숨을 벤 것을 벌하기 위해 그대를 데려가면…… 어떡하지?"

무현이 이리 두려움에 떠는 것은 바로 다음 날이 은호가 의원을 만나기로 한 날이기 때문이었다. 재림 화타라 불릴 정도로 유명한 의원인지라, 무현과 은호가 약방을 찾아갔을 때는 이미 먼 곳으로 왕진을 간 다음이었다.

그리고 드디어 오늘, 약방에서 기별이 왔다. 의원이 돌아왔으니 다음 날 오라는 전갈이었다.

"나는 괜찮을 겁니다. 그 의원은 분명 내 병을 고쳐줄 겁니다."

은호가 제 두 손으로 무현의 얼굴을 감싸고 고뇌로 접힌 무현의 이마에 쪽, 입을 맞췄다.

"병이 나은 다음, 나는 곧 수태를 할 것입니다. 그리하여 당신을 똑 닮은 사내아이를 낳을 것입니다."

이번에는 눈물에 젖어 있는 무현의 눈꺼풀에 쪽, 입을 맞췄다.

"그 아이가 커서 말썽을 부리면, 너는 어찌 네 아비의 못난 점만 빼어 닮았느냐 하며 회초리를 들 것입니다. 그리고 그 아이가 커서 연모하는 여인을 데려오면 잠시 시샘도 하여볼 것입니다. 어미는 너만 애지중지 키웠거늘 너는 딴 여인에게 가버리는구나 하면서. 후훗."

은호가 그려내는 이야기에 어느새 슬며시 위로 향하기 시작한 무현의 입꼬리에 은호가 다시 쪽, 입을 맞췄다.

"저는 오래 살 것입니다. 사는 동안 내내 당신이 지은 죄를, 내가 지은 죄를 반성하며, 갚으며 그리 살 것입니다. 질기게 살아남을 것입니다. 내 아이가 제 아이를 낳고, 그 아이가 또 제 아이를 낳아, 나의 증손들이 나와 당신의 주름살을 만지며, 흰머리를 뜯어가며 재롱을 부릴 때까지 질기게 살아남을 것입니다."

"……그놈들이 당신 머리를 뜯는 걸 누가 가만히 보고만 있을까봐?"

은호와 눈을 맞추고 짐짓 뿔난 표정을 지어 보이는 무현의 목소리에는 물기가 가득하였다. 은호가 그려낸 미래가 부디 현실이 되기를 간절히 바란 때문이었다.

"그놈들에게 차라리 내 머리털을 모두 내어줄지언정, 당신 머리카락은 단 한 올도 건드리지 못하게 할 거야."

"약조하셨습니다?!"

무현이 답 대신, 은호와 지그시 눈을 맞추며 눈물 그렁한 눈으로 웃어 보였다. 쪽, 은호가 그 눈꺼풀 위에 다시 다정한 입맞춤을 내렸다.

그리고 두 사람은, 죄 많고 흠 많고 욕심 많은 정인(情人)들은 별빛이 요동치던 온천탕에서처럼, 이곳에 집을 마련한 뒤 매일 밤 그러하였듯이, 세상의 모든 굴레와 규칙을 잊고 오직 서로에게만 깊이 빠져 들어갔다.

〈끝〉